Andrés Trapiello
Los amigos del crimen perfecto

Andrés Trapiello

Los amigos del crimen perfecto

Premio Nadal 2003

Ediciones Destino
Colección
Áncora y Delfín
Volumen 970

Esta novela fue galardonada con el Premio Nadal 2003
concedido en el Hotel Ritz de Barcelona el día
6 de enero de 2003, por el jurado compuesto por
Joaquín Palau, Ángela Vallvey, Germán Gullón,
Ana M.ª Matute y Antonio Vilanova

© Andrés Trapiello, 2003
© Ediciones Destino, S. A., 2003
Diagonal, 662-664. 08008 Barcelona
www.edestino.es
Primera edición: febrero 2003
Segunda edición: febrero 2003
Tercera edición: abril 2003
ISBN: 84-233-3467-8
Depósito legal: M. 13.892-2003
Impreso por Mateu Cromo Artes Gráficas, S. A.
Ctra. de Fuenlabrada, s/n. 28320 Madrid
Impreso en España - Printed in Spain

SOCRÁTES: —¿Qué es peor, a tu juicio, cometer injusticia o recibirla?
POLO: —En mi opinión, recibirla.
SOCRÁTES: —¿Y qué es más feo, cometer injusticia o recibirla?
POLO: —Cometerla.
SOCRÁTES: —(...) Dejemos esto así. Examinemos a continuación el segundo punto sobre el que teníamos distinta opinión. ¿Cuál es el mayor de los males: que el que comete injusticia reciba su castigo, como tú creías, o que no lo reciba, como creía yo?

Gorgias, 474-476

DELLEY nunca pensó que un timbre pudiese gruñir como un armadillo.

Fggg... Fgggggg... Fggg...

Se había quedado dormido sobre la cama. Llevaba el impermeable y los zapatos puestos. Se sobresaltó. Unos zapatos viejos, color malasuerte, llenos de barro. Echó mano del revólver. Diez horas en aquel mechinal. El que timbraba se azorró unos instantes, pero volvió a la carga. Parecía una melodía, timbrazos cortos, timbrazos largos. Abrió los ojos. Le punzó algo en ellos, no supo qué. Los ojos a veces duelen. Querían jugar con él al ratón y al gato. El timbre era gato y él era ratón. Miró a su alrededor con el pasmo atravesado, sin reconocer dónde se hallaba. Le escocían los párpados. Echó una rápida mirada a la ventana. Se había hecho de noche. El neón de la tienda de electrodomésticos del viejo Valentini metía en el cuarto un parloteo triste y monótono. Timbraron de nuevo. Rojo y negro, rojo y verde, una muñeca muy sexi con un pecho fundido que enarbolaba un secador de pelo que le lanzaba la cabellera al viento y que tartamudeaba. Pensó que tantos «que» en una misma frase eran muchos «que», pero por lo que le pagaban podían irse al infierno todos los relativos. Se fijó en el pelo de la chica del secador, también fundido. Un nuevo timbrazo percutió en su cerebro como si le metieran una aguja de tricotar en el tímpano. Sintió la descarga tam-

11

bién en el estómago vacío. Los que escriben noveluchas policiacas llaman a ese aleo en las tripas el «heraldo de la muerte».
Se sentó en la cama sin hacer ruido, con movimientos instintivos, del felino que adivina dónde está el peligro. Había pasado de ratón a gato.

Cuando dejaron de flagelarle aquellos toques, Delley oyó
al otro lado la respiración de los sabuesos. Quizá la orden que
traían era mucho más sencilla. Lo iban a trufar de plomo y a
dejarle allí, con el reflejo de aquella chica tan sexi encima. Seguramente ni siquiera habrían venido de uniforme. Sí, acabaría tirado sobre la alfombra, haciendo un dúo con la muñeca
voltaica. Delley dedujo por el alboroto que eran tres o cuatro
los hombres. Volvieron a llamar.

Crg, crg, crg...

Esta vez fueron golpes secos, nerviosos, efectuados con el
mocho de una pistola. Delley estaba cansado, había llegado al
final, estaba harto de ver muertos.

La habitación olía a tabaco y a whisky de malta, sobre todo
a whisky. Por la mañana, al dejar el periódico en el que había
leído la noticia de la muerte de Dora, vertió sin querer el vaso
sobre la alfombra. Quiso evitarlo y derribó la botella, que estaba junto a la cama, en la mesilla de noche, trató de detener
su caída con un torpe movimiento, pero la botella se rompió.
El suelo se llenó de cascotes cortantes, y en dos segundos
aquello olía como una destilería. Los vidrios rotos aún seguían tirados y parte del whisky se había evaporado. Eso había
ocurrido hacia las diez. Luego pidió que le subieran del bar
de Lowren algo de comer, otra botella de whisky, cigarrillos y
un café bien cargado. No dejó pasar al camarero. No quería
que viese los vidrios rotos ni el charco de whisky. Pero Joe, el
chico que trabajaba para Lowren, arrugó la nariz. Se le puso
en la boca una sonrisa maliciosa. Era un buen muchacho.

—Señor Delley, no sé qué hace, pero ahí dentro huele

tanto a whisky que como encienda una cerilla saltará todo el edificio por los aires. Se lo digo porque sé de dónde saca el señor Molloy ese brebaje.

Delley le largó un billete de veinte pavos por la ranura de la puerta, y le despidió. Ya a solas bebió el café, pero los restos de una hamburguesa sanguinolenta siguieron tirados en un rincón entre los cristales rotos. Como si los hubiera desechado un perro. Un gato. Una rata. Le habían cazado como a una rata. No, él no era una rata.

—Eh, Delley, sabemos que estás ahí, abre la puerta. Queremos charlar contigo. Venimos por las buenas, nos envía el Gobernador.

—Olson, vete al diablo y dile al señor Austin que se vaya también al infierno. Al primero que cruce esa puerta le voy a llenar el cuerpo de corcheas. Lo que pase luego es asunto que me trae al pairo.

—Sé razonable, Delley. Eh, tú —y Delley oyó que Olson preguntaba a alguien que tenía al lado, bajando la voz—, ¿qué ha querido decir Delley con eso de las corcheas?

Delley se imaginó la cabezota gorda de Olson.

Uno de los secuaces de éste recorrió el pasillo hasta el extremo. Se oyeron sus pisadas. Un estrecho corredor con las paredes pintadas de opresión y diez o doce puertas, del mismo color, a uno y otro lado. Acababa en una ventana. Lo que se veía a través del cristal era aún más inquietante, un patio de luces como para arrojar desde lo alto a un hombre y decir que se había matado cuando trataba de huir. Los goznes orinecidos rechinaron cuando probó a abrirla. Un chillido al mismo tiempo de ratón y de gato. Sacó medio cuerpo a un patio angosto y lo inspeccionó por si había una escalera de incendios.

—Dile a tus gorilas, Olson, que no soy tan idiota de meterme en una madriguera con escalera de incendios. Si queréis entrar por la ventana vais a tener que llamar al Hombre Araña. Aunque siempre estáis a tiempo de pegarle fuego a los apartamientos, pero en ese caso lo que venís buscando saldrá volando por el aire. Tengo conmigo una de las botellas de Molloy y ya sabéis lo que eso significa. Y cuando veáis todos estos billetes hechos pavesas en el cielo estrellado quizá os entren ganas de iros de picnic y llevaros a vuestra chica para que viva una noche romántica.

—Basta de cháchara, Delley. Abre de una vez, ¿me oyes? Se me está acabando la paciencia. Te voy a concluir.

—Te oigo, Olson, no grites. Déjame en paz.

—Paco, ¿estás en casa?

—He dicho que me dejes en paz; iros u os meteré más plomo en el cuerpo del que cabe en una linotipia.

Pensó que ese «u os llenaré» no estaba a la altura de alguien como Delley, y tachó con equis linotipia. Aquellas equis sonaron como un corta ráfaga de una metralleta con tambor basculante. Una M-32 soviética. A alguien como Delley las linotipias le traían también sin cuidado y seguramente no había visto ni una en su vida. Tampoco la M-32 de tambor basculante. No le gustaban los soviéticos. ¿Para qué tanto socialismo si luego habían sido incapaces de aportar nada memorable al género policiaco?

—¿Vas a abrir de una vez, Delley?

—¿Y a ti, Olson, no te han enseñado a preguntar más cosas?

—Paco, ¿estás en casa?

Alguien estaba llamando a la puerta.

Paco tardó en hacerse una idea aproximada del tiempo transcurrido desde que se había sentado a escribir esa mañana. Se veían restos de un bocadillo de tortilla de patata en el suelo, en un platito, en el que mordisqueaba el gato *Poirot*. Tenía gato desde que se había separado de Dora. En la mesa había también medio vaso de whisky, todo lo que quedaba después de que se le cayera la botella al suelo.

Cuando trabajaba se metía tanto en los personajes y en la acción que no era capaz de distinguir lo que sucedía en la realidad, y lo que se formaba en los formidables y apoteósicos trasiegos de su cabeza parecía ir tomando cuerpo de realidad a medida que escribía.

Al derramarse el whisky había manchado unas cuantas cuartillas, pero la mayor parte de líquido había ido a parar a la alfombra y al tillado. Pero ¿qué era un whisky cuando dos hombres estaban a punto de matarse de una manera tan sanguinaria?

—Paco, ¿estás ahí?

—Ya voy —gritó Paco desde el fondo de la casa.

Se levantó y aún continuó un rato, de pechos, sobre la máquina de escribir, leyendo en el papel que asomaba en el carro.

Una vieja Underwood, alta, pesada, negra. Un verdadero catafalco a prueba de terremotos y de argumentos. Para él la vieja Underwood era lo mismo que para Delley Wilson su viejo Smith & Wesson de calibre especial. Paco en cambio no había visto un Smith & Wesson en su vida, sólo en lámina, en un libro. Tenía varios sobre armas de fuego. ¿Cuántos cientos de hombres habían muerto entre aquellas teclas, picados por el golpe certero de las matrices, cuántas cabezas habían rodado bajo aquellas cuchillas implacables, cuántas coartadas habían quedado desvanecidas en el fuego cruzado de la q y la m, cuántos asesinos, malhechores, barbianes, belitres, malsines, rufianes, bergantes, granujas, truhanes, bribones y bellacos habían dado cuenta a aquel cilindro encauchutado de todas sus fechorías, cuántas mujeres se habían evaporado igualmente en los brazos de quienes no habrían tenido otra recompensa en su lucha contra el crimen que ese efímero, pasajero y subyugante minuto de amor? ¿Cuántos caballeros andantes del crimen no habían salido de aquella inamovible montaña de los sueños?

—¿Abres, Paco?

—Ya.

Seguía leyendo las últimas frases que acababa de escribir. Se hubiera dicho que temía que aquellos Delley y Olson actuaran por su cuenta mientras iba a abrir la puerta, y cometieran cualquier desaguisado que echase por tierra el trabajo de las dos últimas semanas.

Le quedaban únicamente un par de cuartillas para acabar esa novela y aún no sabía si Delley mataría a Olson o si Olson vendimiaría a Delley. Ambos desenlaces los encontraba sugerentes y posibles. Ambos le convenían.

Delley era un tipo romántico y resuelto. En el fondo se parecía a él mismo. Olson había matado a Dora y él quería a Dora. Pero Dora le había traicionado y su doble juego le había llevado por un camino peligroso que naturalmente acabó cierta noche en un sucio y tenebroso callejón de Detroit, a la salida de un tugurio, donde los hombres de Olson la habían mandado al otro barrio. Una mujer ambiciosa, sin escrúpulos, y bellísima. Era la clase de heroínas que le atraían, de las que se había enamorado siempre y que siempre le habían hecho desgraciado. Las chicas malas. ¿Por qué a los hombres nos gustan las chicas malas?, solía preguntarse en sus novelas cuando no se atrevía a respondérselo a sí mismo. Y a menudo había alguien por allí, página antes, página después, que lo hacía por él con cualquier frase de repertorio. En cuanto a Olson...

—¿Qué ha pasado? Aquí dentro apesta a whisky.

—Hola, Modesto. Esta mañana *Poirot* tiró la botella cuando quería comerse la tortilla —respondió Paco, sentándose de nuevo frente a su inseparable e idolatrada Underwood, con la cabeza puesta más en su novela que en lo que acababa de preguntarle su amigo.

16

Muchos lunes Modesto Ortega se abstenía de comer con la familia. Dejaba su despacho a las tres o tres y media, tomaba cualquier cosa y se llegaba a casa de su amigo Francisco Cortés, escritor de novelas policíacas, de detectives y de intriga en general. A continuación salían, tomaban café en algún bar y se dirigían, andando, a la reunión semanal de los ACP, que empezaba en el café Comercial, de la Glorieta de Bilbao, a las cuatro y media, y que solía alargarse hasta las seis y media o las siete.

—¿Cómo se titula ésta?

Modesto Ortega echó un vistazo somero a la hoja, mientras leía por encima del hombro de Paco Cortés.

—Es sólo un momento, Modesto. Diez minutos. Siéntate. Tengo que acabarla hoy mismo. La están esperando. Necesito el dinero. Debo dos meses de alquiler y tengo que llevarle lo suyo a Dora.

Desde hacía dos años la mayor parte de las mujeres de sus novelas se llamaban Dora, como su ex mujer. O Dorothea o Dorothy o Dory o Dorita o Devora. A algunas les cambiaba el nombre luego, en pruebas. Pero el arranque era ése. Trataba de conmoverla, de seducirla de nuevo, de pedirle perdón por lo que le había hecho, de convencerla de que las cosas ya no volverían a ser como antes. A veces, como ahora, hacía que alguien la matase. Era una manera de decirle que estaba desesperado y que por amor era capaz de todo. Otras, la mandaba a la penitenciaría, pero por lo común la protagonista de sus novelas acababa perdiéndose sola, entre poéticas sombras, al encuentro de su propio destino, desilusionada por el trato que le daban los hombres, ninguno de los cuales estaba a la altura ni de su juventud ni de su belleza irresistible, a la espera del hombre de su vida, o sea, él, Francisco Cortés, que ya había sido el hombre de su vida, lo había dejado de ser y esperaba serlo de nuevo.

Destino era una palabra que le gustaba mucho a Cortés cuando escribía novelas, porque no había nada que hacer cuando aparecía por medio. Había que plegarse a ella y aceptarla, como ante el mismo destino. Paco, en cambio, no aceptaba que Dora le hubiera echado de su lado y se hubiese tenido él que ir de casa, a los dos años de casados. Por eso le gustaba tenerla cerca cuando escribía.

—Luego la terminas; vamos a llegar tarde —recordó Modesto, pero ni su voz ni su actitud querían apremiarlo.

Francisco Cortés leía distraído las últimas frases para retomar el hilo.

—Bien pensado —añadió Modesto al rato, en el momento en que su amigo comenzaba a aporrear el duro teclado—, lo mejor que tienen las tertulias es que a nadie le importa la puntualidad. La gente va, no va, y a veces incluso se muere y nadie se da cuenta hasta que pasan unos meses. Entonces viene uno y pregunta, dónde estará Fulano, y los demás se encogen de hombros, pasan otros dos o tres meses y llega uno a la tertulia con la noticia terrible; dice, Fulano está muy enfermo, y todos se quedan anonadados, piensan, podía ser yo, y a los otros dos o tres meses, va y se muere. Lo que yo te diga: para morir nacemos y olvidado lo tenemos.

—Por favor, Modesto, no seas cenizo. ¿Puedes callarte? Me distraes.

Modesto Ortega era un gran amigo de Paco. Era «su» amigo. Le había llevado como abogado la separación de Dora, pero se conocían de mucho antes, de cuando se fundaron los ACP. Tenía el despacho en General Pardiñas. Se ocupaba también de toda clase de asuntos civiles y penales. Asuntos menudos. Era una persona de aspecto serio, con un traje que parecía el mismo siempre, en invierno y en verano: no gris, no azul, no oscuro, no claro, no de lana, no de algodón, no de tergal, no de lino. O sea, un traje de abogado. Llevaba el pelo corto, a cepillo, completamente cano, y un bigote de pelos cortos, duros y tiesos que le crecían hacia adelante y le dejaban la boca como debajo de una marquesina. Las cejas, muy levantadas siempre, le daban un aspecto de asombro perpetuo. Movía el cuello a uno y otro lado igual que un mochuelo con golpes secos y precisos, muy vivos en una persona como él que estaba ya más cerca de los sesenta años que de los cincuenta. Para ser abogado no hablaba mucho. Escuchaba siempre como ido. Era también algo apocado, sin sangre.

—No entiendo cómo te has metido a abogado, Modesto —le decía de vez en cuando su amigo—. ¿Qué le dices al juez?

Definitivamente Delley estaba en un verdadero aprieto. Cercado, en una habitación de la que no podía escapar, como no fuese volando, o a través de las balas, y con la prueba, aquella maleta con el dinero, que culpaba al Gobernador, señor Austin, de la muerte de Dora, de la muerte de Dick Colleman, de la muerte de Samuel G. K. Neville y de la más desmesurada estafa de la que se tenía noticia en la ciudad de Detroit.

—Dime una cosa, Olson —dijo Delley—. ¿Ha muerto Ned?

—Para siempre.

Paco podía no ser un tipo duro, pero era un novelista duro, y retomaba el hilo como el cirujano su bisturí, después de haber almorzado opíparamente.

El amigo Ortega fue a sentarse a un angosto salón. No le escoció que Paco Cortés le hubiese mandado callar. Comprendía que ciertas cumbres sólo podían coronarse en silencio.

Se tumbó el abogado en un sofá cuan largo era, sin quitarse el abrigo, como había hecho Delley con su arrugado impermeable la mañana en que se encerró en el apartamento.

Pero Modesto Ortega ignoraba aún lo que hubiera o no hecho Delley en aquel cuartucho de un edificio de St. Angel Street, en la parte sur de la ciudad, aunque iba a ser por poco tiempo: él era el primer lector de las novelas de su amigo y cabría decir su mejor crítico, si no fuese porque jamás le criticaba nada. Las encontraba portentosas, un milagro, como el relámpago metiendo su espada entre las nubes.

Encendió el televisor. En aquella habitación hubiera podido ocurrir cualquier crimen encarnizado y violento, a tenor de los muebles, los cuadros, el sofá y los sillones.

—Paco —le dijo una vez más su amigo Modesto—: ¿No te da dolor de cabeza ese papel de la pared?

Se refería a unas flores del tamaño de coliflores que trepaban desde los rodapiés hasta el cielo raso, en colores vináceos.

—Sabes que todo esto es provisional, me lo han alquilado así —le respondía el novelista—. Cualquier día hago las maletas y me vuelvo con Dora.

—Llevas diciendo lo mismo hace dos años.

Modesto miró el televisor, encopetado con una figura de alabastro verde, representando a un chino que porteaba dos pozales pendientes de una cuerda.

—Baja el volumen —le ordenó su amigo desde el despacho.

Hablaban de una sesión de las Cortes. Como era habitual en los últimos años, el locutor aseguraba que aquélla era una sesión histórica. Apareció un tipo que subía a la tribuna de oradores, mientras otros entraban y salían sin importarles demasiado nada de lo que allí estaba sucediendo.

Se oía el furioso, inagotable y sostenido tecleo de la Underwood.

Modesto reconoció en el tableteo la inspiración en toda regla, y se imaginó la cabeza de Paco Cortés como una rotativa que imprimía a gran velocidad su fecundo pensamiento, dirigido a ordenar el mundo conforme a leyes más sagradas que las de la justicia. Él, como abogado, no creía nada en la justicia. En cambio sentía hacia la vida y sus arcanos un respeto atávico. Por esa razón admiraba a Cortés...

—Paco, no me has dicho todavía cómo la vas a titular.

—*Los negocios sucios del Gobernador*, y espera a que termine —oyó que suplicaba su amigo sin dejar de teclear.

—Yo creo que la censura no te va a pasar ese título.

—Ya no hay censura, Modesto.

Era abogado y pese a ello a veces se olvidaba de que Franco había muerto. La costumbre. En los Juzgados las cosas seguían más o menos como siempre. En algunos, en los que ya había desaparecido la fotografía del dictador, ni siquiera se habían tomado la molestia de quitar el crucifijo.

Delley no podía cargarse a ninguno de los hombres del señor Austin, siendo como eran policías. Hubiera podido hacerlo porque los lectores sabían a esas alturas que Olson y todos los demás estaban untados de porquería hasta las barbas, pero no era una buena idea acabar una novela privando a una ciudad como Detroit de un departamento de policía más o menos respetable. Depuraría la Jefatura, pero tendría que dejar a alguien velando por los probos ciudadanos que pagan sus impuestos. Así se lo había dicho siempre su editor, el señor Espeja el viejo, sobrino del señor Espeja el muerto y padre del joven Espeja: «Si quieres hacer novelas en las que salgan policías fascistas, escribe novelas sociales. Las reglas de lo nuestro son más sencillas: el mundo está lleno de malos, que son más que los buenos y más divertidos, tienen mejores coches, mejores mujeres y mejores hígados, pero también son más tontos. Así que los buenos, después de haberse dejado patear, insultar y humillar por los malos durante ciento veinte holandesas, a seiscientas pesetas la holandesa, logran matar a la mitad de los malos y dejan la otra mitad en barbecho, porque las novelas tienen que seguir saliendo, ¿y de qué viviríamos

21

nosotros si desaparecieran todos los malos? ¿Lo has entendido, Paco? No me fastidies. Si sacas un policía corrupto tienes que sacar otro que ayuda a las viejecitas a cruzar la calle. ¿Me entiendes? Nada de novelas sociales».

Paco Cortés no podía sufrir a su editor, pero llevaba con él diecisiete años. Había congeniado más con Espeja el muerto, pero con Espeja el viejo, no, nada.

La gente tiene una idea muy equivocada de los editores. Acaso les imaginan preocupados por la cultura y los problemas trascendentales, esa clase de hombres sensibles que en cuanto pueden apoyan la cabeza en la mano y les da por ponerse pensativos y melancólicos como los ilustrados, manoseándose la quijada. Espeja, conocido por empleados, suministradores y clientes como Espeja el viejo, para distinguirlo de Espeja el muerto y de Espeja hijo, había heredado un negociejo pasable que consistía en fabricar libros técnicos, enciclopedias del hogar, formularios para oposiciones a funcionarios del Estado y novelas rosas, novelas del oeste y novelas policiacas para los kioscos y las librerías de los Ferrocarriles Españoles. Prebenda esta última del Régimen pasado. Y por lo demás nunca estaba melancólico, sino de pésimo humor, convencido de que su empresa vivía cada minuto el último de una heroica historia empezada en 1929 por su tío Espeja el muerto o «mi-tío-que-en-paz-descanse», como gustaba llamarle.

—¡No eres más que basura, Olson!

El grito de Paco, que podría referirse también a Espeja el viejo, se oyó en toda la casa, y Ortega, que se había quedado traspuesto, se despertó sobresaltado.

El diputado de las Cortes era otro. Desfilaban con el sonido quitado. Algunos, después de dejar su voto, en vez de volver a su escaño, se salían al pasillo.

Conocía bien aquellas explosiones del genio. Sabía que cuando Paco Cortés gritaba de ese modo estaba a punto de ocurrir algo grande, único, sublime. Se acercó con sigilo. Encontró al novelista entregado a los momentos más gloriosos de todo el proceso. Paco Cortés vivía aquellos finales con verdadera excitación. No podía evitarlo. Comprendía que era absurdo. Pero sucumbía a sus propias tramas. Se ponía nervioso, no aguantaba en la silla cinco minutos seguidos, se levantaba, soltaba una carcajada, encendía un cigarrillo mientras seguía encendido otro en el cenicero, batía palmas, gritaba a sus personajes como si fuesen de carne y hueso, toma, toma, clamaba, enardecido, gritaba, genial, es genial, y volvía a sentarse, escribía otro folio, descolocaba las cosas del escritorio, comía el resto de la tortilla que había dejado *Poirot*, se llevaba a los labios por enésima vez el vaso de whisky que llevaba sin whisky hacía lo menos dos horas, lo que estaba a un lado de la mesa lo desplazaba al otro, sus diccionarios, las novelas inglesas en las que de vez en cuando se inspiraba o de las que plagiaba tal o cual episodio, las cambiaba de sitio, a veces las devolvía a las estanterías del pasillo, seguro ya de no necesitarlas más, y se jaleaba como un niño...

Buscó Cortés en el montón de cuartillas una, y escribió en ella, entre dos líneas mecanografiadas, con el bolígrafo: «En el apartamento de Dora encontró el sobre con las fotografías que inculpaban al señor Austin...».

En las novelas policiacas todo debía ajustarse, y si no, se hacía que se ajustara. Una novela policiaca es como una contabilidad escrupulosa, y los arqueos deben cuadrar, y para eso el buen novelista policiaco tiene como mínimo un par de ases en la manga. Son como los tahúres. Eso lo sabe todo el mundo, pensaba Cortés, desde Poe hasta Conan Doyle, pasando por Agatha Christie. Así que volvió cincuenta holandesas atrás, se sacó de la manga su propio as y lo deslizó por debajo de la puerta, en forma de sobre con unas fotografías comprometedoras, sin el menor escrúpulo.

—No eres más que una basura, Olson —repitió en voz alta Cortés.

Olson, que vio asomar el sobre, preguntó, apuntando con el arma aquel trozo de papel.

—¿Qué treta es esta, Delley?

Los diálogos solía Cortés soltarlos en voz alta, para hacerse una idea de cómo sonaban, al mismo tiempo que tecleaba con furia sobre la máquina.

—No es mala foto, Olson. Tú has salido bien, pero yo juraría que esa zorra no es tu mujer.

—Delley, ¿qué pretendes? Eres una rata.

Delley reportó su ira, apretando los dientes, y rugió como si no hubiera oído:

—Olson, cálmate. Tú mujer será comprensiva. La chica es una verdadera monada.

Modesto Ortega volvió a tumbarse. Iba para largo.

Paco Cortés necesitaría, como mínimo, dos holandesas más. No le gustaba en absoluto esa solución, porque Espeja el viejo era terminante. Pagaba a seiscientas pesetas la holandesa, hasta las ciento veinte primeras, pero a partir de esa cifra no desembolsaba ni un céntimo más. «Es un problema tuyo —solía repetir—, yo tendré que gastarme más papel y no puedo subir el precio de cada ejemplar. Da gracias a que no meto la tijera y podo como habría hecho mi-tío-que-en-paz-descanse; entonces los editores sí tenían lo que tenían que tener.» Maldijo Cortés a su patrón imaginando su respuesta, pero arrostró las dos holandesas sin que le doliesen prendas. La novela quedaría terminada. Era un escritor. O eso se repetía a menudo, pesara a quien pesara. A Dora en primer lugar. Se lo había dicho muchas veces: tienes que entenderlo, amor mío, los escritores tenemos estas cosas, estos inconvenientes, como si dijéramos. «¿Me estás diciendo que todos los escritores se lían con una furcia?», fue lo que Dora le preguntó, furiosa. Y Paco contestó entonces, con absoluta seriedad: «Casi todos. Al menos alguna vez. Lo da el arte».

—¿Terminas, Paco? —preguntó Ortega en voz baja, detrás de él. Su amigo no le oyó.

Se empleaba con frenesí en las últimas frases: Delley, vivo; Olson, vivo; Evans, Emerson y el resto de sus ayudantes, vivos. Pero al señor Austin no le libraría nadie: un villano como él tenía que morir de un balazo entre ceja y ceja. Haría que una bala le besase el cráneo. Se le pegaba el estilo de los clásicos. Fue Olson quien se lo quitó de enmedio. Con la misma pistola con la que había matado a Dora. Luego simuló el suicidio. Le cargarían la muerte de la muchacha. A Olson ya le arreglaremos las cuentas, pensó Cortés. En la próxima novela. Sería por novelas. Aquellas últimas frases sonaron en la cabeza de su creador como los acordes de una apoteósica sinfonía que va a dar paso a una cerrada salva de aplausos.

Pero no se oyó nada. La casa estaba en silencio. Era una casa triste, con más habitaciones de las que precisaban él y su gato, con poca luz, sin otros muebles que los que la dueña de la casa le había alquilado, pasados todos de moda, maltratados por el uso de anteriores inquilinos, lámparas como para ahorcarse de ellas, armarios de luna entera para ponerse cada mañana el fracaso diario, y mirárselo uno bien, el fracaso con forro de aburrimiento, y el sofá en el que estaba tumbado su amigo Modesto, mirando un televisor todavía en blanco y negro que parecían haber encontrado en la basura. Modesto Ortega debía de haberse quedado dormido otra vez. Lo hacía siempre. En cuanto se descuidaba, se le cerraban los párpados y descabezaba un sueñecito, incluso de pie. Él decía, pidiendo un poco de comprensión: es la medicación que tomo. No se sabía para qué tenía tanta prisa por ir a la tertulia, cuando se pasaba la mitad de ella dormitando.

—¿Qué tiene que ver eso de dormirse con cometer un Crimen Perfecto? —dijo Ortega como si le leyese el pensamiento a su amigo.

—¿Tú serías capaz de cometer un crimen, Modesto?

—Todos cometeríamos un crimen alguna vez, si nos garantizaran el anonimato y la impunidad. Yo mismo...

—No presumas, Modesto. Tú eres incapaz de matar un mosquito... Además, con ese nombre. ¿Y ayudarías a un asesino? ¿Lo encubrirías?

—Soy abogado, Paco. La duda ofende: sí, si fuese mi cliente, y no, si no lo fuese. Creo muy poco en la justicia, pero mucho menos en los asesinos.

Ortega se quedó traspuesto de nuevo, de modo que no hubiera podido asegurar si el diálogo anterior había tenido lugar o lo había soñado, pero lo cierto es que, lo creyera o no Cortés, él sería capaz de cometer un crimen, como el resto de los mortales, si le asistiese un móvil razonable y contase con la víctima adecuada en el lugar preciso, con la adecuada coartada y la discreción atenta de la policía. Se lo había leído a Paco Cortés: «Todos tenemos por donde ser despreciables. Cada uno de nosotros arrastra consigo un crimen cometido o el crimen que el alma le pide cometer».

Lo había pensado muchas veces. Moralmente razonable, sí. ¿Moralmente? Sí, eso dijo Modesto Ortega. No había más que esperar. Empieza a pensarlo. Soñaba.

—¿Modesto?

Le respondieron por él desde el cuarto de la televisión unos profundos, serenos y líricos ronquidos.

FIN. A Francisco Cortés le gustaba rematar con esa rotundidad sus novelas, por si quedaba alguna duda, aunque no era ésa la última página que escribía, sino la penúltima, ya que reservaba ese privilegio a la primera. Manías de novelista. Nombre y título de la obra. Metió en la Underwood una holande-

viera el caso. Y qué ojo. Ellos sí tenían ojo para todo. Ahí estaba el detective de *Bay City Blues*, capaz de ver por la noche como los búhos. Estaba buscando un revólver caído entre la pinaza de un bosque. Noche cerrada. Ni una luz. Ni una linterna. Ni la brasa de un cigarrillo. Al fin lo descubrió medio enterrado, y antes de agacharse y recogerlo, vio que «una hormiga se arrastraba a lo largo del tambor». Los clásicos son geniales. Paco Cortés quería ser un clásico. En ese momento nadie espera que el lector se vaya a fijar en una hormiga, ni siquiera se para a pensar que las hormigas se recogen temprano como las gallinas, y que no andan por ahí de picos pardos, ni mucho menos metiéndose en el tambor de un colt 45, pero a los clásicos se les perdona todo. Para Paco Cortés el crimen era una cosa muy seria. Crímenes como Dios manda, bala o cuchillo, nada de amaneramientos, como él decía. Consideraba, igual que De Quincey, que todos los casos de envenamiento, comparados con el estilo legítimo, o sea, la muerte con sangre de por medio, lo mismo que las figuras de cera respecto de una estatua de mármol, o un cromo en comparación con un verdadero cuadro de museo, eran una estafa. Al diablo todos los traficantes de veneno que no se atienen a la honesta costumbre de cortar cuellos sin recurrir a esas abominables innovaciones para lucimiento de la policía científica, decía. Cuando se es un clásico, hay que apechar con ello. Por eso el lector había de creerse desde el primer momento que eso que le contaban podía o no ser verdad, pero tenía que ser real, o podía haberlo sido, y todo lo que ocurría demasiado cerca de él, en Madrid, viniendo al caso, acababa siendo mediocre y vulgar, y nadie se lo creía. ¿Qué pensaría un lector de un asesino que se llamara Casimiro Palomo, natural de Torrijos, provincia de Toledo? Eso estaba bien para *El Caso*, nada más. Con un nombre como ése no se escalan las rampas del arte. ¿No resultaba más convincente que un negro se llamara Newton

Milles y fuese él quien se cargaba al dueño de una casa de empeños? ¿Las cosas que sucedían en la Down Street de Los Ángeles, frente a la bahía, junto a las dársenas del puerto podían ser tan creíbles como las que sucedieran en la Costanilla de los Ángeles? No, desde luego. Cortés seguía con atención la sección local de los periódicos y sobre todo *El Caso*, en busca de argumentos servidos en bandeja por Lolita Chamizo, redactora de ese periódico y amiga suya, pero nunca le aprovechaban: unas veces, demasiada sangre y demasiado notoria, y otras, demasiado escasa y poco conmovedora. Y el arte, y las novelas policiacas eran la expresión sublime de ello, busca el equilibrio aristotélico: en medio está la virtud, o dicho de otro modo: ni tanto ni tan calvo. Aquí los asesinatos se cometían de uno en uno, cada mucho tiempo. Pero ¿y esa maravilla de hecatombes en las que perecían quince o veinte hombres a balazo limpio, con su escenario, su móvil, sus sospechosos, tal y como sabía hacer el maestro de maestros, Raymond Chandler? Veinte muertos en un poblacho de cinco mil habitantes, qué maravilla. Aquí uno tenía que bregar con las palizas de la Guardia Civil en un despacho con un crucifijo flanqueado por una foto del Caudillo y otra del Ausente... Eso era sencillamente apestoso. Podría servirles a los directores del nuevo cine español que empezaba a descollar, pero no era para él. Espeja el viejo tenía razón, y aunque le repatease harto, había que dársela en eso: nada de novela social. Lo que él perseguía era siempre sutil.

Sam Speed. Bastaron tres disparos de la equis para que Samuel quedara convertido en Sam. Sam Speed. Así le pareció más sonoro, rotundo y convincente. Además recordaba bastante a Sam Spade.

Empezó a canturrear. Solía sobrevenirle la euforia en cuanto terminaba. Pero la euforia no tardaba en devolverle a su propio descrédito.

SE trataba de un piso destartalado y decrépito, frente a Galerías Preciados, alquilado por Espeja el muerto a su dueño en 1929, y mantenido por su heredero con la misma renta y una falta de higiene que no hacía sino ir en aumento, en pro de la solera. Doce balcones a la calle, suelos de madera gastados por los remordimientos generales, un olor difuso a lejía y a vinagre, más de diecisiete habitaciones y aposentos ocupados en su totalidad por mesas en las que ya no se sentaba nadie y estanterías en las que dormían unos miles de ejemplares, algunos de hacía cuarenta años, llenos de polvo, testigos cabales de la historia de la empresa familiar y de la decadencia de la raza española. Lo peor de lo peor para los prestigios sólidos y modernos: casticismo puro.

—¿Cómo va a ser lo mismo tener al editor en la Cuarenta y cinco esquina con la Quinta Avenida, que en la calle Preciados? Tú me entiendes —le dijo Cortés a su amigo mientras subían a pie las escaleras—. Y sin ascensor.

—Además —subrayó el abogado al que el esfuerzo aceleraba el fuelle.

Una mujer, igualmente de la cosecha de 1929 y con un traje negro de cuello blanco, les abrió la puerta.

Lo hizo como si les franquease la entrada al capítulo primero de una novela gótica. Lo normal es que, con el aspecto de la recepcionista, no salieran vivos de allí. Alguien les asesinaría y vendería sus despojos al criado de un médico maniático y sin escrúpulos.

Eran las cuatro de la tarde, pero se habría dicho que la oficina contaba con todos sus efectivos: secretaria, contable, tesorero, el viejo mozo para todo y el propio señor Espeja el viejo, aferrado a su escritorio de roble como el capitán al timón del buque. Buena imagen.

—Van a tener que esperar. El señor Espeja está en este momento ocupado con doña Carmen. Voy a avisarle de que estás aquí, Paco.

—Vaya usted, Clementina.

La vieja secretaria entró en un despacho contiguo. Era una mujer alta, caballuna, con una joroba apenas disimulada y desviada hacia el hombro derecho, y andares atentados y sigilosos. El detalle del cuello blanco, con rizos de huevo frito, y las puntillas blancas de los puños, almidonados, le daban un aspecto aún más siniestro.

El señor Espeja el viejo, como era habitual, gritaba de una manera poco considerada. Cuando se vieron solos, el propio Paco Cortés susurró a Modesto Ortega que aquella doña Carmen era Carmen Bezoya, responsable de la línea rosa editorial casi desde los mismos orígenes de la novela rosa en el mundo. Se decía, o se había dicho, para ser más exactos, que aquella mujer había sido la amante de Espeja el muerto.

—Es sólo un minuto.

Clementina, de vuelta, fue a sentarse en su sitio. Sobre la mesa, junto al teléfono, modelo de baquelita, que tampoco había sido sustituido desde 1929, había en un platito una maceta de tamaño yogur. Entre chinatos negros nacía un cactus como un acerico erizado de alfileres y coronado por una diminuta flor color brasil. Parecía haberse pinchado con los alfileres la yema del dedo. Modesto Ortega se quedó mirando a la vieja secretaria, que ni siquiera se tomó la molestia de sonreírle. Entre el cactus y ella se diría que había un vago parentesco.

«Se lo tengo dicho, doña Carmen, y no me haga usted que se lo repita: nada de novela social. Lleva usted escribiendo novelas rosas desde hace sesenta años, así que no tengo que recordarle cómo se hacen. A las lectoras les gusta que las mujeres sean jóvenes, guapas y pobres y los hombres canallas, guapos y ricos. Las guapas son un poco tontas y las buenas son menos guapas, pero más decentes. Las guapas, golfas y las feas, en cambio, muy buenas madres, novias y hermanas. Lo de los hombres no tiene variación: siempre egoístas y depredadores de su virtud. Usted me entiende. Las guapas acaban pasándose de tontas y las listas acaban siendo un poco más guapas. ¿Me sigue usted? ¿Qué porquería es esa de que la protagonista se enamore ahora de un cura obrero? ¿Usted cree que va a venir lo de Rusia y que estamos aquí para hacer novela socialista? ¿Quiere usted arruinarme un negocio que lleva funcionando desde 1929? A escribir teología de la liberación a otra parte. Eso aquí no vende.»

Paco Cortés y Modesto Ortega oían en silencio, sin atreverse a moverse de sus asientos, aquella explosión de ira de Espeja el viejo que desbordaba la puerta de su despacho. La señorita Clementina trató de quitarle importancia:

—Ya sabes cómo se pone. Toma, acaba de llegar.

Le tendió a Paco Cortés un ejemplar de *No lo hagas, muñeca*, por Smiles Hudges, otro de sus seudónimos. En la portada, de Manolo Prieto, como todas las de Dulcinea, se veía a un hombre con sombrero y gabardina que trataba de arrebatarle la pistola de caño corto, en principio una Colt A-1 Commander, a una rubia platino, vestida también con una gabardina, aunque por el escote se insinuaba que debajo de la gabardina podía no llevar nada. Miró por encima el dibujo y le pasó el libro a Ortega, que se apoderó de él con ansiedad.

—¿Ésta es la que me contaste de las esmeraldas que pasaban de contrabando en un cargamento de café?

Cortés asintió con un movimiento de cabeza.

Aquel cuarto, comunicado con otros, era luminoso, pero estrecho y largo. Con tantas ventanas recordaba a un tranvía. Como dos guardianes flanqueaban el despacho del director sendos bustos de escayola, metidos en hornacinas a uno y otro lado. El polvo de más de cuarenta años les había apelmazado la severidad del porte. Toda la fantasía decorativa de Espeja el muerto había fraguado en aquella nota artística, mantenida allí desde la fundación del emporio como imagen de un sagrado tabernáculo.

—¿Quiénes son? —preguntó Modesto Ortega que acariciaba el libro recién horneado sin atreverse a mirarlo, posponiendo con ello la voluptuosidad de leerlo y remirarlo más tarde a solas.

—Quevedo y Lope —respondió Cortés.

Aquella respuesta humilló al abogado. Tratándose de Quevedo y Lope todo el mundo tendría que reconocerlos. Se limitó a barbotear: «Claro, ¿quiénes iban a ser, si no?».

Cortés, sentado en un sillón forrado de terciopelo rojo, ajado y acárico, sólo pensaba en llevar el dinero a Dora. ¿No habría una manera de arreglar las cosas? Estaba dispuesto a perdonárselo todo. ¿Qué me tienes tú que perdonar? Imaginó que ésta era la pregunta que le lanzaba Dora, llena de rencor, así que Cortés procuró que su pensamiento fuese aún más silencioso, para que ni siquiera llegase un eco de él, en la imaginación, a su ex mujer. Acostumbrado a que los personajes de las novelas le hablasen dentro de la cabeza, esa manía se había trasladado a los seres de carne y hueso, de modo que bastaba que pensase en ellos, para que empezasen ellos a dialogarle bajo su frente.

Estaba dispuesto a perdonarla, aunque no tuviera nada que perdonarle, porque en realidad había ocurrido por culpa de él. Pero ¿qué culpa tiene un escritor? Las cosas que le suceden a los escritores son muy diferentes de las que les ocurren al resto de los mortales. Ella lo tenía que saber desde el día en que se casaron. No es que me gusten las mujeres, se había disculpado, es que me gusta la intriga. Y ella...

—Después de la tertulia voy a ir a llevarle a Dora el dinero. ¿Me acompañas, Modesto?

Musitó la frase, como si se encontraran en la sala de espera de un médico.

Modesto Ortega, distraído, observaba no sin desconfianza las facciones de Quevedo y Lope. Le costaba reaccionar. Sus pensamientos tenían algo de aceite, más que de agua. Era viejo, pero no lo sabía. De vez en cuando, cuando reparaba en su pelo, ya completamente cano, decía: me siento un chaval. O sea, un viejo. Y las ideas iban por dentro de él a su aire. Flotaban más que fluían. Como el aceite. No era rápido. Quizá por eso no era bueno en las salas de los juzgados.

—¿Uno de esos no tenía que ser Cervantes? ¿Ésta no es la editorial Dulcinea? Por lo menos tenían que poner a don Quijote. Las cosas no tienen ninguna lógica.

Por eso le gustaban a él tanto las novelas policiacas y de detectives. En ellas la lógica era primordial. Como en el ajedrez. También le gustaba jugar al ajedrez. Y su amigo Paco era el rey de la lógica. Cómo hacía que encajase todo. No se le escapaba un solo detalle. Incluso, si tenía tiempo, podía conseguir, como esos confiteros virtuosos, algo genial: espolvorear la novela, ya escrita, de detalles significativos, lógicos, como si fuese azúcar glas, proposiciones y nudos falsos que acaban deshaciéndose al tirar de los extremos. Eso contribuía a que el lector, agradecido, conociese las cimas del goce deductivo en las últimas páginas. Pero ¿qué lógica podía haber en una editorial que se llamaba Dulcinea y que tenía un busto de Quevedo y otro de Lope?

Se abrió la puerta del despacho y apareció una dama de unos doscientos años, pequeña como un dije, envuelta en vapores de naftalina y con labios tan al rojo vivo que causaban una gran impresión. Vestía blondas blancas, encajes y sedas a medio planchar, que parecían haber dejado el baúl de los recuerdos media hora antes. Sí, se hallaban en una novela gótica. Seguramente la dama, a juzgar por la intensidad del carmín, acababa de comerse el hígado del señor Espeja el viejo. O como mínimo un cactus.

Doña Carmen al ver a Cortés, al que conocía de tropezárselo por allí desde que era un muchacho, consideró que tenía que decir algo, pero al descubrirle la compañía de Ortega, recapacitó, respiró hondo, meneó la cabeza, la levantó en una gallarda sacudida y salió sin despedirse, aunque no tan orgullosa como para dimisular que el despiadado señor Espeja el viejo le había hecho llorar. Por eso salió tambaleándose. A ella, una anciana de su distinción, que había conocido a Espeja el muerto, Espeja el viejo le había arrancado las lágrimas. ¿Por qué no viviría Espeja el muerto para lavar la ignominiosa infamia de aquella contumelia? Así describía ella en sus novelas las afrentas de honor.

—Clementina —ordenó la mujer—, dile de mi parte que espero que me llame para pedirme disculpas. Estaré en casa.

Salió de escena por un forillo al tiempo que Paco entraba por otro.

—Paco, acabo de despedir a doña Carmen. Nos llevaba a la ruina. Cierra la puerta. Está cada vez más chocha.

Modesto Ortega se quedó fuera esperando, sin quitarle el ojo ni a Quevedo ni a Lope.

—¿Nunca ha habido un busto de Cervantes ahí, o de don Quijote?

La señorita Clementina no entendió la pregunta y le miró de la misma manera que le miraba a ella el cactus.

36

—No, desde que yo estoy aquí siempre he visto a esos dos.
Los compró el Sr. Espeja-que-en-paz-descanse en una tienda
de escayolas precisamente de la calle Cervantes —la coincidencia la encontró divertida y le hizo soltar un graznido que
se parecía en algo a una risita—. Aún estará la factura. Aquí
no se tira nada.

Pasaron otros diez minutos sin decirse nada, mientras la
mujer remecía con la punta afilada de un lápiz las piedrecitas
volcánicas.

—Es una momia —continuó argumentando Espeja el viejo a Paco Cortés al otro lado de la puerta—. ¿Tú puedes creer
que le ha dado por hacer novelas con curas obreros? Esto es
cosa de la democracia. El otro día me trajo una en la que una
duquesa se liaba con su chófer, aunque el chófer a quien gustaba era a la hija de la duquesa. Hasta ahí todo bien. Pero a continuación no se le ocurrió otra cosa que poner que el capellán
de palacio se enamoraba del chófer, y la hija, a quien también
le gustaba el chófer, se cargaba al cura, con quien el chófer estaba liado sin que la duquesa lo supiera. ¿Me sigues? Asesinado.
Yo le dije: Mujer, ¿qué le han hecho a usted los curas? ¿Se va a
pasar usted a la novela social o lo que quiere hacer es novela
policiaca? Si quería que el chófer se acostase con la hija, con
el cura o con todos a la vez, era un problema suyo. Pero ¿qué
necesidad tenía usted de envenenarlo con el vino de misa?

—Pobre doña Carmen. No sabe que en las novelas no
conviene envenenar a nadie. Eso es cosa de los italianos, que
son muy ceremoniosos y un poco afeminados —dijo de
pronto Paco Cortés.

—¿De qué demonios me estás hablando? —rezongó Espeja el viejo—. El caso es que cuando le decía todo eso, la es-
pantajo me miraba como si se hubiese vuelto idiota. Sabes
que yo he seguido con ella todos estos años por consideración
a la memoria de mi tío-que-en-paz-descanse. Él le tenía apre-

cio. Pobre tía Lola, lo que sufrió. ¿Quieres tú escribir novelas rosa, Paco? Son seiscientas veinte la holandesa, veinte pesetas más que las de detectives. A ti te daré seiscientas cincuenta. Se venden el doble. Y más fáciles de escribir, porque a las mujeres les da igual que las cosas cuadren o no, con tal de que acaben en boda. Y ahora puedes ponerte incluso guarro. A las tías les va también esa marcha, ya me entiendes. Y ahora, con la democracia, eso se puede hacer. Pero nada de curas maricas ni de maricas. ¿Qué me dices? Quizá te conviniera cambiar de género. Tú también te estás volviendo idiota...

No había día que estuviese con Espeja el viejo que éste no le faltase al respeto.

—De momento lo que me conviene es cobrar ésta —respondió Paco con sequedad.

A la euforia que sobrevenía a la palabra FIN de sus novelas sucedía, a veces, sin solución de continuidad, un estado de afasia, depresivo, y el humor se le desvió definitivamente.

Espeja se levantó, se dirigió a un gran escritorio de roble, que tenía a su espalda, uno de esos de persiana, propiedad sin duda del difunto Espeja, y abrió uno de sus cajones. Sacó de él una pesada caja metálica, esmaltada en color verde, y la puso sobre su mesa de despacho. Se sentó de nuevo y empezó a tirar de una cadena que llevaba prendida en el chaleco hasta que le vino a las manos un desmesurado manojo de llaves, entre las que buscó una diminuta.

Cuando el contable no estaba, Espeja el viejo se ocupaba personalmente de los pagos. Contó el dinero de Cortés. Quedaba allí más del triple, así que antes de que Espeja el viejo cerrara la cueva de Alí Babá, Cortés se atrevió a pedir un adelanto a cuenta de la próxima.

—Sabes que esta editorial es una casa seria, y no de préstamos —refunfuñó con cara de pocos amigos...—. ¿Cuánto necesitas?

38

Cortés tuvo la agilidad felina de Delley. Pensó: necesitaría otras cincuenta mil, pero si pido cincuenta me dará diez, así que pediré cien y me dará cuarenta, pero como él está pensando en ese momento lo mismo que yo, no tengo más remedio que pedirle...

—Ciento cincuenta mil pesetas.

Esa cantidad sacudió a Espeja el viejo. Las llaves saltaron de sus manos como una alimaña que hubiese recobrado la libertad, y habrían caído al suelo si no hubieran estado sujetas por la cadena.

—Eso es mucho dinero —advirtió de un modo sombrío.

—Dora. Hazte cargo. Hace cuatro meses que no le paso la pensión —mintió, porque Cortés no hacía otra cosa que contar los días para poder llevarle el dinero a su mujer. Pero Espeja no conocía esos detalles, como ningún otro de la vida de sus empleados—. A cuenta de las dos próximas novelas —añadió Paco Cortés sin hacer ni una concesión al pordioseo.

—No tengo tanto disponible —mintió Espeja, y contó treinta billetes de mil, y guardó el resto en la caja verde.

El rostro del editor se nubló con el sablazo.

—Fírmalo.

Pacó quitó el dinero de la vista, por si se arrepentía, y firmó el recibo que le tendió el editor.

—¿Qué me dices, Paco? Me das una de detectives, y una de amor, hasta que encuentre a alguien que me escriba sólo las de amor. A ti lo mismo te da escribir una basura negra que una basura rosa.

Creyó cobrarse los primeros intereses de su préstamo llamando basura a la carpeta azul que estaba sobre la mesa.

Francisco Cortés hubiera creído media hora antes más verosímil que allí mismo la señorita Clementina y Espeja el viejo les iban a asesinar que lo que iba a suceder en ese preciso momento. Como hubiera dicho el propio Modesto

Ortega, habría tenido más lógica. Pero nada la tenía en esta vida.

Notó en la garganta un cuesco de dátil, que ni subía ni bajaba. Quizá me esté cogiendo la gripe, pensó Paco. Tampoco se le ocurrió media hora antes que pudiera estar pillando una gripe. La conversación con Espeja el viejo había puesto en fuga todas sus defensas. Cuando escribía sólo era real lo que iba quedando en el papel. Lo demás no contaba. Eso era algo que Dora le reprochaba. Le decía: cuando estás fuera, porque estás fuera, y cuando estás en casa, porque estás escribiendo. Nunca te tengo para mí sola. Y llevaba razón. Iba a llevarle el dinero y le diría que la perdonaba. No, no diría que la perdonaba, porque eso sería poner peor las cosas. No le gustaba mendigar. Iba a dejar las intrigas, las mujeres. Eran como la nicotina, como el alcohol, como la droga. Uno se adicta a los crímenes, a las mujeres, a las novelas como al tabaco. Sin darse cuenta. Se empieza por broma, por hacerse el hombre. Le diría que la amaba sobre todas las cosas. Él era personaje de sí mismo y de su propia vida, como lo eran los de sus novelas de las ficciones que urdía para ellos. Las cosas le sucedían sin pensar. Unas traían a las otras. Se levantaba cada día sin saber cómo iba a acabarlo, por lo mismo que dos holandesas antes de poner la palabra FIN Delley y Olson estaban todavía resolviendo cuál de los dos iba a sobrevivir o si morirían los dos o si se salvaban los dos. Y de la misma manera que sus personajes, se conducía él. ¿Por qué Dora no entendía eso que ya le había explicado un centenar de veces? Las mujeres en él no eran un desenlace, sino un planteamiento. Era la lógica de la realidad, aunque reconocía que en sus novelas había mucha más lógica, porque al llegar al final podía volver sobre las cuartillas escritas y amañarlo todo convenientemente. ¿Cómo se volvía al pasado y se arreglaban los errores? ¿Cómo pegar los trozos de un jarrón roto sin que se notara? Su vida era un jarrón roto, del que ya faltaban algunos trozos. Eso es seguro. Siempre se pierde alguno. Sí, le dolía la garganta. En una novela él hubiera tachado las palabras dolor-de-garganta con unas equis, y habría dejado de dolerle. En una novela habría suprimido el pasaje donde el jarrón se rompía, y el jarrón seguiría incólume. No hubiera tachado su aventura con Mariola, porque no veía en ella nada malo. Pero habría hecho que Dora no se enterase de ella y no le hubiera dado lugar a echarlo de casa. No le habría hecho daño con esa absurda traición, si no se hubiese llegado a enterar. Pero en la vida las cosas ocurrían de modo imprevisto. A la salida tendrían que pasarse por una farmacia. Les venía de camino de la tertulia, se consoló. En las novelas las cosas, sobre todo las inmotivadas, sucedían más fácilmente. Pero ¿cómo meterse de nuevo en la vida de Dora, saltar a los capítulos anteriores, y allí cambiar penosos episodios, y hacer que los que habían sucedido no hubieran sucedido nunca, o que los olvidara para siempre en los capítulos siguientes? ¿Cómo iba a olvidar ella?, y le pareció que otra vez había pensado demasiado en alto, porque ésa era la pregunta que imaginó que podía estar haciéndole su ex mujer. Y ahora, aquel imbécil recordándole que su vida era una basura llena de novelas basura.

—¿Qué me respondes, Paco? Es lo que digo, te estás volviendo idiota. Bebes demasiado. Despierta. A ti lo mismo te da escribir una mierda que otra, y a mí me resuelves la papeleta. Lo de esa vieja se estaba viendo venir. Está acabada.

Fue aquella malsonancia la que colmó el vaso, pensó luego Paco Cortés. Espeja había encendido un puro barato que le aureolaba la cara como a un brujo. Tenía un aspecto de viejo indecente: metido en un traje color ala de mosca, corbata negra, de luto o de ordenanza ministerial, no se sabía, delgado, mal color, una calva bruñida, el pecho hundido, manos blancas y femeninas con las puntas teñidas de amarillo por la nicotina y las uñas sucias de los poetas y un tic nervioso que le hacía toser de continuo y pasarse por la boca unos pañuelos no demasiado limpios, que doblaba con sumo cuidado antes de devolvérselos al bolsillo. Qué porquería.

—¿Qué me dices? Parece que te ha dado la tontera.

Paco Cortés se había quedado mirando por la ventana. Pensaba en Dora. También en Espeja. Cabrón. Tuvo miedo de que Espeja el muerto-que-en-paz-descanse le hubiera oído el pensamiento y se lo hubiera soplado al oído a Espeja el viejo, tan cerca como le tenía. Cada vez que le llevaba el dinero a Dora se producía una escena imprevisible. El préstamo le daría para llevarle un ramo de flores. No, flores no. Nada disgusta tanto a una mujer como que le regale flores el hombre que ella no quiere que le regale flores. Eso lo quieren ellas reservar para el hombre suyo, como hace la mujer de la vida con los besos en la boca, que guarda únicamente para su novio. Quizá pensara que no tenía derecho a regalarle flores. Un pañuelo. Un pañuelo, en cambio, les gusta a todas. Le compraría un pañuelo en el puesto de las gitanas de Gran Vía, después de pasarse por la farmacia. Se vio un poco miserias. Con el dinero que había logrado sacarle a Espeja, podía estirarse algo más y entrar en una tienda. Había sido un buen golpe. Debió de pillarle desprevenido. Treinta mil extras. Sintió Paco la euforia de los audaces con suerte. Y además, a este bicho le tengo ahora cogido. Lamentó sólo no haberle pedido trescientas mil.

—No pienso escribir más novelas ni rosas ni negras ni verdes, Espeja. Se acabó. No me vas a volver a ver el pelo, porque eres un viejo indecente y un explotador, como ya lo era el puto Espeja el muerto y como lo será el puto Espeja hijo. Una familia de putos indecentes.

Paco se había vuelto loco. No le gustaban las palabras malsonantes, no las decía nunca él ni las pronunciaban sus personajes. Cosas de la censura, y él se había acostumbrado a la censura. Ninguno de sus personajes, por ejemplo, hubiera dicho puto nada. Las novelas policiacas modernas, después de 1977, sí. En ellas había mucho y que te follen, hijo de puta, gilipollas, así te mueras, cabrón, eres un montón de mierda. A él eso ya le llegaba tarde. En realidad algo estaba pasando. Cada día aparecían diez novelistas nuevos, muchos, todos los días, en el periódico, en carteles, en la televisión. No se sabía de dónde podían salir tantos. Y luego se iban todos a Cuenca, a Gijón, a Barcelona. Congresos, simposios, seminarios. Demasiado intelectuales para él. Sus personajes habrían dicho: maldito, o canalla, por lo mismo. No. Él era un caballero sudista. En sus novelas no había hijos de puta, sino bastardos, ni cabrones, sino cabritos, ni jódete o que te follen, sino muérete o que te aspen. No hablaban mal, no decían tacos jamás, en sus novelas no los metía. Por eso la palabra puto le sacudió a él mismo el pecho como un esputo duro y cabrón, pero en ese momento paladeó aquellos putos lenta, golosamente, como pastillas de café con leche.

—Ya lo has oído, Espeja, sois todos una familia de putos Espejas.

Espeja se quedó de piedra, oyendo motejar a su tío Espeja el muerto y a su hijo de putos e indecentes, y se le descolgó la mandíbula. La ceniza del cigarro estuvo a punto de caérsele sobre la portañuela. No daba crédito a lo que había oído. Perdía a su autora de novelas rosas y a su autor de novelas negras el mismo día, pero en cuanto al lenguaje jamás había tenido ni los escrúpulos de Cortés ni el celo de la censura.

—Paco, tú eres el que eres un hijo de la gran puta —gritó, poniéndose de pie—. Sal inmediatamente de esta casa.

Los cristales temblaron.

—Adiós —se limitó a decir Paco, encogiéndose de hombros.

Vio la carpeta azul sobre la mesa. Pensó llevársela. Pero eso habría complicado las cosas.

Era una despedida demasiado breve para veintidós años de relaciones laborales con ambos Espeja. En un segundo le cruzaron a Paco Cortés por la cabeza al menos diez respuestas brillantes que hubiera podido pronunciar cualquiera de sus personajes novelescos.

Delley hubiera dicho: «Bien, Espeja, a partir de ahora vas a tener que escribir tú mismo esas novelas que son una porquería...».

John Murray, el detective aristócrata de Surrey, habría sido más cínico: «Espeja, no dejes de mandarme ninguna de esas novelas nuevas. Seguramente serán obras maestras...».

De pronto la palabra le gustaba lo indecible, puto, puta...

Francis Avon, otro de sus detectives, habría sido más contundente: «Espeja, ahórcate». O mejor: «Espeja, que te aspen».

Pero en su cabeza Paco Cortés oyó una traducción simultánea. Que te follen, Espeja. También le dio gusto esa conjugación. Lástima que lo hubiera descubierto justamente en el momento en que había decidido dejar de escribir. Se lo cedía a los jóvenes. Lamentó no haber salido de esa época de su vida sin dar un portazo. Pero si quería recuperar a Dora, tendría que dejar la novelística. Es lo malo de la vida: acaba muchas veces por donde debería empezar y empieza cuando ya está acabada. Lo mismo que las decisiones graves, como ésa. Percibió que en realidad ya la había tomado mucho antes, no supo cómo. Todo lo que sucede, sucede siempre un poco antes, como ocurre con los relámpagos, con los truenos, con los rayos. Y aquél había resonado de manera grandiosa en aquel cuarto.

Cuando iba a salir del despacho, Espeja le gritó:

—Eh, ¿crees que puedes dejarme así, gilipollas?

Espeja, en cambio no sentía el menor apuro en utilizar la viva lengua del pueblo.

—Yo tengo unos compromisos con la imprenta —siguió

tronando—, tengo unos compromisos con la distribuidora. Y unas letras que pagar al banco. ¿Te enteras? Tengo el papel comprado para todo el año, y estamos en febrero. Esto es una maquinaria que funciona como un reloj y si no cumples, te demandaré. Te voy a freír vivo.

El nuevo «gilipollas» que cerró su frase, sonó como la expectoración de un sargento en combate. Modesto y la señorita Clementina se miraron sin saber si tenían que intervenir y separar a dos hombres que por las apariencias se diría que se estaban matando allí dentro.

Cuando apareció Cortés, Modesto Ortega ya le esperaba de pie. El novelista salía pálido y despulsado. Le temblaba ligeramente el labio, con un tic nervioso que Modesto no le conocía.

La señorita Clementina se levantó agitada. Llevaba en la mano el lápiz con el que había estado meneando la tierra negra del cactus. Alarmada por lo sucedido, y fiel a su jefe como una perra vieja, tenía todo el aspecto de ir a clavar el lápiz en el cuello del novelista.

Espeja insultaba a Paco sin reparar en el abogado.

—Esto no se va a quedar así, imbécil —gritaba cada vez más fuerte.

—Adiós Clementina. Dele recuerdos a su madre.

Paco Cortés siempre le daba recuerdos para su madre. Creía que las secretarias viejas agradecían mucho esa fineza y que un escritor de novelas policiacas podía perder los nervios ante un superior, pero nunca ante una secretaria.

Espeja había salido de detrás de su mesa, gesticulaba con el puro en la mano y hacía con él fintas de florete.

—No eres nadie, ¿te enteras, cretino? Te has hecho en esta editorial, ¿y así es como nos pagas a mi-tío-que-en-paz-descanse y a mí? ¿Crees que van a querer publicarte esa bazofia en otra parte? En España no hay otra editorial para novelas de kiosco. Ésta es la número uno. Muy bien, escribe novela social, que es lo tuyo, muerto de hambre... Eres hombre muerto.

La última frase era a todas luces un plagio de las novelas de Cortés, que tan malas le parecían. De pronto Espeja recordó que Cortés se llevaba treinta mil pesetas prestadas, y los alaridos subieron al cielo.

—Y devuélveme ahora mismo ese dinero...Te voy a meter un paquete, ladrón, más que hijo de la gran puta.

—¿Qué ha pasado? —le preguntó Modesto Ortega ya en la calle. Se agarraba al ejemplar de *No lo hagas, muñeca* como a un salvavidas.

—No voy a volver a escribir.

Modesto Ortega pegó un brinco y cambió de sitio. Antes caminaba a la derecha de su amigo y al oír esa noticia se halló en el lado izquierdo, sin saber bien cómo.

—Paco, ¿qué estás diciendo? Si hay que pleitear, se pleitea. Seguro que este caso lo tenemos ganado. Ese hombre es un negrero.

Paco Cortés caminaba en silencio y no oía muy bien las palabras de ánimo que le prodigaba su amigo. Le silbaban los oídos con un pitido agudo que aumentaba y decrecía, dejándole en él mínimos acúfenos atonales.

Se diría que el novelista ni siquiera era consciente del paso que había dado.

—Ya no aguantaba más. Es un viejo indecente —concluyó, tratando de infundir serenidad a sus palabras—. Se acabó.

Modesto Ortega caminaba junto a Cortés como un boxeador sonado da vueltas por el ring. ¿Qué se iban a hacer de las andanzas del bueno de Wells, siempre tan solícito, tan desprendido, tan de vuelta de todo, tan romántico? ¿Y la inteligencia de Tom Guardi, el italiano que conocía como nadie los entresijos de la mafia, implacable, amante de las tradiciones de sus ancestros, capaz de descubrir las más endiabladas tramas

más, ese sistema de fuerzas y probabilidades que rodea a toda criatura humana y que se suele llamar destino ¿Me sigues? Yo creo en el destino, pero dentro de un orden, o sea, de un caos. Porque es verdad que sin destino no hay Crimen Perfecto, pero sin caos no hay novela ni literatura. Ahora todo el mundo quiere ser como Bogart en el cine, pero al mismo tiempo hacerse millonario, tener una casa en Beverly Hills y ponerle un pisito a Lauren Bacall para hacer con ella, los fines de semana, escalibada con ajitos tiernos y sepia a la plancha, en la cocina. Se podía ser detective y cultivar rosas, pero ¿dónde se han visto detectives con el mandil puesto? Hemos degenerado como bizantinos. Se han roto las reglas. Somos de otro tiempo. Además, en todos estos años yo no he dado con un personaje como Dios manda. He tenido buenos casos, no lo niego, pero los han resuelto malos personajes. En este negocio depende todo del detective. Los crímenes son poco más o menos todos igual en todas partes y en todas las épocas. Se mata por amor, por dinero o por poder. Lo que varía es el modo de resolver los casos. Tampoco entiendo a las mujeres en las novelas. No se me dan bien. Todo lo que me gustan en la vida, en las novelas se me atragantan. Las novelas policiacas clásicas, como yo las entiendo, son cosa de hombres, como las de caballería. ¿Quién es Dulcinea? Nada, nadie, una sombra, el deseo de don Quijote. Por eso el *Quijote* no les gusta a las mujeres. Allí no sale una mujer romántica, que suspira. El que suspira es el hombre, y eso a las mujeres no les gusta ni en la vida ni en las novelas. Dímelo a mí. Los crímenes, los toros y las guerras son cosa de hombres. Qué le vamos a hacer. El sol asoma por otros cerros. Las que compran los libros hoy son las mujeres, y quieren resarcirse con un poco de romanticismo. Así que los que vienen ahora las sacan a todas desnudas y con una temperatura para mí inalcanzable. Siguen de rodillas, pero con amor y fantasía se las engaña. Yo, Modesto, no he dado con un buen personaje, ni de hombre ni de mujer. He picoteado aquí y allá, he floreado, como quien dice, todos los asuntos. ¿Y con qué resultado? A la vista está. El primer imbécil puede decir que lo que hago no es más que una porquería. Y además lleva razón. Se lo voy a decir a Dora esta misma tarde. Se acabó la intriga, en las novelas y en la vida, al menos para mí. Me corto la coleta. Ella tenía razón.

Modesto Ortega permanecía mudo. Se quedó sin argumentos, y el único que se le ocurría no le pareció decoroso emplearlo. Un abogado también se movía por la lógica, pero sobre todo por la ética. Dora no iba a volver con él. Si Paco dejaba la intriga para recuperar a su mujer, no iba a conseguir nada. Vivía con un hombre desde hacía lo menos un año. Y Paco lo sabía. Estaba contenta, después de la separación se la veía feliz por primera vez. Con tal de que le pasara la pensión para su hija, a ella le iba a dar igual que su ex marido dejara de escribir novelas policiacas o que le llevaran en andas a Beverly Hills como guionista, a lo Chandler, a lo Faulkner.

—A mí me gustan tus novelas y le gustan a mucha gente, Paco. No es verdad que no salgan mujeres. Hay historias de amor. La que salía en *Cuenta tres*, entre Violeta y Flaherty era de las que hacen época. Tienes que seguir escribiéndolas. Si no gustaran, no te las habrían publicado. Claro que tu editor era una sanguijuela y en el fondo a lo mejor has hecho bien. Sólo hay que buscar otro editor.

—No, esto se acabó —admitió Paco Cortés como el que acaba de quemar sus naves ante sus leales y ante la historia—. ¿No te das cuenta de que todo eso acabó? Como el blanco y negro en el cine. Novelas negras... Ahora son todas en technicolor. Lo que te he dicho: escalibada y gambas de Palamós.

—Eran novelas preciosas... A mí me gustaban —entonó Modesto Ortega, como si fuese una balada villoniana.

Ambos amigos guardaron silencio durante unos minutos.

El propio Modesto advirtió, con pena, que acababa de hablar en pasado.

Cruzaban el barrio de San Ildefonso. Habían pasado de largo junto a las gitanas de Gran Vía, y a Paco se le había olvidado comprar uno de aquellos pañuelos de imitación. A esa hora no había demasiada gente en la calle. También había dejado atrás una farmacia. Ya no le dolía la garganta. Creyó encontrarse mejor. Hacía un día gris, con el cielo sucio, del color de las aceras, y las casas parecían medio torcidas, a punto de venirse al suelo al menor temblor de tierra. Y eso es lo que estaba temiendo Modesto Ortega que sucediera en cualquier momento. La noticia haría tambalear a toda la ciudad. Iba a ser un montón de ruinas en el momento menos pensado. Sintió su corazón sepultado en una escombrera. No caminaban por la Gran Vía ni por Valverde sino por un paisaje lleno de cascotes chamuscados y cráteres humeantes. ¿Qué iba a ser de su vida sin las novelas de su amigo? ¿Qué les reservaba el futuro? Temió por el de Cortés. Sabía tan bien como él que no tenía más ingresos que los que le venían de la editorial Dulcinea y que no había hecho otra cosa en los últimos veintidós años que escribir novelas policiacas, de detectives y de intriga en general.

—¿Cómo le vas a pagar la pensión a Dora? Sabes que me tienes para lo que necesites hasta donde yo pueda...

—Gracias, Modesto. Le he sacado al viejo otras treinta mil pesetas, aparte de las setentaidós mil de la novela. No pienso devolvérselas. Voy abrir una agencia de detectives. Lo tengo muy bien pensado.

Mentira. Acababa de ocurrírsele en ese preciso instante.

Del susto, Modesto Ortega volvió a experimentar una sacudida en toda regla que le transportó del lado izquierdo de Cortés, por donde iba, al derecho, e igualmente sin que se diera cuenta de cómo había sucedido.

—Mira lo que dices, Paco. Yo sé lo que cuesta ganarse la vida con el público. Eso es una lucha para empezarla de joven. A tu edad hay que olvidarse de películas. Y acuérdate de Sherlock Holmes...

—¿El nuestro?

—No, el auténtico. Cuando a Conan Doyle, después del éxito que había tenido con su Sherlock Holmes y de que todos creyeran que él y su personaje eran la misma cosa, le hicieron de Scotland Yard, ¿qué pasó?

—Sí, no supo resolver ni su primer caso, y fracasó estrepitosamente. Yo no soy Conan Doyle. Yo no soy un lord. Está decidido. Paso de la literatura a la vida. Me estaba anquilosando. Me lo ha dicho Espeja, y tiene razón. Se acabaron los Fred Madisson, los Thomas S. Callway, los Edward Ferguson, los Mathew Al Jefferson, los Peter O'Connor. Adiós, Sam Speed, ha sido tu primera y última salida al mundo. A partir de ahora vuelvo a ser Francisco Cortés, más concretamente Paco Cortés. La vida vuela, y todo estaba muerto.

—¿Cómo muerto? —le interrumpió escandalizado el abogado—. ¿Y todo lo que yo he sacado de tus novelas? ¿Esas descripciones, ese pintar como tú pintabas las cosas, que parece que las tienes delante?

—Nada. Ahora el personaje soy yo. Yo sé quien soy, y sobre todo, yo sé ya quién quiero ser, que no es el que era hasta ahora. Ahora, a lo mejor vas a ser tú el que tengas que contar mi vida —bromeó el ex novelista—. Yo soy el protagonista de mi propia novela. He dejado de ser el que se inventaba unos personajes, y voy a ser el que se inventa a sí mismo. ¿Me sigues? Como una novela de Unamuno. Esto a Dora le va a entusiasmar.

—¿Lo de Unamuno?

—No —precisó Cortés—. Precisamente lo contrario, lo de dejar de escribir libros. Y lo de Mariola sabe que no fue nada. Se acabó para siempre. Volveremos a vivir juntos, con la niña.

—Paco, te estás volviendo loco. Ha sido de trabajar veintidós años para la editorial Dulcinea. Vamos a cambiar de editorial —y devolvió ese plural a Paco en justa correspondencia—. Es un disparate lo que vas a hacer. Tú sabes escribir novelas policiacas, y eso es lo a lo que tienes que dedicarte.

—Tú me puedes echar una mano. Siempre me lo has dicho. Los abogados están tan cerca del delito que necesitan más de los detectives que de la policía, y que cuanto peores son los delincuentes, mejores hacen a los abogados.

—¿Cuándo te he dicho yo eso?

—Lorenzo también podrá arrimar el hombro al principio.

Se refería a Lorenzo Maravillas, inspector de policía adscrito desde hacía tres años a la comisaría de la calle de la Luna, y desde dos meses y medio tertuliano, y uno de los más activos y entusiastas, de los ACP.

—En la última novela, en la que le acabo de dar a Espeja, saco un bar que se llama el Lowren; por él.

Los Amigos del Crimen Perfecto apreciaban esas atenciones. En todas las novelas solía meter Paco Cortés el retrato de alguno de los colegas, de la misma manera que no se olvidaba de Dora, ni de su hija, Violeta, o de colocar las cosas que ellos le contaban, en fin, guiños que se tomaban como gentilezas de su amigo.

—Loren parece una buena persona —admitió Modesto—. Pero ¿en qué te va a poder ayudar él?

—A lo mejor quiere ser socio mío. Podíamos hacer una sociedad. Un policía, un abogado y un detective. Es perfecto. Loren me pasa los casos, yo los resuelvo y tú defiendes a los criminales.

—Pero lo que llega a la comisaría de Loren suele ser gente que se quiere sacar el carnet de identidad.

Modesto no le encontraba lógica a los proyectos de su amigo.

—Además, Paco, ¿tú crees que Madrid da como para que haya otra agencia de detectives? Hay cuatro o cinco y sobran la mitad. Lo he visto en la tele el otro día. Es como lo de los médicos. Me parece que la gente no se gasta una peseta en uno particular, si puede ir a uno del seguro. Así que para eso está la policía.

—No creas. Ahora con lo del divorcio y todas estas cosas nuevas la gente anda muy agitada, y necesita detectives que espíen. Es la moda, y a la gente le gusta estar a la moda. Yo también leí ayer que desde que hay ley del divorcio se han separado en España ciento cincuenta mil matrimonios, y la cosa va en alza.

—¿Y qué tiene eso que ver con las novelas que has escrito? Tú escribes de la mafia, de los contrabandistas, del hampa, de gente que aparece muerta con un cuchillo en la espalda en una habitación cerrada, de detectives corruptos y prostitutas honradas, de organizaciones criminales, de asesinos profesionales... ¿Cuántos asesinos a sueldo conoces tú en la ribera del Manzanares?

—Lo importante es el método, Modesto. En cuanto tienes método, puedes resolver cualquier cosa. Todo eso es un mundo. Yo hablo mucho con policías. Soy como quien dice del Cuerpo, ya lo sabes. No te puedes figurar la cantidad de cosas que ven y la de casos que a los de la policía se les escapan. Todos casos increíbles que están pidiendo una mente sagaz.

—Sí, pero esos se quedan sin resolver, y se quedan sin resolver porque detrás no hay una peseta. ¿De qué vivirás? ¿Para qué van a necesitar un detective? ¿Te vas a pasar el día siguiendo a una pareja para ver dónde se adulteran, y hacerles un par de fotografías?

—Al principio, a lo mejor. Es como tocar el piano. En

cuanto tienes el método, puedes interpretar lo que te apetezca. Al principio serán casos sin importancia, pero la gente que echa mano de los detectives es la de dinero, y donde hay dinero termina habiendo delito, y donde hay delito siempre hay alguien dispuesto a cometerlo, y una vez cometido, siempre aparece el que quiere delatarlo a la policía y otros que tratan de impedir que la policía lo sepa. A esa noria quiero subirme yo.

—No sé...

—Está decidido. Yo creo que no era escritor. En la vida hay que dar de vez en cuando un golpe de timón, como en las novelas, cuando se te atascan... Y no pasa nada. Saldré adelante.

—Pero ¿cómo puedes sostener una cosa así después de haber escrito las novelas que has escrito? Si tú no eres novelista en España, ¿quién lo va a ser? Tienes tanto talento como cualquiera, incluso más, porque al fin y al cabo casi todos escriben de lo que ven. Eso no tiene ningún mérito. Mérito el tuyo, que hablas de cosas que te tienes que sacar de la imaginación. No has estado nunca en Chicago, ni en Nueva York, ni en Londres, no has salido de Madrid en tu vida, pero cuando hablas de todas esas ciudades, están vivas. Parece que estás allí. No se cómo lo consigues. Tú no has estado en Londres y yo sí. Cuando me paseé por Hampstead, era igual que el barrio que sacas en *El té de la seis*. ¿Te acuerdas cuando escribiste sobre el incendio del Hotel Majestic de Los Ángeles, o de la cabaña al lado del lago Michigan? Parece que te encontrabas delante. Todavía estoy oyendo los patos. ¿Cómo sabías tú que en el lago Michigan había patos? Yo los vi con mi mujer, cuando fuimos a llevar a Martita a estudiar allí. Más que oyendo, parece que los estoy viendo. Esos personajes son ya más que tú, Paco, que antes que tú pensaras en ellos no existían y que andan ahora sueltos llevando un poco de justicia por el mundo, de orden, de lógica... Eso era muy...

Se estaba emocionando y resultaba incluso elocuente. Quizá en los tribunales se transformara también, y le viniese la facilidad de palabra.

—Déjalo, Modesto. Te lo agradezco igual. A lo mejor eres un buen abogado.

—Tú te podrías morir —continuó— y nadie se daría cuenta. Ahora, si tus personajes dejaran de existir, los lectores podrían denunciarte por asesinato, y demandarte por daños y perjuicios...

Aquello era un alegato...

Francisco Cortés, el autor de novelas policiacas, de detectives y de intriga en general, o lo que de él quedaba, se sintió conmovido. Pero no era persona que tomada una decisión se volviera atrás. Como decía Unamuno, al que citaba de vez en cuando para elevarse la categoría: «En las decisiones, y en los libros, hay quienes son vivíparos y ovíparos, los que tienen que incubar el huevo durante semanas, y los que paren decisiones o libros en unos instantes. Y yo soy de éstos, no hay más que verme». Eso era una enseñanza que había sacado también de las novelas. Duro, había que ser duro. A las mujeres les gustan duros, y a los lectores más aún. Dora le dejó por blando, aunque a él los lectores, a partir de ese momento, le daban lo mismo, igual que las linotipias a Delley. La prueba estaba en que había tardado veintidós años en tarifar con los Espeja. Francisco Cortés iba a ser en adelante un hombre duro. A última hora de la tarde se iba a llegar por casa de Dora, y le diría: haz las maletas, coge a la niña; os venís a casa. Y Dora le seguiría. Pero ¿qué tonterías estaba pensando? La casa de Dora era la suya. ¿Cómo iban a seguirle a la casa en la que vivía, donde no se podía vivir? Daba igual, era una manera de pensar. Sí. Empezó a ver que todo eran ventajas.

Estaban llegando al Comercial. Eran cerca de las cinco.

—Voy a hablar con Loren esta misma tarde. Con este dinero me da para alquilar un bajo un par de meses, y empezar a funcionar. Y luego ya todo rodado. La noria de la vida. La ronda. Empezarán a venir, aquello será una procesión, cornudos, mujeres engañadas, socios que se engañan entre sí, estafas, herencias despilfarradas antes de tiempo, escamoteos, dobles vidas, dolos, escalos, agravantes...

Ése era precisamente el título de otra de sus novelas, *Dobles vidas*... Él mismo había llevado una doble vida y por eso se veía como se veía...

Tendría que decirle a Dora que este mes no le podría pasar la paga convenida. Le explicaría. Entendería. Malo. No le iba a gustar nada que no le pasara la pensión. Pensaría que había vuelto a las andadas. No era el momento de ver los contra sino los pro. En seguir a alguien no se gasta nada. El metro, un taxi. Nada. No hay más que tener una libreta y un bolígrafo .

—Modesto, no le digas a nadie que he dejado la novelística. Y menos a Milagros.

VIERON llegar a Sam Spade y a Perry Mason y como ambos venían con la cara desencajada, lo atribuyeron a lo que estaba sucediendo en el Congreso de los Diputados.

Spade preguntó si había venido Maigret, el policía de la comisaría de la calle de la Luna. Le respondieron que no y que con lo que estaba cayendo, era improbable que lo hiciera.

—¿Cayendo dónde?

Spade les miró como cuando se sospecha que los demás conocen ya una noticia terrible de la que ninguno quiere ser mensajero, aunque en este caso fue lo contrario, porque cuando vieron que ni Perry Mason ni Spade estaban al corriente aún de lo sucedido, se atropellaron por contárselo todos a la vez, mezclando los hechos contrastados con toda clase de incertidumbres y congojas naturales del momento. Por una vez, ahora sí, estaban viviendo algo «histórico»: unos guardias habían entrado en el Congreso de los Diputados y se estaba produciendo un golpe de Estado. ¿En ese preciso momento? Sí. ¿Con qué repercusiones «a nivel del Estado»? Se ignoraba.

—Eso es imposible —concluyó un Perry Mason aturdido.

No. Había sucedido. Estaba sucediendo. ¿La televisión? No sabían. En el Comercial no tenían televisor. Sólo Tomás, el camarero, Thomas para los ACP, con un transistor pegado a la oreja, como Miss Marple, iba trayéndoles a la mesa, entre las consumiciones, las novedades que iba atropando en diferentes emisoras, en las que libaba con avidez.

Sherlock Holmes, sentado junto a uno de los ventanales, miraba distraído a la calle. Sostenía, mortecina, una gran pipa de espuma de mar, regalo de su mujer. La manoseaba nervioso. De todos los ACP era el más alterado. También el único que había vivido y hecho la guerra, y creía que lo que estaba sucediendo era un calco alarmantísimo de todo lo acaecido en España en los lejanos días de julio de 1936. Así que no hacía más que espiar a través de los ventanales del café lo que pasaba afuera. Temía ver aparecer en cualquier momento, por los bulevares, provenientes de Brunete, los tanques, avasalladores, blindados y estrepitosos. Sin embargo lo que se divisaba desde allí era lo mismo que cualquier otro día, coches que subían, que bajaban, que giraban, el pacífico kiosquero, unas gentes con cara de sinapismo que el metro fagocitaba y escupía, desavisadas de lo que le estaba ocurriendo a España.

—Lo mismo que cuando mataron a Calvo Sotelo; esto es igual que aquello —solemnizó Sherlock Holmes—. No se puede vivir con un muerto diario, como vivimos.

A Sherlock Holmes se le había ido el color, y su bronceado permanente, que le daba un aire de viejo galán de cine, se había vuelto verde. Le sudaban las manos y trataba de disimular frotándoselas como si no acabase de entrar en calor, mientras sus dientes mordían la pipa.

—Yo me voy a ir —comentó con evaporada voz.

Pero antes quiso recordar algunas cosas a sus amigos. Les quería bien, los ACP le daban la vida. Según Sherlock las detenciones, sacas y paseos iban a comenzar desde esa misma noche.

Mason sacudía la cabeza con gravedad, y no se sabía si le daba la razón o se la quitaba. Pensaba al mismo tiempo en Paco y la escena que acababa de vivir en la editorial de Espeja, en aquel golpe de Estado y en su propia familia. Las palabras de Sherlock le robaron su flema. Su hija Marta vivía en Barcelona. Imaginó la línea de un frente de guerra dividiendo durante tres años a España, su mujer y él a un lado, su hija al otro. También quería marcharse, pero no sabía cómo decirlo. No quería parecer un cobarde. Toda la vida admirando a los tipos duros de las novelas tenían que haberle enseñado algo.

Como buen industrial, Nero Wolfe sólo se preocupaba de las repercusiones que aquello iba a tener para la marcha del país.

—Si va a ser igual que el 36, veremos pasar necesidades en Madrid —advirtió.

A la sensación de miedo, en Sherlock y Perry Mason al menos, se sumó la de hambre, que cundió en el ambiente.

Nero Wolfe era un niño cuando la guerra. No recordaba mucho de la guerra, pero sí el hambre que padecieron después.

Mason asintió de nuevo sin decir nada. Sherlock insistió:

—Va a ser un calvario...

—Por favor, Sherlock, no nos asustes. Y tú, Mason, deja de darle la razón, no seas cenizo —y al mismo tiempo Spade levantó el brazo, chasqueó los dedos un par de veces y llamó a Tomás, Thomas, que se encontraba en el otro extremo, atendiendo a un cliente.

Una agencia de detectives, pensó, apenas necesita gastos. Habría que darle un nombre. La excitada conversación que tenía lugar a su lado era sólo un rumor lejano que no lograba distraerle. Un nombre: Argos, el de los cien ojos. Tenía buena mano para los títulos. Se le ocurrían siempre a la primera y no tenía ni siquiera que retocarlos. Esperaba al final, y llegaban solos, felices, como si nada. Cuando los necesitaba: *Mal asunto, El diamante de Vermont, A medias con la viuda de Ascot, La*

Meca del crimen, La luna llena está vacía, Caramelos de azúcar negro, Los cinco ases de la baraja, El dedal de zafiros, El gabinete de la señora Seisdedos, A dos pasos del lugar del crimen, Lunes y martes... Ahora necesitaba uno para la agencia, y ya lo tenía. *Argos, detectives.* Al día siguiente se ocuparía del papeleo, y para eso precisaba de la muestra comercial. Encargaría una placa vistosa, dinámica, moderna, en forma de flecha, para indicar que los detectives de Argos acudirían raudos allí donde se precisase de ellos. No entendía por qué les preocupaba a todos tanto lo de los guardias civiles en el Congreso. Una asonada vulgar, se quedaría en eso, ruido de sables. Qué vergüenza España. Por eso a él le gustaban Inglaterra, Francia, los Estados Unidos, la novela negra. ¿De qué iban a entrar los bobbies en el Parlamento británico? ¿A quién, sino a un español, se le había podido ocurrir esos tricornios de charol que daban idea bastante precisa de lo que hay debajo de ellos, todo cuadriculado, hasta las coronillas, y lleno de destellos fúnebres? Si él pudiera, rompería su nacionalidad en cien pedazos. Argos. Si los títulos son la mitad de una novela, pensó, el de Argos sería media empresa. El porvenir le sonreía en esas horas aciagas para España. De los suyos le gustaban muchos, *Casi perfecto, No me pidas más sueños, Uno y uno son tres, No quiero justicia*, primera parte de *Sólo pido venganza*, el ya mentado *El té de las seis*... Tendría que pensar en el logotipo. La otra mitad del éxito. También era importante eso. Un caduceo. No tenía nada que ver con Argos, sino con Mercurio, pero Mercurio era un dios muy apropiado para una agencia de detectives: tenía alas en los pies, y la rapidez en ese negocio es cosa primordial. Un caduceo es algo bonito, un casco con alas, un palo y dos culebras subiendo por él como una trenza... Las novelas policiacas están muy desprestigiadas, pero gracias a ellas, a leerlas y a tener que escribirlas, se había hecho una sólida cultura de enciclopedia.

—¿Qué piensas, Spade?

60

—¿Qué?

Se rompieron sus pensamientos dentro de la cabeza como la botella de whisky de Delley. Se asustó.

—El 18 de Julio nadie creyó que aquello fuese a durar tres años ni mucho menos que después iban a ser otros treinta y cinco...Volverá la quema de iglesias y conventos.

Esta última frase se la dirigió Sherlock especialmente al padre Brown, otro de los ACP, pero sin dejar de mirar a Mason, en quien Sherlock había descubierto un aliado para el repliegue.

—...Tú te acuerdas también de eso, Mason, ¿no? Y usted, don Benigno, ¿no dice nada?

El padre Brown sonrió beatíficamente, vació su pipa en el cenicero con ligeros toques, comprobó que no quedaba escoria en la cazoleta, y dijo risueño:

—Conventos, pobres, ya quedan pocos, pero de iglesias no estaría mal que se quemaran algunas...

Mason seguía asintiendo de manera sombría, ajeno a la broma del padre Brown, y también desenfundó su cachimba.

Se hubiese dicho que aquella reunión más que de los ACP era del Club de los fumadores de pipa. Miss Marple también tenía la suya. Ni siquiera se daban cuenta del efecto tan raro que podía hacer verles a todos ellos con sus pipas...

—Sherlock, nos estás dando la tarde. Además el padre Brown es bastante rogelio, ¿o no, padre? Y tú, Mason, no le mires con esa cara de cenizo.

El habla de Marlowe era muy madrileña, siempre como si estuviera pidiendo un bocadillo de calamares en una de las freidurías de la Plaza Mayor.

Mason tenía fama entre los ACP de ser algo cenizo, cierto, con aquel bigote de pincho tan triste y el pelo blanco, pero cuando se lo llamaba otro que no fuera Spade se retraía como un molusco, y torcía el gesto, y más cuando quien se lo decía era alguien como Marlowe. No le caía simpático. Pero no se atrevía a pararle los pies ni a contradecirle. No tenía mucho carácter Mason, desde luego, y hubiera podido pensarse que aquel nombre era un escarnio, de no ser porque se lo pusieron en pleno auge de la serie televisiva del mismo nombre. No se sabía cómo haría en los juzgados para no dejarse avasallar por los contrincantes. No tenía ninguna lógica que fuese abogado, desde luego, pero esa falta de lógica, la más notoria de todo cuanto constituía su vida, era la que le había pasado inadvertida siempre. La candorosa insolencia de Marlowe le mortificó, y no volvió a abrir la boca.

—Bah, Mason, te lo tomas todo a la tremenda —insistió Marlowe bromeando, ajeno a los sentimientos que despertaba en el abogado.

Marlowe era el hijo del relojero de la calle Postas, «Suministro. Fornituras. Herramientas». Cuando hablaba de sus padres les llamaba siempre «mis viejos». Mi viejo, mi vieja... La familia tenía también otro almacén en la calle Montera, arriba, casi en Gran Vía. Marlowe hacía unas veces de relojero y otras de recadero entre Postas y Montera. En estas idas y venidas, como hijo del jefe, escamoteaba algunas horas para asistir a las reuniones de los ACP. Hacía colección de pistolas. En realidad seguía la colección de pistolas que había empezado su «viejo», antiguas y modernas, todas en uso, incluso las más antiguas, que él restauraba y componía. Decía que los relojes le habían enseñado mucho a leer las novelas policiacas y las novelas a entender mejor las pistolas. Un buen crimen está muchas veces en una buena arma. Tampoco era partidario de los venenos, pero menos aún de la balística sofisticada, carabinas de alcance kilométrico o miras telescópicas con rayos x. «El Crimen Perfecto es como un buen reloj, ni atrasa ni adelanta, se produce a su hora.» Le gustaban estas frases, que dejaban un tanto anonadados e inermes a los que las escuchaban. Acababan de licenciarlo de la mili. De estatura mediana, cabeza grande, facciones que denotaban tenacidad y audacia, subrayada por la mirada. Miraba a los ojos, impetuoso y desafiante. Muy arreglado siempre, muy afeitado y muy perfumado con varoniles lociones, dispuesto al asalto y conquista de las primeras faldas que se movieran a su lado. Se le podía definir como un perfecto hijo del pueblo de Madrid. Era también el más joven de todos los ACP hasta que entró Poe.

—¿Y Poe? —preguntó alguien.

—No ha venido —contestó Marlowe—. Y vosotros, viejales, parece que os estuvierais cagando por la pata abajo.

En ese momento, como convocado por la alusión, apareció Poe por la puerta.

—Más respeto, chaval —le dijo Sherlock, estirando el cuello y sin esperar a saludar al recién llegado—. No sabes lo que fue aquello.

—¿Cómo que no lo sé? Mi viejo estuvo en la División Azul, con dos cojones, matando bolcheviques —dijo Marlowe.

—Marlowe —advirtió Spade, a quien la palabra cojones había bajado de su nube— no hables así delante del clero y de las mujeres.

El cura se encogió de hombros, dando a entender que por él le perdonaba, y de las mujeres, la vieja, Miss Marple, que tampoco simpatizaba con Marlowe, asintió, y la otra, la joven vestida de negro, no movió ni un músculo de la cara.

—Bueno —continuó Sherlock sin hacer caso de esa interrupción—. Yo conocí aquello y fue horrible. Sacaban a la gente, la mataban por la noche, aparecían los cadáveres en las cunetas o los sitios más raros. Yo estuve yendo con mi madre al Parque Móvil de Bravo Murillo a mirar si entre los cuerpos que traían todas las mañanas estaba el de mi tío, un hermano de mi madre. Fuimos durante un mes, y no apareció nunca, pero vimos más de lo que quisimos y de lo que podría olvidarse.

Nadie dijo nada. El fantasma de la guerra civil, como el genuino y agorero cuervo de Poe, se instaló en medio de la tertulia, sobre la mesa, entre las tazas de café, los vasos de agua y los tiques con las cuentas de las consumiciones, y graznaba su apodíptico *nevermore*.

En el Café, aparte de los ACP, quedaban dos viejos esqueléticos, uno que debía de llevar allí sin moverse desde hacía unos ochenta años y el que acababa de entrar, a su lado, ambos sin hablarse, tan tranquilos, tomándose a sorbitos su café con leche. Tampoco parecían haberse enterado de nada.

Los funéreos vaticinios de Sherlock pusieron una nota luctuosa en el ambiente. Nadie se atrevió a contradecirle. Nunca en las reuniones de los ACP se había hablado de política. Ni siquiera Maigret el policía, que hubiera podido contar y no parar de las cosas que había tenido que ver en el servicio, gastaba un minuto de su tiempo en esas cuestiones que apasionaban por entonces a toda la población. Y no es que estuviese prohibido hablar de política entre los ACP, sencillamente ése era un asunto que no le interesaba a nadie lo más mínimo, al menos allí. Los ACP, a imitación del Detection Club que formaron Chesterton, D. L. Sayer, Agatha Christie, F. Willis, Crofts, Wade y otros, era un club de amantes de la novela policiaca, un grupo de personas a las que unía el amor del arte por el arte, el arte puro, el asesinato como una de las bellas artes, para decirlo con frase impar.

Spade se animó a intervenir en la conversación, y preguntó, sin darse cuenta, lo mismo que ya había preguntado al llegar.

—¿Alguien sabe si va a venir Maigret?

Sí, faltaba Maigret. Maigret era Lorenzo Maravillas. Maigret era la pieza clave en aquel momento. Era lógico, estando como estaba metido en la policía, que, de saberse algo más de lo que estaba sucediendo, lo sabría él. Los golpes de Estado no se preparan sin que la policía lo sepa antes, y menos aún con una policía como la española.

—No —dijo Spade—, a mí me da igual lo del golpe, porque conociendo a la policía española, aparte de estar en el golpe, no sabrán nada más. Ésos hacen las cosas sin saber por qué.

—No estaría de más que se acercase alguno de nosotros a la calle de la Luna —sugirió Mason.

Miraron todos a Spade, pero éste negó con la cabeza.

—Yo no puedo presentarme allí.

Todos lo entendieron.

Alguien sugirió entonces que lo mejor era esperar. Quizá Maigret acabase apareciendo.

Maigret no se perdía ni una sola tertulia. Era un entusiasta por naturaleza. Estaba soltero y había dejado el País Vasco hacía cuatro años, y este hecho le mantenía en un estado de permanente euforia. Era habitualmente el primero en llegar a las reuniones y el último en dejarlas, cuando se lo permitiera el servicio.

Por las actas que llevaba tan al día Nero Wolfe, se sabe que ese 23 de febrero asistieron a la reunión del Comercial, Spade, Perry Mason, Milagros, Poe, Miss Marple, el propio Nero Wolfe, el padre Brown y Marlowe. Un tercio de los integrantes de los ACP, pero también los más asiduos. Faltaban Max Cuadrado, un joven ciego bautizado así en memoria del insigne detective ciego Max Carrados que resolvía los casos con la ayuda de los ojos de su amigo Parkinson; Nestor Burma, pieza ornamental del grupo, en cama con una gripe, como tantos por aquellos días; Mike Dolan, alias de Lolita Chamizo, redactora de *El Caso*, otro miembro más de los que fumaban en pipa, aparte de su atuendo enteramente masculino, con trajes, chalecos, camisas de cuello blando y corbatas de aspecto judicial, y, por último, el miembro más viejo de la tertulia, don Julio Corner, que a la manera del personaje de la baronesa de Orczy se ufanaba de resolver todos los casos sin salir de su rincón. Éste, que era un sabio, solía decir que para comprobar que el cielo es azul en todas partes no hace falta dar la vuelta al mundo, teoría plenamente secundada por Sam Spade, que la llevaba a la práctica escribiendo de ciudades en las que jamás había puesto el pie y con tanta fiabilidad como un cronista oficial de las mismas. En cuanto a las actas no figura ese día el nombre de Maigret, pero la realidad se encargaría de contradecirlas, porque Maigret finalmente apareció. Y si no figura en el libro de asiento es, sin duda, porque Nero Wolfe se lo llevó antes de que Maigret asomase por allí.

Sherlock Holmes seguía junto al ventanal, sin encontrar el momento propicio para levantarse, marcharse y no parecer un cobarde.

—Tendríamos que ir a aprovisionarnos, por lo que pueda pasar.

Fue Nero Wolfe el de la sugerencia. Nero Wolfe tenía un restaurante, y el instinto hizo que se acordara de avituallarse.

A la cara equina de Sherlock asomó el hambre sufrida en la guerra y en la posguerra.

—Donde hay que estar ahora es en casa, con la familia —advirtió.

—Como en Nochebuena.

Ése era el humor cáustico de Spade. Inconfundible. Lo sacaba también en las novelas. La discusión con Espeja el viejo, mucho más que por el golpe de Estado, se lo había afilado.

—Tú haz lo que quieras, pero yo me voy a ir.

Sherlock se levantó, molesto por primera vez en su vida por el comentario de su amigo y con el semblante borrascoso. El padre Brown, a quien tampoco le gustaba que la gente cargara cruces en solitario, se levantó por hacerle a Sherlock de Cirineo, pero estaba tranquilo: si iba a haber de nuevo persecución religiosa, él debía ir corriendo a quitarse el alzacuellos y ponerse otra ropa, aunque tal como pintaban las cosas temió que fuese lo contrario: tendría que sacar la sotana de la sacristía.

—Yo también me voy. En la parroquia pueden necesitarme.

Tampoco faltaba nunca el padre Brown. Eso era más explicable que lo de Maigret: estaba convencido de que la feligresía siente mayor y más natural propensión al mal que al bien. Miss Marple apagó el transistor que había tratado de meterse por la oreja, lo guardó en el bolso y se dispuso a marcharse también. Mason se coló en su abrigo sin decir nada y Nero cerró con parsimonia el libro de asientos, como maestro de ceremonias, dando la reunión por finalizada, sumándose al grupo de los desertores. La preocupación y la inquietud se habían generalizado, pero no iba a suceder nada por que un día, después de quince años, no se celebrase la tertulia.

Se quedaron solos Spade, Marlowe, Poe y Milagros.

Milagros, la mujer de negro, tampoco decía nunca nada. Era muy reservada. Todo lo que se le había escuchado en aquellas tertulias de los ACP hubiera podido memorizarlo un loro. No bebía alcohol ni refrescos ni agua, sólo un café tras otro. Se estaba con la espalda recta como una tabla, escuchando atenta, y moviendo la cabeza sin despeinarse. Aunque se la tuviera de frente, parecía de perfil, como las egipcias faraónicas. Hierática, con su cara fina, larga, pálida, con los labios descoloridos y unas ojeras como dos lirios para dos ojos de color azabache incógnita. Fumaba con la misma voracidad con la que trasegaba los cafés cortados, pero tampoco expulsaba el humo, se lo tragaba y parecía que se lo quedaba dentro por no llamar la atención. Vestía siempre de negro vernáculo, y nunca faldas, siempre pantalones, veranos incluidos, blusas negras, diademas negras y pañuelos oscuros. Sólo en los zapatos o en las sandalias se permitía agudas audacias, y eran éstos a veces de color crema, rosa o blancos. Eso en cuanto a su aspecto exterior, pero por dentro sólo perseguía una cosa: ser real, es decir, una de las heroínas de las novelas de su amigo. Si se lo hubiesen preguntado a Sam Spade, lo hubiese confirmado, porque era el único que lo sabía, y nadie sino ella llevaba peor el hecho de que toda la realidad que había en las obras de Spade se decantara siempre del lado de Dora, la mujer oficial, y no de ella.

Milagros había sido novia de Spade antes de que éste conociese a Dora de casualidad un día en la comisaría de la calle de la Luna y se casase con ella a los tres meses. No acogió ni mucho menos bien la noticia, pero acabó aceptándola. Después de aquella boda, Milagros, conocida en los ACP como Miles, en recuerdo del personaje de Patricia Highsmith, dejó de acudir al Comercial. Nadie le preguntó a Spade, porque todo el mundo sobrentendió que las cosas no debían de poder ser de otra forma. Pero cuando Dora y Spade se separaron, Miles apareció de nuevo. ¿La llamó Spade? ¿Se enteró la propia Miles, como esas golondrinas que llegan de África y van directas al nido viejo? Tampoco nadie se atrevió a preguntarle nada en la reaparición, si habían o no reiniciado la relación. El mismo hieratismo en ella, la misma indiferencia en él. Al salir del Comercial, terminada la tertulia, ella solía quedarse a veces con él. Otras, paraba un taxi con dos dedos en cuyas puntas ardía siempre un cigarrillo, y se metía en el coche sin decir nada ni despedirse de nadie. Se diría que hubiera querido aparecer y desaparecer como los espíritus. Y jamás una palabra de más, una broma, una frase de complicidad. Sofisticada y muda como una esfinge. Tampoco sabía nadie a qué se dedicaba. No trabajaba en nada. Vivía de rentas. Había estado casada con un hombre muy rico, pero su fortuna era propia, de familia.

—Paco, no tenías que haberte metido con Sherlock. Es muy buena persona.

Este Paco, no oído jamás en el Comercial referido a Spade, devolvió tono de intimidad a la conversación, un aire de familiaridad que extrañó a Marlowe y a Poe, porque igual que de las reuniones estaba excluida la política, todos allí se llamaban por el apodo, sin excepción, y muchos se trataban de usted, otra de las normas, raramente acatadas, de los ACP.

Sí, Sherlock era una buena persona, pero Spade no tenía la culpa de lo que había ocurrido con Espeja.

Se hizo un desmesurado silencio. Marlowe y Poe no se atrevieron a romperlo, y sólo Spade, al cabo de unos minutos, por animar el cotarro, preguntó de qué se hablaba antes de que se hubiese sabido lo de los guardias civiles en el Congreso.

—Seguro que fijaban, una vez más, las reglas de la verdadera novela policiaca —dijo Poe tímidamente, como un alumno aplicado.

Para todos Poe era, antes de que se sumara a la tertulia, un estudiante como otros muchos que repasaba los temas y apuntes en una de las mesas del café, y al que a veces se veía hablando con una chica algo mayor que él. Se acercó a ellos una tarde y les dijo: Siempre hablan ustedes de novelas policiacas y a mí me gustan las novelas policiacas, ¿les importa que me siente a oírles?

Se quedaron al mismo tiempo sorprendidos y halagados de aquella buena disposición y de la naturalidad con que formuló el ruego. Sherlock preguntó, ¿qué novelas le gustan a usted? Poe, oyéndose tratar de usted, vaciló. No había leído muchas. El estudiante dijo la primera que se le vino a la cabe-

69

za: *Los crímenes de la calle Morgue*, y fue Spade el que le puso el nombre. Dijo, mire, aquí todos tenemos un nombre. A usted le vamos a llamar Poe, ¿le parece bien? Se da un aire romántico, tan pálido, tan delgado. ¿Y por qué no Dupin?, dijo Poe. ¿Prefiere Dupin?, le respondió reconciliador Spade. Poe se lo pensó bien y dijo, no, Poe está bien, me gusta.

Fue el primer neófito de su iglesia en todos aquellos años, nacido al menos de aquella manera tan espontánea, y se mostraron no sólo de acuerdo, sino encantados, sobre todo algunos como Marlowe o el propio Spade, ya que a ninguno de los ACP se le había pasado por alto la presencia de aquella joven bellísima que le acompañaba algunas tardes, extraordinariamente hermosa, como un ángel.

Se llamaba Hanna y era danesa. Ese día 23 de febrero no estaba con él. Poe la había conocido en la academia a la que iba entonces. Era una academia general y se encontraba justo encima del café, en el tercer piso. Después de trabajar en un banco, Poe preparaba su acceso a la Universidad. Hanna daba en la misma academia clases de inglés y era diez o doce años mayor que Poe.

A Spade le caía bien Poe. Le cayó también bien Hanna. Para ella no buscaron nombre. Nunca mostró interés en formar parte de los ACP y unas veces se sumaba a la tertulia y otras no.

El muchacho tenía en verdad un aire romántico, tan delgado, tan pálido, tan tímido. Era más bien alto, con el pelo muy negro, lacio y brillante. Lampiño y con las manos muy largas, surcadas por venas azules. Podrían haberle puesto Chopin en vez de Poe, y habría valido lo mismo. Hablaba con un hilo de voz y a veces tenía que repetir las cosas dos veces, porque la primera no se le oía, y esas repeticiones le daban un aire de mayor indefensión. Era también analítico y frío, y eso se veía cuando se abordaban en la tertulia cuestiones o enigmas policiacos. Era el primero en resolverlos o, si no, el que trazaba un ángulo de visión más original e inesperado.

—Bien —Spade carraspeó...

Se esperaba que dijese algo. Era una tertulia a la medida de Spade, y allí todo el mundo le respetaba como la incuestionable autoridad en la materia, lo mismo los miembros más antiguos que los más jóvenes.

Habló Spade durante un buen rato y al tiempo que eso le fue animando, hizo que se olvidase del altercado con Espeja y del mismísimo golpe de Estado. Incluso de que tenía que ir luego a ver a Dora. Esto, lo de las reglas de la novela policiaca, era fundamental, desde luego, y algo muy peliagudo, para establecer de una vez por todas, en los anales de la criminología, qué es o no un CP, o sea un Crimen Perfecto, dentro del género de las novelas policiacas, teniendo en cuenta que ellos se llamaban los Amigos del Crimen Perfecto.

—Para empezar —sentenció Spade—, se aprende más de los asesinatos vulgares que de los maquiavélicos crímenes de Estado...

—Bien dicho —secundó Marlowe—. Sobre todo el día en que se está cometiendo uno muy gordo en España.

—Marlowe, no interrumpas —continuó Spade—. A menos que esté de por medio Shakespeare. Para el detective todos los crímenes son iguales, lo mismo que para el hepatólogo lo son todos los hígados. Los crímenes son siempre de lo más democrático. En cuanto te matan, eres un cadáver, y como cadáver todo el mundo queda bien. Mientras se está vivo hay que demostrar muchas cosas. Ahora, de muerto sabe hacer hasta el más tonto.

Spade, a lo grande, sintetizó para su exiguo auditorio las reglas de un CP.

—Todo el mundo sabe que la policía dice que no hay Crimen Perfecto, sino detectives descuidados o incompetentes...

Se acercó Tomás, el camarero:

—Vamos a tener que cerrar. Ha llamado el dueño.

—Pero media hora ya nos dejarán estar —sugirió Spade.

—Media hora sí, pero no mucho más. El dueño ha dicho que en el momento en que el café se quede vacío, aquí se cierra —admitió Tomás, quien bajando la voz pareció susurrarles—. Están diciendo que se van a sublevar todas las capitanías generales.

Spade desoyó el vaticinio y siguió con lo que estaba diciendo.

—Decía que los policías aseguran que no hay Crimen Perfecto para mantener el prestigio del Cuerpo, pero gracias a que existen crímenes perfectos, pocos, siguen cometiéndose incluso los que no lo son, que son la mayoría. A pesar de haber nacido todos para ser crímenes perfectos. No hay criminal tan tonto que cometa su crimen por deseo de terminar en la cárcel. Y gracias a que se producen crímenes perfectos, existe la policía, mucho más que como consecuencia de todos los crímenes chapuceros que ellos resuelven con tanta publicidad, publicidad que han aprovechado los novelistas para poner las cosas en su sitio, depurando, elevando y fijando la calidad y perfección de un crimen como un escultor clásico habría hecho con un canon de escultura.

No le gustó haberse recordado a sí mismo este último punto, cuando había dejado de ser novelista esa misma tarde y había renegado de todos los cánones que no le habían conducido a ninguna parte, y menos que a ninguna, al clasicismo.

—Bueno —continuó después de un carraspeo y de refrescarse la garganta con otro trago de gintonic. Le dolió algo al tragar. Quizá tuviese anginas de verdad.

—Primera norma...

Spade cerró el puño y disparó su dedo índice...

—... el lector y el detective deben tener las mismas oportunidades para resolver el problema. Eso es fundamental. Como ir a cazar. No se le puede esperar al zorro con la escopeta a la salida de la madriguera. Hay que dejarle libre. Lo mismo que a los toros. Si el problema fuese matar al toro, se le podría matar en los toriles. Pero los toros son arte, y la novela policiaca es un arte también, hoy el más sobresaliente en la literatura, según mi modesta opinión. Segunda...

Y el dedo corazón salió a hacerle compañía al dedo índice, que seguía rígido...

—... El autor no debe emplear otros trucos y astucias que los mismos que usa el culpable con el detective. Tercera —y el anular se sumó a los anteriores—: En la verdadera novela policiaca no han de mezclarse asuntos de amor. Faldas las que se quiera, pero amor, nada. Eso haría saltar por los aires el mecanismo puramente intelectual. Cuando hay de por medio un CP, hay que estar a lo que se está. Camas a discreción, pero nada de sentimentalismos.

Milagros rizó la boca en un pliegue de incredulidad y de sarcasmo, que Spade pasó por alto.

—Cuarta: el culpable no puede ser nunca ni el detective ni ningún miembro de la policía. Sería un timo tan vulgar como inaceptable. —Mostró su mano abierta con todos los dedos irradiados—. Quinta: al culpable se le debe descubrir por deducciones, no por accidente ni por azar ni por la confesión espontánea del culpable: señor comisario, he sido yo, me doy preso. Lo del Raskolnikov de *Crimen y castigo*, como se ha repetido hasta la saciedad en estos ACP, es inaceptable. La mayor parte de las obras de los clásicos terminan con ese procedimiento chapucero, admitido por la misma razón que alguien puede sostener que una película muda es una obra maestra y que una pintura rupestre es digna de compararse con las *Meninas* y la Venus de Willendorf, o como diablos se llame, equiparable a Fidias.

Al verse la mano de nuevo cerrada con el pulgar hacia arriba, prescindió de enumeraciones, y prosiguió.

—No existe ninguna novela policiaca sin cadáver. Leer trescientas páginas sin la recompensa de un bonito fiambre, sería sencillamente monstruoso, porque nos privaría del sentimiento de horror y del deseo de venganza. No debe haber más que un detective por novela. Bajo ningún concepto, nunca, el novelista podrá elegir al culpable entre los empleados domésticos, mayordomos, jardineros, lacayos, chóferes, etcétera. Ésa siempre es una solución acelerada y hay que ser serios: hay que buscar un culpable que valga la pena. Y por lo mismo que no hay más que un solo detective, conviene que haya un solo culpable, para concentrar en él todo el odio que vaya experimentando el lector. Para algunos las mafias y las asociaciones de criminales no deberían tener un lugar en las novelas policiacas... Yo no estoy muy de acuerdo, pero en fin. Nada de pasajes descriptivos ni poéticos ni pormenorización de atmósferas. Retardan la acción y desconcentran al lector. Diálogos, muchos diálogos. Son más variados y más cortos, cuesta menos escribirlos, los lectores los agradecen, la acción avanza y el editor paga lo mismo los folios de líneas cortas que los de líneas largas.

Esta mera mención a un editor, le recordó el suyo con disgusto.

—La solución de los casos ha de ser realista y científica. Los milagros están excluidos de las novelas policiacas. En esto está de acuerdo hasta el padre Brown. Tampoco hay que buscar al criminal entre los profesionales del crimen. Lo que impresiona no son los crímenes cometidos por los hampones, sino por las damas de caridad o por el presidente del Tribunal Supremo o por una mosquita muerta o por un caballero de conducta intachable o por un cura, ahora que el padre Brown no nos oye. Un cura asesino es un buen tema. Yo tengo una novela en la que el asesino era un cura. La censura no la pasó al principio, pero la segunda vez dije que era un cura protestante, y no pusieron ningún inconveniente. Y es imperdonable que lo que durante toda una novela se ha presentado como un asesinato se convierta, cuando se acaba, en un accidente o en un suicidio. En ese caso el lector estaría en su perfecto derecho para denunciar al novelista por estafa o esperarle a la salida de casa y asesinarle a su vez. Importantísimo: el móvil del crimen ha de ser personal. Los complots internacionales y todas esas bobadas de 007 son cosa de tebeos, lo mismo que salvarle en el último minuto haciendo salir del tacón de su zapato un avión supersónico, con sauna y doce huríes del paraíso. Nada tampoco de usar trucos indignos. Nada de descubrir al protervo criminal por una colilla encontrada en el lugar del crimen, ni por falsas huellas digitales, ni porque el perro de la casa no ha ladrado, nada de hermanos gemelos ni de sueros de la verdad, nada de asesinatos cometidos en una habitación cerrada en presencia de un inspector de policía y desde luego, nada de criptogramas ni de jeroglíficos que se descifran en las trastiendas de una tienda de antigüedades en el barrio chino, nada tampoco de manuscritos o instrumentos misteriosísimos rescatados en una subasta, nada de enigmas que esperan desde el tiempo de los egipcios en una almoneda, con la consiguiente maldición faraónica... Y ese decálogo se resumiría en un único mandamiento: el Bien es el Bien y el Mal el Mal; nada de que el Bien pase a ser el Mal ni al revés, ni que los buenos se hagan malos ni los malos buenos; los crímenes de las novelas son un juego de niños, y a los niños les gusta en los cuentos que les cuentan saber de qué lado ponerse. Y sobre todo no hay que olvidar que el crimen perfecto no es más que una metáfora extrema de la lucha por la vida, donde aflora lo mejor y lo peor de la naturaleza humana; por eso hay tanta gente intrigada con el asesinato como tumba de la democracia y de Sam Spade, de Miss Marple, de Nero Wolfe, de Nestor, de Perry Mason, de Poe...

Tampoco dejó traslucir ninguno de sus temores.

—Allí viene Maigret —exclamó de prontó Marlowe.

Miraron todos a un tiempo a través de la cristalera. Se había confundido. Era alguien que se le parecía y que pasó de largo.

—Tenía que verle —recordó un Spade apesarado. Ninguno de los que le acompañaban podía ni siquiera sospechar las turbulencias que lo sacudían por dentro.

—La verdad es que los nombres que tenemos estaban bien puestos —dijo de pronto Spade.

—¿Y eso a qué viene ahora, Sam? —preguntó Marlowe.

—Se me ha pasado por la cabeza.

—A mí el mío no me gusta —disintió Marlowe—. Hubiera preferido otro. Yo soy más guapo que Humphrey Bogart.

Marlowe hizo uno de sus gestos característicos, se llevó la mano derecha al pecho y la deslizó lentamente de arriba abajo, como si llevase corbata y quisiera alisarla, al tiempo que adelantaba la mandíbula y abría la boca en un «ahí queda eso».

Se llamaba Isidro Rodríguez Revuelto, y se había puesto Marlowe por ninguna razón detectivesca en particular. En el fondo, acaso, porque le gustaba la mano que Marlowe se daba con las mujeres, cómo las llamaba muñeca, preciosa, flaca, chatilla, pequeña, y las besaba sin que le respondiesen, sosteniéndolas por el talle con una mano, doblándolas hacia atrás y atornillándoles la boca con la lengua, y sin soltar el cigarro de la otra, y cómo se las llevaba a la cama sin que se enterase nadie, a veces ni siquiera los lectores, y sin tener que hablar luego de todo ello, cada cual por su camino, una noche de frenética y cínica pasión, y a la mañana siguiente adiós, el largo adiós, sin rencor, como buenos amigos, cada cual por su camino, como los perros callejeros. Eso le parecía poético.

Spade se le quedó mirando y sonrió. Al contrario que a

Mason, a él Marlowe le hacía gracia, la gracia del pueblo de Madrid.

Spade contaba entonces treinta y ocho años. Perry Mason, según la ficha, había nacido quince antes. Marlowe tenía veintidós, Poe veinte, y Milagros, treinta y siete.

Todas las fichas tienen su fotografía. Spade en la suya no parece de treinta y ocho años, sino mucho más joven, y Perry Mason, mucho mayor, con unos ojos de vulpeja que contrastan con su aspecto inofensivo, de gastrónomo francés.

En la mirada de Marlowe se apreciaba cierta desfachatez, simpática desde luego, pero también un fondo de desdicha. ¿Qué lector, incluso de novelas del oeste o de detectives, no es desdichado? Y tampoco era tan insolente como Mason creía. Era lo que se dice un tipo bromista.

Poe llevaba entonces un corte de pelo que podría calificarse de ominoso, con unas patillas largas que ya parecían pasadas de moda. Estaba muy delgado. Quizá tuviese razón su madre, sosteniendo que en Madrid no se comía bien.

Ese día la tertulia era atípica. Ya no sabían de qué hablar pero tampoco querían marcharse a casa. En los plenos de los ACP el tiempo se les hacía corto para comentar los últimos adelantos de la criminología o los casos más interesantes, dejando fuera de lugar cualquier conato de privacidad. Sin embargo ese día no tenían nada que preguntarse, y quizá por eso Marlowe, que decía proteger, en tanto que forastero, a Poe, le preguntó por Hanna.

—Hanna debe de estar asustada con todo esto que pasa aquí. Tendríamos que llamarla para tranquilizarla.

Poe se quedó mirando a su amigo, pero no movió un solo músculo de la cara. Siempre era difícil saber en qué estaba pensando.

De su amiga Hanna no hay ficha, lo cual quiere decir, con toda probabilidad, que jamás formó parte de los ACP. Pero sí figura en una foto de grupo, de las que se conservan algunas.

Parece, en efecto, una mujer muy guapa, delgada, con una expresión de dulzura general. En esa foto tiene el pelo lacio, largo, de color rubio, casi blanco, como el oro blanco, como la avena vana que crece en las cunetas en agosto, y los ojos azules o verdes, difícil saberlo.

—Si me permites decirlo —dijo Marlowe dirigiéndose a Poe en un tono que sólo podía querer decir que iba a soltarlo, quisieran o no escucharle—, Hanna es una preciosidad.

Sonó la galantería como una restitución a la tesorería de las Verdades Universales.

—De veras —insistió Marlowe por si no había quedado claro.

En la foto Hanna lleva un jersey blanco de cuello de cisne. Un cisne.

No se sabe de quién partió la idea de confeccionar esas fichas.

Son las mismas que usaba entonces la policía. Donde iba el escudo, en el mismo rincón superior izquierdo, va sobrepuesto el anagrama de los propios ACP. En algunas ese papel se ha despegado y asoma el águila imperial, que quiere levantar el vuelo con el yugo y las flechas en las garras. El anagrama de los ACP representa un laberinto, una circunferencia con intrincados viales. Se parece a uno de esos ideogramas que se ven en los letreros de los restaurantes chinos. Son como unos cuantos caminos interrumpidos, imposibles y engañosos que no desembocan en ninguna parte, sino que acaban en el mismo punto del que se parte. Resulta notorio que estaba ideado y realizado de una manera significativa y seguramente por el mismo Spade, porque muchas de sus novelas parten de la misma hipótesis: no sólo el criminal regresa al lugar del crimen, sino que el crimen le deja en el mismo lugar en el que se cometió, o peor, en el mismo lugar donde estaba antes de cometerlo, dispuesto a cometerlo de nuevo.

POR fin Thomas les echó de allí con mala cara, mientras los otros dos camareros, sin chaquetilla, vestidos de calle, esperaban que aquello concluyese.

—Vamos a cerrar, en Sevilla y en Valencia van a sacar los tanques a la calle. En Valladolid también. Y en Madrid unos dicen que ya está en camino la División Brunete, y nosotros nos vamos a casa.

Transmitido de esa manera, con la boca seca y la lengua pastosa, parecía que todas esas cosas tenían la misma importancia. La discusión sobre las características de la novela negra que distinguen un Crimen Perfecto de uno que no lo es, asunto tan peliagudo como el de la belleza inmarcesible de Hanna, quedó, pues, aparcada para más sosegado capítulo.

Se levantaron los cuatro amigos.

—¿Qué vais a hacer? —preguntó Marlowe ya en la calle, frente al sumidero del metro.

Todos acordaron marcharse a sus casas.

Acaso Sherlock tuviese razón. Eran situaciones que había que pasarlas en familia. Spade, que no tenía otra familia que a su hija pequeña, dudó si dirigirse a casa de Dora o a la suya propia.

Milagros bajó del bordillo y se plantó en medio de la calle para avistar un taxi libre. No pasaba ninguno. Antes lanzó una mirada de uno o dos segundos, alusiva y llena de significación, a las mismas pupilas de Spade, para saber algo en lo que sobraban las palabras. Poe se dio cuenta de esa mirada. No era persona a la que se escapasen los detalles menudos. Miró a Spade, que pese a haber recibido la mirada de Miles, la había dejado a un lado, tal y como le llegó, como esa octavilla propagandística que nos tienden en plena calle y que se va a la papelera sin que ni siquiera nos molestemos en saber de qué trataba.

Marlowe, ajeno a trales trasvases sentimentales y con la curiosidad de los verdaderos hijos del pueblo de Madrid para los acontecimientos históricos, dijo que él iría andando hasta la Carrera de San Jerónimo, con el fin de echarle una ojeada al «ambiente». Pero como verdadero hijo del pueblo de Madrid tampoco quería ir solo y le preguntó a Poe, ¿te vienes conmigo?, y a Poe, que no le desviaba demasiado del camino porque vivía entonces en un hostal de la calle Hileras, uno más del rosario de pensiones y hostales por los que anduvo aquellos meses, dijo, bueno, tranquilamente, sin sacarse las manos de los bolsillos.

Cuando estaban despidiéndose vieron llegar, a la carrera y contra todo pronóstico, a Maigret.

—¿Ya os vais? Se está preparando una buena. Supongo que estaréis enterados de lo que ha pasado.

Por si no fuera suficiente, traía dos avisos inopinados, recién sacados del horno. Una mujer muerta en un piso de la calle del Pez y un robo en la casa de la madre de un compañero.

—Ya son ganas irse a morir un día como hoy —dijo.

—Y ya son ganas de robarle a la madre de un policía —añadió Marlowe.

Maigret era un hombre joven, de unos treinta y cinco años, alto, de complexión atlética, moreno, vestido muy deportivamente con ropa cara.

Tenía que ir a los dos sitios, no había más remedio. ¿No iban ni siquiera a tomar algo rápido?

Le explicaron que acababan de cerrar El Comercial. Maigret torció el gesto. Tenía que volver a comisaría.

Llevaba un pantalón gris de franela, americana de pana negra, camisa de cuello americano y corbata a cuadros. Zapatos de tipo mocasín. A cuerpo. Jamás usaba ni gabán ni gabardina ni ninguna otra prenda de abrigo. El aspecto deportivo conjuntaba con su pelo, largo, fino y despeinado. Le habían dado el nombre de Maigret porque pertenecía a la policía científica, pero no guardaba parecido ninguno con el verdadero Maigret. Éste era un tipo aburrido, padre de familia, conservador, burgués, gris hasta decir basta, una especie de héroe para franceses de clase media y un promedio de trescientos litros de vino tinto al año. Lorenzo Maravillas, de quien Spade había sacado el Lowren de su última novela, tenía un aspecto mucho más saludable, alto, guapo, con los ojos grandes, algo rasgados y verdes, nota exótica ésta de los ojos que le había valido en comisaría el segundo apodo: Sandocán.

En comisaría se dedicaba a hacer las fotografías de los delincuentes y revelar las huellas digitales de los escenarios donde se cometían los delitos, con sus brochas, sus pinceles y su polvera, como un maquillador de estrellas de cine.

La presencia de Maigret tranquilizó algo a Spade, Marlowe y Poe, porque lo mismo que un segundo antes creía que aquello era el fin del mundo, tuvo claro que aquel trueno formidable no pasaría de una asonada sin consecuencias

Miles seguía oteando el horizonte en busca de un taxi, mientras, de vez en cuando, le lanzaba esas rapidísimas miradas a Spade, por si pescaba algo.

—Son todos unos bozacas, empezando por tu suegro —dijo Maigret dirigiéndose a Spade.

Necesitaba tomarse un café antes de empezar a trabajar. La

noche se presentaba movida. Les habían ordenado a todos que se personaran en su lugar de trabajo, con disponibilidad absoluta de servicio.

A veces, cuando la tertulia finalizaba, algunos, por seguir el copeo, se refugiaban en el Trafalgar Pub, un híbrido bastante cursi de la calle Fuencarral, entre pub y puticlub, con altas banquetas tapizadas de cuero, chinchetas de latón dorado y tres tragaperras epilépticas puestas en batería. Convencieron a Milagros, que desistió de buscar un taxi, encendió un cigarrillo y dirigió a Spade una nueva y más demorada mirada de naturaleza apremiante y rasposa.

—Tengo una noticia que daros —declaró con cierta solemnidad Spade cuando se hubieron sentado los cinco alrededor de una mesa espinillera—. Lo mío no es un golpe de Estado, pero para mí como si lo fuese: he dejado la editorial, dejo la novelística. No voy a volver a escribir novelas. Me vuelvo a mi casa derrotado, como don Quijote, pero no vencido. Y voy a montar una agencia de detectives con Modesto: Argos, detectives.

Marlowe se sacudió el cuerpo con una tiritona, como si ése fuese el modo de asimilar tantas nuevas extraordinarias. Poe se limitó a observar a Miles, por la curiosidad de ver la reacción de la mujer. Ésta se quedó como estaba, hierática. Maigret se llevó las manos a la cabeza y a continuación se aflojó el nudo de la corbata, para pasar mejor la novedad.

Por otra parte la primera parte de la historia, que había dejado la editorial, Spade se la quería participar personal y especialmente a Milagros, y la segunda, que iba a montar una agencia, a Maigret.

—¿No será una broma? —preguntó Marlowe.

—¿Te parece éste un día de bromas, con el país entero metido en un golpe de Estado?

Marlowe bajó la cabeza lleno de pesadumbre.

—Tus novelas son buenas —recalcó el joven.

—Gracias Marlowe —reconoció Spade, aunque sin prestarle demasiada atención, y continuó, dirigiéndose a Maigret—. Habíamos pensado Modesto y yo que tú querrías ser socio. Tienes experiencia y no es incompatible con tu trabajo. Lo de las fotos se te da bien. Podrías ser el que las hiciera, ya sabes, a los que tengamos que seguir o lo que se tercie. Modesto sería el Director del Departamento Legal, tú serías el Director de Documentación y Servicios Especiales, y yo el Director Ejecutivo.

Maigret se quedó pensativo. Todos estaban pendientes de él. Al cabo de un rato, el policía le dijo:

—Si me permites un consejo, Spade: no lo hagas. Lo tuyo es escribir, y créeme, lo de las agencias de detectives no es negocio. En Madrid ya hay ocho o diez y todas van mal.

Exageró para desanimarle.

—Yo podría trabajar con vosotros también —intervino de pronto Marlowe con un entusiasmo refrescante, jubiloso, como si hubieran acabado de alistarle en los boys scouts—. Haría lo que fuese por dejar a mi viejo y empezar por mi cuenta en algo. El trabajo menudo podría correr de mi cuenta, lo de seguir a la gente y meterme en los sitios. Soy bueno, tengo don de gentes, soy guapo, la sin hueso mía es una artista. De momento podrías nombrarme Director de Enlaces Operativos. Me encargaría del Detectivismo Práctico: los bigotes postizos, las chaquetas de dos caras, la plombagina, el albayalde, el negro de marfil...

—Ya lo has visto, Loren, hasta Marlowe le ve porvenir. Hay que fiarse de la juventud —sentenció Spade.

Marlowe, que recordó un diálogo del John Dalmas de Chandler, lo soltó de corrido, cambiando el tono de voz:

—«Yo quiero veinticinco dólares por día y dietas. Demasiado, ¿cuántas dietas? Gasolina y aceite; quizá una puta o dos, algo de comer y whisky. Sobre todo whisky... Su voz era más seca que un pedazo de tiza, le miré y él me devolvió lo que devuelven las máquinas tragaperras, nada...» ¿Qué os ha parecido?

Nadie le aplaudió la actuación. Poe le dio ánimos, haciendo que se destocaba un sombrero imaginario, sin despegar los labios.

Maigret no quería entrar en discusiones, pero era un buen amigo, y de la manera más mitigada le dio a entender que tampoco el día era el más apropiado para hablar del futuro de nadie, cuando estaba en el aire el futuro de todos.

—Me tengo que ir. Se me ha hecho tarde. Hablaremos de eso en otro momento. ¿Me acompañas, Sam? —preguntó Maigret.

—Sabes que no puedo aparecer por allí —dijo Spade contrariado, porque era de su negocio de lo que quería tratar; lo demás le traía sin cuidado, así se estuviese preparando el fin de los tiempos.

Salieron del Trafalgar Pub. En menos de dos horas la circulación de Madrid había clareado mucho. Caminaron hacia la Glorieta de Bilbao, pero se detuvieron cuando Maigret advirtió que él iba en sentido contrario.

—Yo voy hacia allí —y Maigret miró en dirección a la calle Colón—. Si alguien viene, me voy.

—Te acompaño —dijo Poe tímidamente.

—¿Tú no ibas a venir conmigo a ver el ambiente de la Carrera de San Jerónimo? —preguntó Marlowe.

—Acabo de pasar por allí. Lo han cortado todo y no se puede entrar— informó Maigret.

—No me importa. Yo me voy a dar un garbeo.

—Yo tendré que ir a ver a mi mujer —se disculpó Spade como si fuese una pesada obligación.

—Tú ya no tienes mujer, Paco.

Fue un golpe bajo de Miles, quien a continuación, sin despedirse de nadie, desapareció en un taxi.

Paco Spade se quedó con una frase en los labios sin poder desflorarla. Se despidió hasta el jueves siguiente, si no mediaba otra guerra civil, y también partió en dirección a Génova.

Siguieron juntos un buen trecho Maigret, Marlowe y Poe. A llegar a la calle Colón, para tomar hacia la Corredera Baja de San Pablo, Marlowe siguió su camino. Se hubiera asegurado que partía a una *kermesse.*

—Abur.

Maigret y Poe siguieron solos. Apenas se conocían, no habían hablado nunca, ni en la tertulia de los ACP ni fuera de ella. Maigret ni siquiera sabía el nombre de pila de Poe, de modo que empezó por ahí.

—Llevamos viéndonos tres meses y la verdad es que no nos han presentado como Dios manda. Me llamo Lorenzo.

Mientras se estrechaban la mano, Poe dijo:

—Lo sé, ya lo sé. Yo me llamo Rafael, Rafael Hervás.

La timidez le hacía repetir las cosas que decía.

Lorenzo Maravillas le preguntó qué hacía, a qué se dedicaba, dónde vivía. Poe le contó lo del banco y que vivía en un hostal cerca de Sol.

—¿Y ahora dónde vas? ¿Qué vas a hacer esta tarde? ¿Tienes familia en Madrid?

Tenía familia, sí; madre y dos hermanos mayores que él, pero no en Madrid. En Madrid, a nadie. Padre no, su padre había muerto.

—Vaya, lo siento —murmuró el policía.

—Fue hace mucho, yo no lo conocí —dijo Poe a modo de disculpa.

Caminaron un buen trecho en silencio.

—No sabía nada —dijo Maigret al cabo de todo ese tiempo, por decir algo—. Debe de ser triste no conocer a tu padre.

Poe, tan reservado siempre, tan tímido, tan silencioso, se descolgó con una confidencia inusual en él.

—Sí que lo es, no puede ni figurárselo.

Siguieron sin hablarse otro trecho. Maigret empezó a pensar en desembarazarse de aquel joven, que llenaba la conversación de tantos silencios incómodos. Él era comunicativo, y le contrariaban los taciturnos. Fue Poe el que rompió el hielo esta vez, y lo hizo con naturalidad.

—¿Usted tiene familia aquí?

—¿Por qué me tratas de usted? No, en Sevilla.

—Me dijeron que una de las normas de los ACP era tratarse todo el mundo de usted —dijo tímidamente Poe.

Maigret le informó que la norma del usted regía únicamente en El Comercial.

—Acabo de decírtelo. Eso son tonterías de Spade, que a veces se pone estupendo. ¿Has visto que allí alguien se trate de usted?

—Yo trato de usted a todo el mundo. Fue lo que me dijeron que tenía que hacer.

—¿Quién te dijo una cosa así?

—Marlowe.

Aquella puntualización lejos de darle a la conversación un aire de camaradería, la envaró un poco más

—¿Eres de Sevilla? —preguntó al fin Poe, con esfuerzo patente y sin recobrar su aplomo.

—Sí —respondió Maigret.

—No se te nota el acento

No se habituaba al tuteo. Le resultaba difícil a Poe mantener una conversación normal con la gente. Acaso por eso estaba en Madrid, con veinte años, sin amigos, en una pensión de Sol. Quizá eso le hacía sufrir. Ni siquiera se lo confesaba.

—Mi madre vive en La Almunia —dijo de pronto Poe, y le contó a Maigret que también vivían allí sus hermanos y sus sobrinos, y dónde estaba ese pueblo y que no tenía a dónde ir esa tarde, pero que no le apetecía mucho volver a la pensión.

Hablaba Poe en voz baja, con la vista al frente, siempre con la cabeza gacha. Sin mirar a los ojos nunca. Maigret se compadeció del muchacho.

—Poe, ¿cuántos años tienes?

Poe se sonrojó de nuevo, para su mortificación.

—Veinte.

—¿Ya has hecho la mili?

—No, no voy a hacerla por hijo de viuda. Mi madre es viuda. Ya lo he dicho. Mi hermana me saca diecisiete y mi hermano trece. Mi madre depende de mí.

—Vente conmigo, si quieres. Si te preguntan algo en comisaría, les dices que eres primo mío.

El animoso Maigret era hombre de resoluciones optimistas.

—¿Te gustan las novelas policiacas?

Poe ni siquiera abrió la boca.

—Pues hoy va a ser como una clase práctica.

En menos de dos minutos Maigret había pasado de querer librarse de aquel chico a adoptarlo y enseñarle algunas cosas. Decididamente, le caía bien.

En la comisaría la sordidez del lugar y el desamparo en el que se hallaban las dependencias de abajo, la mayor parte de ellas con la puerta abierta y vacías, contrastaba con los calambrazos estridentes de los teléfonos y las voces que provenían de la parte de arriba. En todas las paredes había huellas, y no pocas, de goma negra, como si organizaran palizas en los pasillos y a los policías se les escapara de vez en cuando una patada propinada sin tino, cosa bien absurda porque eran aquellas oficinas del primer piso donde se tramitaban únicamente los documentos de identidad y los pasaportes.

Subieron a la segunda planta, donde Maravillas, al final de otro pasillo no menos estrecho y de paredes igualmente mal-

tratadas y asquerosas, con manchas grasientas y numerosos ca-
liches que las convertían en fidedignas cartografías de países
imaginarios, tenía su despacho, junto a otros compañeros, y el
laboratorio fotográfico.

El paroxismo en aquel angosto tabuco a esa hora era extremo. Mientras España entera se recogía en casa, como si fuese
Nochebuena según la ironía de Spade, allí parecía estar prepa-
rándose el cotillón de Nochevieja. Observada de cerca, esa
actividad resultaba tan inútil como caótica. Había tres transis-
tores a todo volumen, sintonizados en emisoras distintas, un
televisor portátil en el que aparecían imágenes escoriadas y
deficientes con un sonido de fritura que llegaba a hacerse
molesto, y no menos de catorce policías, unos de paisano y
otros de uniforme, unos, dando vueltas sin saber qué hacer,
como fieras a las que acosan y excitan pasando por los barro-
tes de la jaula una barra de hierro, y otros, contrarios abiertamente a la aventura golpista, taciturnos, vigilantes y sombríos.

En cuanto el jefe de Maravillas, Maigret o Sandocán sintió
llegar a éste, salió de su despacho gritando antes de preguntar
por qué razón aparecía tan tarde y amenazándole con meterle un paquete, porque le tenía hasta cierta parte, dijo.

Era un viejo cenceño de estatura ruin, flaco y enérgico, de
unos sesenta años, con un traje gris de corte ejecutivo, con
cuatro mechones largos untados al cráneo y una cara llena de
venillas rojas y azules que parecían haberle estallado todas al
mismo tiempo. Eso le daba una coloración vinácea que su-
brayaba la irascibilidad de su carácter. Estaba borracho. Siempre lo estaba, desde el mediodía, que empezaba con el ver-
mú, hasta la medianoche, que cerraba con los whiskies, el
vodka o la ginebra preceptivos. Esa tarde apestaba a ginebra.
La lengua se le trababa. Para disimularlo gañía las palabras
con energía inaudita en alguien que no se sabía de dónde podía sacarla.

90

—¿Quién es ése y qué hace aquí?

Lo gritó de tal modo que Poe lamentó haber acompañado a su amigo e inició un discreto movimiento de repliegue, cuando Maigret le detuvo cogiéndole del brazo.

—Es primo mío. Un buen chico, de los suyos, don Luis.

Fue como echarle de comer a una fiera, porque don Luis, el comisario jefe, se aplacó al momento por ensalmo.

—Eso se dice antes. Chaval, ¿cómo te llamas?

Le llenó la cara de un aliento pestilente, le pasó el brazo por el hombro y se lo llevó al despacho, mientras, dándole la espalda a Maigret, siguió impartiendo órdenes al retortero, a todos y a ninguno.

—Maravillas, ¿sabes lo de la vieja de la calle del Barco? Tienes que salir para allá ahora mismo echando leches.

Y mirando con curiosidad a Poe, añadió con la mayor amabilidad:

—Así que de Fuerza Nueva.

Poe no supo cómo defenderse de la camaradería de aquel desconocido que le clavaba las uñas en el cuello.

El despacho de don Luis lo presidía el retrato de un Caudillo joven, napoleónico, con un fajín verdoso y esa mirada perdida en el infinito que se les pone a los que han ganado una guerra, han dejado un millón de muertos en los campos de batalla y pueden subir al cielo con el deber cumplido. Debajo del retrato había una bandera descomunal, seguramente traída desde los tercios de Flandes, y sobre su mesa, levantado en un Gólgota de carpetas, un Cristo de metal cromado le servía de pisapapeles.

Al fin soltó don Luis su presa, y fue a sentarse detrás de la mesa. A voces le comunicó a Maigret, y a toda la plantilla de la comisaría, ya que la puerta seguía abierta, que «unos tíos con lo que hay que tener» habían hecho lo que en España había que haber hecho desde hacía ya mucho tiempo, y que las cosas volverían a donde tenían que volver, y de pronto sonó una ventosidad esperpéntica que las reglas de la verosimilitud habrían encontrado demasiado tópica para ser real, incluso en la novela más mediocre, o demasiado pedregosa y atronadora para venir de un hombre tan enteco.

—Es por culpa de los antibióticos. Me dan gases —se disculpó.

Poe estaba cohibido. Maigret había desaparecido y el muchacho no sabía qué pintaba en aquel despacho.

—¿Y tú eres de FN? —repitió con desconfianza.

Poe respondió con un gesto ambiguo de cejas.

—Sandocán —gritó de nuevo como un energúmeno hacia la puerta en el mismo momento en que rayaba el teléfono de su mesa—. Llévate a tu primo de aquí. Es idiota.

Entró Maigret y lo arrancó de la vista del Comisario Jefe, que hablaba ya por teléfono. Les despidieron varios de sus «a sus órdenes, mi general», y algo de «los maricas y los comunistas», y cuando ya estaban a salvo, aún les alcanzó el vozarrón de don Luis, con un «cerradme esa puerta», seguido de un resoplido de aires marciales.

Maigret llevó a Poe a su laboratorio.

—Pasa —le ordenó, cediéndole el paso.

Se trataba de un cuartucho asfixiante, mal cuadrado y provisional, como Módulo Experimental dependiente del Gabinete de Identificación de la Puerta del Sol, a la espera de mejoras urgentes. Maigret había ingeniado un sistema que le permitía pasar en él cómodamente sentado horas enteras, leyendo sus novelas policiacas, sin que nadie le molestara. Mediante el cableado apropiado, la bombilla roja sobre la puerta se encendía a conveniencia, estuviera o no trabajando.

Le pidió disculpas.

—Es el suegro de Spade.

Poe puso cara de sorpresa.

—¿No lo sabías?

Era patente que no.

—Ya nos vamos —añadió, mientras se cruzaba en bandolera una máquina de hacer fotos y arrancaba del suelo una maleta de paredes de zinc. Se la pasó a Poe.

—Verás un crimen al natural. Nada que ver con los que salen en las novelas.

Al tiempo que llegaban Maigret y Poe al domicilio de la vieja, en la calle del Pez, llamaba Spade a la puerta del piso en el que seguía viviendo su ex mujer, por encima de la Plaza de Roma.

No le gustaba a Dora que Paco se presentara sin telefonearla con antelación, y mucho menos a esas horas de la tarde. Era de todo punto inadecuado. Entre otras cosas porque compartía el piso desde hacía once meses con un periodista de la edad del propio Paco Cortés, y no quería Dora que nada interfiriese en una relación que al menos le había devuelto la ilusión por la vida.

—Sabes que no me gusta que te presentes aquí, y menos sin avisar.

Dora no estaba dispuesta a franquearle la entrada.

—¿Está la niña? —se arrepintió de haber hecho una pregunta idiota, y para resarcirse, añadió, mientras arañaba la jamba de madera:

—Dora, estas guapísima...

No tenía aún los treinta años. Verdaderamente era muy guapa, pero no tanto como le parecía a Paco Cortés, que la reputaba, exceptuando a Ava Gardner, la criatura más bella de la creación.

Era tan alta como él. Era morena, con ojos grandes. Pero con todo era su voz lo que la hacía tan atractiva. A veces, cuando estaban juntos, Paco cerraba los ojos y le decía, cuéntame cosas o léeme algo en voz alta. Y se envolvía en aquella voz arrulladora como en un trozo de terciopelo. Qué voluptuosidad. Tenía una cabellera negra de amplias ondas, ojos insumisos, destellantes y negros, una boca proporcionada, lo mismo que la nariz recta y una cara clásica de cariátide.

—... preciosa de verdad.

Era notorio que nadie como Paco Cortés le había dicho jamás esas cosas con tanto encanto, pero había sucumbido tantas veces a esas palabras y a otras parecidas, que la sola idea de ceder un centímetro, hacía que esos mismos cumplidos consiguieran irritarla. Por otro lado le constaba que cosas parecidas había tenido que decírselas a muchas.

—¿Has venido a decirme eso? —le preguntó secamente, sin moverse un centímetro, cerrándole el paso, con una mano apoyada en la puerta.

—¿Está el reportero?

Tampoco nadie podía ser tan impertinente.

—Paco, por favor, déjalo estar. ¿Qué quieres? Tengo cosas que hacer.

Paco conocía bien a Dora y conocía bien al género humano, gracias a las novelas policiacas, y se dio cuenta de que la respuesta de Dora a su pregunta sólo podía ser un no. El campo estaba libre. Así que empezó por disculparse adoptando un aire sumiso.

—Lo siento, Dora. ¿Sabes ya lo del Congreso?

Dora asintió con un movimiento apesarado de párpados.

—Me ha llamado por teléfono mamá. Está preocupada por mi padre. Le cogió con la gripe en cama, pero en cuanto se ha enterado, ha salido corriendo a la comisaría. Iba ya bastante cargado. Conociéndole es capaz de cualquier cosa.

—Por eso he venido. Me he preocupado por vosotras. Todos dicen que la situación es muy grave. Creo que estos momentos son para estar con la familia. ¿Puedo pasar a ver a la niña?

Dora estuvo a punto de decirle que ellas ya no eran su familia, pero no tenía ganas de empezar una refriega, y acabó franqueándole la entrada con un gesto de fastidio y resignación.

—Sólo un momento. Luego te vas.

La niña, que jugaba en un rincón, reconoció a su padre y lo recibió con aspavientos de júbilo. Paco Cortés la levantó en brazos y la lanzó a lo alto tres veces, como si fuese la gorra de un cadete, y eso pintó en el rostro de la pequeña una expresión de gozo y de pánico.

Dora contemplaba la escena con una triste sonrisa. El entusiasta delirio que el padre causaba en la pequeña enorgullecía a la madre y la llenaba de inquietud al mismo tiempo. Se echó Paco la niña sobre el brazo izquierdo y con la mano derecha extrajo del bolsillo de la gabardina, una vieja y arrugada gabardina como la de Delley, como la Sam Spade y como la de Sam Speed, una excavadora de hierro que estuvo a punto de rasgárselo por mil sitios con toda suerte de palas dentadas y volquetes. La niña recibió con hurras aquel nuevo juguete que añadió al parque móvil desplegado por el suelo, y se desentendió de su padre.

—¿Puedo sentarme un minuto?

Dora se encogió de hombros, como ante una fatalidad. Paco se dejó caer en el sofá. Enfrente de él Dora alivió su cansancio en el borde mismo de una silla, recordándole con ello que la visita había de ser breve.

—¿No está él?

Procuró Paco que ese *él*, sabiéndolo lejos, sonase lo más educadamente.

—No —respondió Dora, sin que Paco pudiera adivinar si no estaba porque no había llegado o no estaba porque no iba a venir.

—Tengo una buena noticia que darte —dijo Paco Cortés.

Dora no se mostró entusiasmada. Las noticias que su marido le presentaba como sensacionales nunca lo eran, porque nunca llevaban a ninguna parte. «Me parece que quieren traducirme las novelas al inglés. ¿Te imaginas?» «Me ha dicho Espeja que a partir de enero me va a pagar más por holandesa. Se ha dado cuenta de que me podría ir con la competencia.» «A partir de ahora vamos a ser felices, Dora.» Ésas eran las buenas noticias de Paco.

Dora esbozó un rictus que quería ser amistoso, sin llegar a serlo.

—También te he traído a ti esto.

Buscó en el otro bolsillo un paquete envuelto en papel de regalo, y se lo tendió. Había entrado por fin en unos almacenes de la calle Goya y le había comprado un pañuelo de seda. Dora ni siquiera abrió el paquete, que dejó a un lado.

—¿No piensas abrirlo?

—Luego.

A Paco le hirió aquel menosprecio. No quería transigir. Paco, para ella, era un hombre peligroso, un seductor nato, lleno de recursos. Por eso se había ido a pique su pareja. Y cada vez que le veía, en aquella misma casa que los dos habían compartido, propósitos e ideas se venían abajo.

Le encontraba todavía muy atractivo. Estaba más delgado. Le relucían los ojos. Tenía Paco Cortés unos ojos muy bonitos también. Se parecían a los suyos. Somos iguales, se decían al principio. Le gustaba incluso aquella nariz desmesurada, aguileña, fina, de árabe. «De judío», matizaba él, sólo porque no creía que a los árabes les gustaran las novelas policiacas.

Paco desvió la mirada hacia su hija, que jugueteaba feliz. Estuvo así, sin descoser los labios, un rato, mirando a la pequeña, como si eso bastara. Pero esperaba que Dora abriera el regalo y sabía que Dora sabía que él lo estaba esperando, y Dora sabía que era eso lo que Paco esperaba, y antes de que pudiera evitarlo, Dora estaba deshaciendo el envoltorio.

—Es bonito, Paco.

Y dijo bonito porque le pareció claudicar menos que decir precioso. Pero el pañuelo era precioso. Le gustaba de Paco que tenía gusto, sabía las cosas que le gustaban. ¿Dónde habría aprendido tanto de las mujeres? Y pensar en las mujeres relacionadas con su marido le hizo daño, y le hizo daño recordar que había sido Paco el primero en hacerle olvidar la aversión que llegó a sentir por todos los hombres, consecuencia del daño irreparable que le había infligido uno de ellos. También le pareció que no se entregaría del todo si lograba no deshacer los pliegues del pañuelo, de modo que de forma deliberada lo dejó encima de la mesa tal y como salió del envoltorio, sobre el papel manila.

—He discutido con Espeja...

Se hizo un silencio. Paco estudió en la cara de Dora su reacción. Ella estaba distraída, pasando el dedo por una de las flores estampadas del pañuelo.

Paco quería también dosificar la noticia. Respiró, adoptó un aire de misterio y reserva, y añadió:

—Dejo lo de las novelas, Dora. Se acabó, no volveré a escribir.

Dora no se movió. Había oído a su marido, sucesivamente o a la vez, que dejaría de fumar, que dejaría de beber, que dejaría de llegar a las tantas de la madrugada o que dejaría el lío de faldas que les llevó a la separación. Pero jamás le había escuchado que fuese a dejar de escribir novelas. Aquello era sagrado. Lo único con lo que Paco jamás había bromeado.

—¿Qué novelas? ¿Las de Espeja o las tuyas?

—Todas, Dora. Si no he escrito hasta ahora las mías, las de verdad, las que me habría gustado escribir, es porque sólo he sido capaz de escribir las de Espeja.

De todas las personas a las que ese mismo día había participado esa decisión, la única que le creyó fue Dora, quizá porque era la única a quien nunca había mentido. La había engañado muchas veces, pero no mentido. Cuando le preguntó, hacía dos años, si venía de estar con una mujer, Paco guardó silencio y la miró a los ojos. Los ojos de Dora le gustaban siempre. Tan negros, tan vivos, tan elocuentes. Aquel día eran más de las tres de la mañana y Dora, que había estado llorando, le esperaba levantada. Nunca le había importado que su marido saliera con los amigos algunas noches. Incluso era ella la que le animaba a hacerlo, después de verle todo el día metido en casa, trabajando. Conocía bien a todos aquellos amigos. No eran los de la tertulia, sino otros, acopiados aquí y allá, en sus épocas lejanas del colegio, de los años de la universidad, de la vida, conservados un poco de cualquier manera. A veces le acompañaba Dora en esas salidas, y siempre acababan hablando de lo mismo, las novelas policiacas, mientras ella se aburría con las mujeres de aquellos amigos, si las había, con tediosas conversaciones domésticas.

Acabó por no acompañarlo. En aquella ocasión, la noche de la que hablamos, Paco no respondió a la pregunta directa de Dora, y ésta hubo de hacerle la pregunta una vez más. ¿Has estado con una mujer? Sí, le respondió Paco secamente. Los ojos de Dora, aquellos preciosos ojos negros, volvieron a llenarse de lágrimas, pero tampoco se movió.

En las novelas de Paco, las mujeres no lloraban jamás, y menos por un hombre. Las bellísimas heroínas que salían de la cabeza de Paco Cortés antes se hubiesen dejado arrancar las uñas que ponerse a llorar por hombre ninguno. Las penas las ahogaban en Martinis, como ellos podían ahogarlas en whisky de malta. Pero Dora no era una heroína, sino una mujer real. Tampoco Dora lloraba mucho. Dos veces había llorado en su vida. Y ésa era la segunda. De la primera ni siquiera Paco tenía noticia. Tampoco hubiera podido adivinar la causa, relacionada con aquel penoso episodio que a Dora le había llevado a odiar y despreciar a los hombres, que le resultaron repugnantes, durante casi diez años. Estaban uno enfrente de otro, de pie. ¿Has estado más veces con ella? Ese «ella» era aún para Dora un terreno minado, pues no sabía si tenía que hablar de muchas mujeres a la vez, o sólo de una. No sabía qué sería peor. Y Paco Cortés, que no quería herirla con la verdad no quiso tampoco afrentarla con la mentira, y dijo bajando algo la voz, pero no la mirada: Algunas veces.

Era una respuesta demasiado evasiva para lo que Dora pedía, para aquellas lágrimas que a ella la humillaban más que a él, y repitió la pregunta. Paco dijo al principio, ¿qué más da las veces? Dora se limitó a esperar la respuesta. Después de unos minutos Paco concedió, no sé, diez, tal vez doce, dijo. ¿Una sola mujer? Paco, que había respondido mal que bien a todas esas preguntas con una palabra, no se atrevió ante ésa más que a parpadear con circunspección, para no parecer un cínico, y Dora, que no había podido contener las lágrimas, acabó por no poder contener la rabia tampoco y se lanzó contra él, le gritó, le abofeteó, le insultó, le pateó las piernas, le golpeó el pecho con los puños tan fuerte como pudo, sin que Paco cediera un centímetro de terreno, sin que hiciera nada por defenderse ni cubrirse. Y en ese mismo momento Paco comprendió que se había portado como un imbécil: acababa de perder a la mujer de la que estaba enamorado. Pero aún le dolió más cuando Dora, entre sollozos llenos de ira, le espetó, los hombres sois todos unos cabrones, sin comprender del todo a quién reunía aquel plural.

Dora exigió que abandonase en ese momento el piso y Paco se pasó la noche barzoneando por las calles desiertas de Madrid, a la espera del alba y del perdón.

«Qué noche tan amarga. No se es hombre hasta que no se pasa una noche paseando solo por una ciudad, sin rumbo fijo, con el amargo sabor de la desdicha en la boca, sintiendo al mismo tiempo en los ojos la mordaza del sueño y las brasas del insomnio, sintiendo en el alma la angustiosa paz de la muerte y el abrasivo cuchillo de la desdicha, sintiendo en la imaginación el temor de los finales y la perspectiva infinita de un dolor que no ha hecho más que comenzar.» Esto mismo, con las mismas palabras, se lo hizo decir al héroe de la novela que escribiría quince días después, que tituló precisamente, *La noche es inocente*. Esa noche, sin embargo, estaba aún lejos de poder pensar en sí mismo con la frialdad de ninguno de sus detectives.

Llegó puntual la aurora, pero el perdón no amaneció por ninguna parte. Trató de arreglar las cosas. Dora se negaba a hablarle. Mandó llamar a un cerrajero y cambió la cerradura. Paco insistía en volver, se culpó de todo. Cedió al fin Dora y Paco entró de nuevo en la casa con la pesadumbre de los convictos. Pero un hecho fortuito, una llamada telefónica de otra de las chicas que había conocido una de aquellas noches locas suyas, y que jamás supo Paco cómo había conseguido su teléfono, lo echó todo a rodar de nuevo. Y Paco, que no le mintió la primera vez, tampoco le mintió esa segunda. Te juro, le aseguró, que ya no hay nada entre ella y yo. Y si no hay nada, ¿por qué llama a casa? No sirvió que esa misma pregunta se la hiciese Paco: ¿Por qué había llamado? Maldijo su suerte. Inopinadamente, una aventura desactivada y muerta fue la que fracturó una pareja a quien parecía sonreír el porvenir, la aurora.

Nunca dejó de reprocharse Paco por qué razón no mintió a su mujer, como habían hecho tantos en la historia de la humanidad, seguían haciendo y harían en el futuro para honra de la institución y bienestar de los abonados a ella. Esa misma escena se revuelve cada día en millones de hogares del mundo con una simple mentira. Y gracias a ello parece que el mundo funciona. Por la trapaza. Paco, sin embargo, no pudo hacerlo, por lo mismo que ninguno de sus detectives mentía.

En la vida y en las novelas policiacas hay que saber de qué parte se está. Él había jugado el mismo partido en dos equipos a la vez, y las cosas habían salido mal. Esta segunda vez acabó interviniendo el padre de Dora, don Luis, que ya se había opuesto en su día a la reconciliación primera, como se había opuesto a la boda, y vio en aquellas escaramuzas el modo de quitarse de en medio a un yerno que le parecía un vago, un sinvergüenza, un mujeriego y el peor partido para su hija. Échale de casa, le aconsejó a Dora entonces, ése es un golfo, y no me hagas hablar más de la cuenta.

Lo había hecho seguir. Y Paco, que se pasaba la vida haciendo que en sus novelas todo el mundo vigilara, espiara y se rastrearan unos a otros, jamás se percató de que tenía detrás a dos policías de la misma calle de la Luna, por la que él se había pasado con tanta frecuencia, que lo seguían por todo el rosario de barras americanas y clubs de alterne en los que Paco buscaba, como él decía a Dora, tratando de justificarse, «material» para sus novelas. Si escribiera novela social, o «serias», como quería Espeja el viejo, tal y como él le prometía a Dora que haría alguna vez, no saldría de los poblados de chabolas y de los barrios obreros. Pero el crimen gusta de las putas y las putas del crimen. «Son cosas que van juntas, como mierda y culo», según dijera en frase poco memorable el sargento Bob Martin, de narcóticos, al descubrir cierto importante alijo en el recto de Tim Ferguson.

Y ese «no me hagas hablar más de la cuenta» de don Luis, sólo podía significar una cosa. Que le contó a su hija todo lo que sabía, y aún más de lo que sabía, y que era sólo admisible en el terreno de las conjeturas.

Pero Dora, que estaba enterada por Paco de muchas de estas incursiones, a las que creía inocentes, atajó a su padre, cuando éste trató de escupir sobre ella todo el veneno que llevaba dentro.

No se avenían bien padre e hija, pero no dejaba de ser el abuelo de la niña, así que un día, antes de que Dora mandase venir por vez segunda al cerrajero, se encontró Paco a sus suegros en casa, don Luis ligeramente borracho como era habitual en él o sea, lo justo para que nadie pudiese notar nada raro. Como te vuelva a ver molestando a Dora o a cien metros de esta casa, te meto dos tiros, le dijo, y antes de que nadie pudiese evitarlo, don Luis estaba a un paso de Paco, con el puño levantado ante su cara, y la niña, que entonces no llegaba al año, rompió a llorar asustada por las voces. El lloro de la pequeña arrancó, no menos alarmante, el de la suegra, una mujer amante de las joyas, las permanentes marmóreas y las uñas pintadas de coral. Dora, también a gritos, interponiéndose entre su padre y su marido, pidió un poco de cordura. Don Luis se había echado las manos a las caderas para apartar hacia atrás la chaqueta, con el único objeto de que se viese que iba armado. Era una actitud que solía adoptar también, cuando quería impresionar a alguien, una mujer joven, por ejemplo, un detenido, incluso un pipiolo recién salido de la Escuela de Policía de la calle Miguel Ángel. Paco se limitó en esa ocasión a mirar la escena con la cabeza ladeada, como se mira una pintura abstracta. Esa indiferencia aún exasperó más al comisario, que hubo de extremar aún su actuación, lo que le llevó a insistir en que le metería un par de tiros si volvía a verle por allí.

Desde entonces Paco no había vuelto a ver a su suegro, ni a pasarse por la comisaría a ver a sus viejos amigos, y tenía que conformarse con citarse con Dora y la niña una o dos veces al mes, con frecuencia en una cafetería, a media tarde. Ni siquiera tenían el tiempo de tomarse un refresco. Tampoco hacían planes sobre el futuro de su hija.

Pero esa noche el futuro preocupante era el de los adultos.

—Paco, tienes que marcharte.

—¿Va a venir él?

—No. No está en Madrid.

—Tendría que quedarme con vosotras, por lo que pueda pasar. Yo puedo dormir en el sofá. Un golpe de Estado es mucha tela. Violeta también es hija mía.

Hablaban en voz baja, como dos amantes, y eso le llenó a él de vagas esperanzas y a ella de inquietud.

—¿No me vas a preguntar qué pienso hacer?

—¿Qué vas a hacer, Paco?

Dora estaba cansada. Se veía que tal conversación la habían mantenido ya otras doscientas veces.

—La verdad, no lo sé —le respondió Paco con aire de desolación.

No se atrevió a contarle la peregrina idea de la agencia de detectives que pensaba montar, pero sí la escena con Espeja el viejo.

—Habrá estado llamando a Espartinas toda la tarde, para pedir disculpas.

Se echó mano a la cartera y le extendió a Dora las treinta mil pesetas que le había pedido prestadas y otras cincuenta.

—Tómalas. A mí ya no me van a hacer falta.

Se refería a la agencia de detectives, pero él mismo advirtió en la frase un sesgo dramático que le convenía, más que el misterio que buscaba, el efecto misterioso.

Dora recogió el dinero, sin saber cómo interpretar esas palabras.

—Es más de lo que tienes que darnos —dijo sin haberlo contado, sólo por el volumen.

—Ya haremos las cuentas.

—Tiene que ser ahora. Para saber cuándo tenemos que vernos la próxima vez.

—Si no te voy a ver hasta que toque, devuélveme lo que sobre, y te veré a finales de mes, como siempre.

103

Dora contó en silencio, apartó lo que le correspondía y le tendió el resto.

Paco insistió en que se quedase todo.

—¿No podemos ser amigos?

—Lo somos, Paco. Y ahora tienes que marcharte. Tengo que dar de cenar a la niña.

—¿Puedo quedarme a ver cómo le das de cenar?

Lo pensó Dora:

—No.

Y sin embargo todas esas frases estaban hiladas en un susurro, como si se las dijese uno a otro en un mismo lecho, recién despertados de una pesadilla.

—Te quiero, Dora.

—Por favor, Paco, no empieces —y el copo de la conversación se ahusó en lo delgadísimo de su voz, casi como una caricia.

Habían llegado a ese punto en el que ninguno de los dos podía dar un paso más. Dora se puso de pie y Paco la siguió. Ni siquiera encontró éste fuerzas para despedirse de la niña, enfrascada con sus juguetes.

En la puerta Dora dijo:

—Ten cuidado en la calle, Paco. Vuelve a tu casa pronto. Ya hablaremos.

Y Dora, que hacía casi dos años que ni siquiera le estrechaba la mano cuando se encontraban o se despedían, le rozó los labios en un beso fugaz, imprevisto, sonámbulo, y antes que Paco reaccionara, ya había dicho adiós y cerrado la puerta.

Paco, solo, en el descansillo, no supo qué hacer. ¿Qué había querido Dora decir con aquel beso? Le gustó aquel beso por lo que tenía de novelesco. Le gustaba mucho la vida cuando se parecía en algo por lo menos a una novela de las suyas. Pulsó de nuevo el timbre. Sabía que al otro lado estaba Dora, pero no sabía que ahogaba como podía un sollozo desgarrador, y que había cruzado los brazos sobre el pecho para defenderse de su propia desdicha, y que, más que abrazarlos, sujetaba con las manos los hombros al mástil de sus propias convicciones, como el reducido Ulises, para evitar salir corriendo detrás de aquel hombre del que aún seguía enamorada perdidamente, y traerlo a casa, y metérselo en la cama y levantarse con él, con ese hilo de voz de los medios sueños.

Esperó Pacó unos instantes, y cuando comprendió que Dora no iba a abrir la puerta, tampoco mostró interés en llamar al ascensor y bajó a pie, lentamente, como muchos de esos héroes de los que tanto hablaba en sus novelas, para ninguno de los cuales tuvo, sin embargo, el menor recuerdo en ese instante.

Y poco más o menos en el mismo momento en que Paco Cortés dejaba la casa de Dora, precintaba la policía judicial el piso de la calle del Pez, y Poe, Maigret y tres compañeros de éste de la brigada ganaban la calle y con ella el fantasmal, frío y enrarecido aire de una noche que prometía ser tan larga como de incierto desarrollo.

En Madrid los escasos coches que aún circulaban, lo hacían a una velocidad endiablada que lo mismo podía eximirlos de toda culpa en aquel golpe de Estado o hacerles cómplices de él, porque se diría que sus ocupantes corrían a sumarse a la algarada o que trataban de ponerse salvos en lugar seguro.

El cuadro de la calle del Pez había sido involuntariamente solanesco, por lo que reunía en sí de desolación, vejez y derrota. Para ser el primer muerto de Poe, el chico resistió con la entereza de un forense. Éste en cambio, lo mismo que el juez, apenas echaron de lejos una mirada al cadáver, lo dejaron todo en manos de sus ayudantes, se escurrieron hacia un saloncito en el que el primero tomaba sus notas y el segundo iniciaba las primeras diligencias. Aquel humor contrariado quizá no se debiera tanto al drama como a que éste les hubiera sacado de sus apacibles guardias en un momento tan inoportuno, y quizá también por eso mostraron su irritación y descargaron un par de frases agrias sobre Maigret a propósito de su tardanza, ya que no podían proceder al levantamiento del cadáver hasta no haber tirado las fotografías.

Un anciano de unos ochenta años, no una anciana, como habían informado al principio, había aparecido ahorcado del picaporte de una puerta. Naturalmente, y pese a su estatura jibarizada y la ruindad de su envergadura física, las rodillas del muerto descansaban sobre el suelo. Tenía la cabeza vencida, un hematoma le ocupaba buena parte de la mitad derecha de la cara y los brazos colgones se le separaban un poco del cuerpo, como si el pobre hombre tratara de salir volando.

Era improbable que se tratara de un suicidio. Desde luego ninguno de los presentes, incluido el forense, un médico viejo, de lo más saludable, había presenciado nada que se pareciese a aquello ni por rumores.

Uno de los policías no desaprovechaba la ocasión para hacer chistes a costa de aquella muerte tan inaudita.

El pisito del interfecto, en aquel inmueble gótico, de renta antigua, con una escalera pestilente de peldaños caprichosamente desiguales, se había llenado de curiosos y vecinos, que no salían de su asombro, tan espantados como locuaces. Cada uno de los presentes tenía ya, cuando llegaron Maigret y Poe, conjeturas sólidas, pero no menos contradictorias, que exponían con novelería convincente.

El juez, sin atreverse a rozarse con aquellos muebles, por temor a llevarse pegado en el traje algo de la mugre y de la miseria del lugar, efectuaba de pie los primeros interrogatorios, mientras el secretario, sentado en un sofá, indiferente lo mismo a la mugre que a su propio traje, tomaba por escrito las declaraciones: quién había encontrado el cadáver, si el muerto vivía o no solo en esa casa, quién y cuándo había visto al difunto por última vez, qué parientes tenía, si los tenía, dónde vivían, cómo era, qué carácter tenía, qué vida hacía...

—Mira, Poe, éste sí que es un caso interesante. ¿Suicidio o asesinato?

Cuando Maigret ya se había olvidado de la pregunta, mientras maquillaba con una brocha los picaportes de todas las puertas, Poe, que había estado dando vueltas por la casa, a su aire, se acercó a su amigo y estuvo un rato a su lado, mirando cómo trabajaba.

—Yo diría que ha sido suicidio. Un suicidio.

Se le empañaba la voz, por la timidez.

—Si fuese un asesinato —continuó diciendo—, sería un crimen perfecto, y no hay crimen perfecto, como sabemos. Si existiese un criminal capaz de hacer esto, lo conoceríamos, nos habría dejado su tarjeta de visita.

—Maravillas, ¿de dónde has sacado a este Sherlock Holmes? —preguntó uno de los de la brigada, que oyó la deducción.

—Es primo mío —aclaró Maigret.

Poe, avergonzado y ruborizado hasta las raíces del pelo, se juró no volver a despegar los labios así le preguntara su opinión el mismo doctor Watson en persona.

En efecto, nada en la casa indicaba luchas o forcejeos, todo estaba en orden, incluso el suicida se había quitado los zapatos, vaya nadie a saber por qué, y los había dejado al pie de la puerta, colocados uno junto al otro, limpios, como si esperasen la venida de los Reyes Magos. En el respaldo de una silla próxima, doblada cuidadosamente en cuatro partes, había puesto una bufanda, la misma que a buen seguro había usado ese mismo día para salir a la calle. Tampoco los vecinos habían advertido nada extraño. La mujer que vivía enfrente se encontró la puerta abierta, le llamó, y como nadie le respondía, fue a llamar a su marido, un jubilado que procedió al registro de la casa.

De este samaritano la única preocupación era que, viendo

trabajar a Maigret con la cerusa y otros reactivos, se encontrarían sus huellas digitales en el picaporte de la puerta de la entrada, y trataba de advertirle al juez que pese a esa evidencia, él no tenía nada que ver con aquello, al tiempo que maldecía su mala suerte y la achacaba a su buen corazón y a meterse donde nadie le había llamado. «Me pasa a mí —repetía— por ser como soy», o sea, por ser tan buena persona, insinuaba sin decoro, y acaso se veía a sí mismo, con enorme disgusto, pasando los últimos años de su vida en una cárcel, por un error judicial.

Como no lograban deshacer el nudo de la cuerda que agarrotaba el pescuezo del cadáver, sin romperle la quijada, el médico procedió a cortarla con el bisturí, previa consulta con el juez y el inspector que llevaba la voz cantante, para evitar en lo posible fracturas o interferencias de competencias, a las que tanto el Cuerpo policial, el cuerpo forense y el cuerpo judicial eran sumamente sensibles, y una vez le libraron al muerto de la cuerda, tendieron el cadáver en la alfombra. Su cara era una de las más tristes que cabe imaginar: esquelética, con aquella mancha que le ocupaba buena parte de la sien y del pómulo y los ojos hundidos, parecía que sólo estaba dormido, en medio de una pesadilla. El rictus espantado de la boca ponía una nota lúgubre a la estampa. Un policía le registró los bolsillos, pero no encontró otra cosa que una cajetilla de cigarrillos, mediada. La miró, sacó uno, lo encendió con su propio encendedor y se guardó el paquete con absoluta naturalidad.

En el registro encontraron las libretas de ahorros del viejo y una suma de dinero apreciable, así como otros documentos personales, una cajita de plástico con unas tarjetas de visita, la cartilla de la seguridad social, algunos crismas paleolíticos y unas docenas de fotografías amarillentas de seres que parecían haberle precedido hacía ya muchos años en el camino de la muerte. Buscaron cajas de medicamentos, pero no hallaron otros que los habituales en una persona saludable, que se ha tomado unos cuantos comprimidos y se ha desinteresado del resto. Se hallaban en un armario del dormitorio. A veces esas muertes eran consecuencia de depresiones mal medicadas, y las medicinas acabaron en el fondo de una bolsa de plástico que cerró Maigret.

Ni médico ni juez ni ninguno de la brigada podía comprender de dónde había sacado fuerzas aquel cuerpecillo para ahorcarse, si es que alguien puede ahorcarse del picaporte de una puerta. La mayoría de los presentes creyó más probable la hipótesis del asesinato.

Las habitaciones y habitáculos del piso eran angostos. Para pasar de una a otra habitación policías y vecinos se veían en la necesidad de saltar por encima del cadáver, atravesado en el pasillo, y las conversaciones se habían animado tanto que se hubiese dicho que se encontraban celebrando algo. Al rato se presentaron los empleados del Instituto Anatómico Forense, se llevaron el cuerpo y contribuyeron algo a serenar los ánimos y a aliviar las apreturas.

Se iba a retirar ya todo el mundo, cuando apareció por allí un sobrino del fallecido, al parecer la única familia que le quedaba a éste.

Era un hombre de unos cuarenta años, malencarado, sin afeitar, con las manos aún sucias porque le habían arrancado del trabajo, un taller de coches. Un hombre corpulento, con exagerada barriga cervecera. Recelaba de todo el mundo, irritado porque se hubiera invadido un lugar que se suponía era ya de su propiedad. Según le confesó al juez había venido porque su tío así se lo había pedido por teléfono unas horas antes, pero no ocultó desde el primer momento que sus relaciones con él no habían sido en los últimos meses todo lo buenas que fueran en otras épocas y aseguró que no lo veía desde hacía lo menos un año. La mujer del vecino oyó esa afirmación, y se llevó a Maigret a un rincón, para asegurarle que le había visto en las últimas semanas al menos en un par de ocasiones. Maigret dio las gracias a la mujer por esa información, le pidió que no hablase con nadie y esperó a que el juez acabara de tomar declaración al sobrino. En cuanto le dejaron, Maigret informó al juez y le puso al corriente, de espaldas a los curiosos, de la información de la vecina. Al juez esta revelación inesperada, que complicaba el caso, le contrarió aún más, porque quería acabar cuanto antes y marcharse a su casa, de modo que dio por concluidas diligencias y preguntorios, ordenó que se llevaran detenido al sobrino, echó a todo el mundo de allí y declaró secreta la instrucción del sumario.

La brigada volvió andando a la comisaría. Bien porque ésta se encontrara a unas manzanas de distancia, bien porque esa tarde especial todo andaba desquiciado, debieron conducir al detenido, esposado, entre dos guardias, a pie, por aquellas calles viejas, iluminadas con farolas exhaustas y lampiones isabelinos. La escena, de otros tiempos, contribuyó sin duda a que las personas que presenciaron la marcha de aquel cortejo siniestro sacaran conclusiones erróneas y creyeran que había empezado lo que Sherlock había vaticinado con tanto pesar: ni siquiera habían esperado a medianoche para las primeras sacas y paseos.

Maigret, sensible a las alarmas sociales, ordenó a los policías armados que apretaran el paso y que marcharan con más recato por una acera y no por mitad de la calle.

—Has sido tú —concluyó uno de los inspectores, uno joven también, alto, indiferente al drama—. Está bien claro. No hay más que verte para saber que eres un tío raro. Vas a cantar de plano. Los locos sois los que mejor cantáis, os gustan los auditorios.

—Se os coge por tontos, más que por malos —abundó su compañero, mientras ofrecía con buena camaradería un cigarrillo al reo, que se lo llevó con las manos esposadas a la boca.

—Aquí hay caso —dictaminó Maigret—. Tú, Poe, qué piensas.

Poe, por respeto al hombre que llevaban detenido, no se atrevió a abrir la boca. El detenido aguantaba con paciencia las imputaciones de los policías.

—¿Qué nombre es ése? —preguntó el inspector alto a Poe. Éste no respondió.

—Venga —insistió Maigret—. Alguna teoría tendrás.

El muchacho se detuvo y dejó que el corchete de guardias, los inspectores y el detenido se adelantara unos pasos.

—¿A veces no hay gente que se suicida con una bolsa de basura? —preguntó tímidamente Poe—. A lo mejor esto es un suicidio.

—Pero aquí no había ninguna bolsa de plástico —objetó Maigret.

Le producía lástima aquel hombre que llevaban preso, pero no se atrevió a confesar un sentimiento tan ingenuo.

—Chaval, tú no tienes ni idea —respondió el alto, que alcanzó a oír su hipótesis.

Maigret y Poe, que cargaba con la maleta, se retrasaron unos metros más, para evitar nuevas intromisiones.

—Lo que tendría que hacer Spade es olvidarse de todo eso de la agencia, dejar de escribir novelas americanas, y ocuparse de lo nuestro. ¿Qué tienen los americanos que no tengamos nosotros? Éste va a ser un caso interesante y Spade podría contarlo como nadie —dijo el policía—. Si se tiene una muerte, y muerte la tenemos, y se tiene un asesino, y asesino lo tenemos, tenemos una vida y una muerte, y con eso, ¿para qué se quiere más? Las novelas hablan todas de lo mismo, una muerte y una vida. Si las novelas empiezan por una vida y acaban en una muerte, es literaria. Si la novela empieza por una muerte y acaba contando una vida, es policiaca. Las dos son buenas.

—No sé —dijo Poe, con esa costumbre de empezar siempre con un no, para no contrariar a nadie—. Quizá haya sido el sobrino. Podría ser el sobrino, aunque lo dudo. En ese caso habría demostrado que es más pobre hombre de lo que parece. Él es el único heredero. Pero ¿heredero de qué? Cuatro tiñas, dos trajes viejos, una cartilla de ahorros y un piso en el que olía a puerros. Si lo hubiera matado él, no se le habría pasado por alto que él sería el principal sospechoso. De modo que no hay móvil manifiesto. Además el viejo tenía ya ochenta y dos años y un aspecto no precisamente saludable. Podría haberle asesinado en un arrebato, si hubiera vivido con él, pero no se veían apenas. Todo el mundo ha confirmado además que era un hombre tranquilo, afable, educado. Un bendito. En la casa no había muestras de violencia. Como crimen, con ese detalle de los zapatos y la bufanda tan colocados por el asesino para despistar a la policía, es un crimen de novela. Pero la vida no está hecha de novelas, sino al revés, las novelas están hechas a partir de la vida. Por eso la mitad de las novelas de las que hablamos en los ACP son tan malas. Para mí la clave de esta muerte está en el pasado de ese hombre. Habría que investigar cuál ha sido su vida. Ésta es una historia que empieza en una vida y acaba en una muerte. No es de las que empieza en una muerte, aunque lo parezca. En la gente que muere tan vieja y de modo tan dramático y misterioso, la clave de lo que es está en su pasado. En un noventa y nueve por ciento. Me parece. No puede explicarse nada si nos limitamos a buscar una causa para cada efecto, porque cada efecto es consecuencia de muchas causas, y todas ellas tienen detrás otras muchas causas de muchos otros efectos. A todo ello le llamamos el pasado.

114

Maigret le miró desconcertado.

—¿A qué pasado te refieres?

Poe le contestó encogiéndose de hombros.

La noche era fría y la luz de los faroles parecía soldarse a su alrededor con el halón moribundo. Se diría incluso que pese a que las calles estaban vacías, también lo estaban las casas, la mayor parte de cuyas ventanas, a oscuras, certificaban el color del miedo.

Llegaron a la comisaría de la calle de la Luna a las diez de la noche, y para entonces la borrachera de don Luis, multiplicada por el efecto de los antibióticos, había alcanzado cotas inimaginables. Su despacho se le había llenado de personajes pintorescos, hombres en su totalidad y en número no inferior a diez y con la siguiente característica: o eran muy jóvenes o de la edad del propio don Luis, y aun mayores. Todos ellos bien vestidos, los más viejos con la camisa azul debajo de sus abrigos. Unos se mordían las uñas, otros miraban el televisor portátil del que antes habían disfrutado los guardias, y otros confeccionaban y discutían unas listas en las que por orden de prelación se minutaban las actuaciones inminentes, especificadas en detenciones, escarmientos ejemplares y ocupaciones de diferentes locales sindicales y políticos. Reinaba allí una mezcla de euforia, escalofrío histórico, delirio de grandeza y sed de venganza y revancha. Y si cuando la muerte de Franco algunos lo habían celebrado descorchando champán, en esa noche feliz aquellos extraños habían llenado la comisaría de botellas de coñac patriótico, más aconsejable para resistir una noche como la que en principio se les ponía a todos por delante.

Diez minutos en aquel ambiente habrían sido suficientes para convencer a cualquiera de que la intentona había sido ya un rotundo éxito, de que el rey estaba al frente de ella y de que sólo había que esperar a la autoridad militar que iba de nuevo a meter en cintura al país.

Nadie reparó en la entrada de Poe, Maigret y los compañeros de la brigada, pero a Poe no se le pasó por alto aquel contubernio batutado por un don Luis que amenazaba con liarse a tiros hasta que todos los enemigos de España salieran corriendo como conejos.

Dejaron al detenido en un calabozo, solo. En el de al lado aguardaban dos mujeres, manualistas, acusadas de ejercer su oficio en las aceras de la Gran Vía, sentadas en un banco.

El panorama desanimó a Poe, que se despidió de su amigo:

—Me voy a la pensión.

Poe se quedó solo en un pasillo. Volvió sobre sus pasos, abrió el calabozo donde esperaban las descuideras, y les ordenó:

—Salgan, váyanse a casa.

Las mujeres, delante, salieron, y nadie las detuvo en la puerta. Ni siquiera supieron que tenían que darle las gracias.

Ya en la calle, Poe se llegó hasta la catefería en la que algunas noches se tomaba un sandwich de queso y un descafeinado para cenar, pero la encontró cerrada, al igual que todas las demás de la Gran Vía y los cines. Uno de ellos apagaba en ese instante las luminarias de las carteleras y dejaba frente a la taquilla a tres desavisados, locos o inconscientes espectadores que debían de considerar compatibles el séptimo arte y los golpes de Estado. Desde una cabina de teléfonos Poe llamó a Hanna, como había hecho esa tarde antes de ir a la tertulia, pero nadie descolgó el teléfono. Le habría gustado pasar esa noche con ella.

Era una mujer enigmática, pero la quería. Telefoneó luego a su madre. Tampoco pudo hablar con ella. Las líneas nacionales estaban colapsadas. Hubiera querido tranquilizarla. Era una de las personas a las que la guerra había destruido la vida. Había pensado decirle que todo estaba en orden en Madrid y que él se encontraba bien, en compañía de unos amigos. En ese momento divisó unas tanquetas de la policía y unos jeeps militares circulando en dirección a Cibeles. ¿De dónde los amigos?, imaginó que le preguntaría. Del banco, mamá, le hubiera mentido.

La sirenas y señales luminosas de los coches, tanquetas y furgones policiales, rayando a toda velocidad el aire fosco y frío de la noche, daban a la ciudad, vaciada por el miedo y la incertidumbre, un aspecto irreal y único que no conocía Madrid desde los días de la guerra.

A medida que se acercaba a la Carrera de San Jerónimo se sorprendió Poe de que nadie le impidiera avanzar. Sólo un grupo de unas veinte personas, hombres también, venían hacia él, con paso firme. Tenían todo el aspecto, por el modo de meter los tacones en el suelo, de que se trataba de un grupo de patriotas. Ellos y Poe se cruzaron a la altura de Lhardy. Unos metros antes de que se produjera el encuentro Poe levantó el brazo con el saludo romano sin dejar de caminar, como si la prisa que llevaba se debiera a que le esperaban en el cuartel general. Los del grupo, enardecidos por el gesto de aquel espontáneo, levantaron a su vez los brazos y lanzaron los vivas rituales a los que Poe no respondió. Sostuvo las miradas de aquellos extraños, sintió sobre la suya la alegría y el entusiasmo de unas vidas que de pronto parecían haber encontrado su unidad de destino en lo universal. Siguieron ellos camino de los luceros y Poe hacia el Congreso. No tenía miedo. A nadie llamaba la atención su presencia en la calle a esa hora. Qué seductora una ciudad, pensó, en la que nadie te conoce, en la que nadie puede reconocerte, y en la que tampoco conoces a nadie.

A la altura de Cedaceros le detuvo la primera barrera policial, compartida ésta por un coche de la policía y más allá por un Land Rover atravesado en medio de la calle, al mando del cual estaban unos muchachos con el brazalete blanco de la Policía Militar.

Dos policías vestidos de uniforme impidieron que Poe siguiera adelante con su caminata.

117

—Mi padre está dentro, es diputado. Quiero saber qué pasa. Mi madre está preocupada —dijo.

—No podemos dejarte pasar.

Le vieron demasiado joven y lampiño para tratarle de usted. Poe no era de los que mendigase nada, y se dispuso a dar media vuelta y desaparecer. Los policías debieron de apiadarse de él, le palmearon el hombro y le extendieron su particular salvoconducto:

—Diles a los compañeros de allí —y señaló el que hablaba una segunda barrera— que vienes a preguntar por tu padre y que te hemos dejado pasar nosotros.

La segunda y definitiva barrera estaba formada a unos treinta metros de la puerta principal de los leones. Esperaban allí algunos curiosos, muchos policías de paisano, mandos en su mayoría, algunos miembros subalternos del Gobierno y altos cargos, como directores generales o secretarios de Estado, otros militares de graduación, periodistas, no muchos, e Isidro Rodríguez Revuelto, más conocido en el universo del Crimen Perfecto como Marlowe.

—Marlowe, ¿qué haces tú aquí?

Le rozó el brazo por detrás.

—De miranda, Poe —respondió Marlowe como un fulminante de zarzuela—. Pero aquí llámame Isidro, porque si no van a creer que nos pitorreamos de alguien, y no me gusta que me llamen Isi.

—A mí me da igual que me llames Rafa o Rafael, como prefieras. ¿Cómo te han dejado pasar?

—Les he dicho que mi padre estaba dentro —dijo en voz baja.

—Yo, lo mismo —dijo Poe.

La coincidencia les desató una carcajada, que los más próximos, ajenos a la causa, reprobaron con miradas escandalizadas: cuando la patria agoniza no está bien reírse por nada, ni siquiera aunque se piense heredarlo todo. Las formas son las formas. A Poe no le caía mal Marlowe, como a Mason. Audacia o atolondramiento, Marlowe entre unas cosas y otras llevaba allí tres horas largas, después de haberse pasado por su casa, tras la tertulia, merendar, cambiarse de ropa y acicalarse como para salir de ligue. Confraternizaba con algunos policías obsequiándoles con tabaco y ofreciéndose de mozo para lo que gustaran.

Las cosas en el Congreso seguían poco más o menos en un punto muerto. Nadie sabía nada. Todos esperaban al jefe de la conspiración, que no acababa de personarse. Empezaba a hacer frío de veras. Un efecto óptico levantaba de la fuente de Neptuno el mágico y engañoso cendal de niebla que subía con parsimonia por la Carrera. Los funestos presagios que venían envueltos en ella no podían ser menos ambiguos: aquello iba a terminar en un baño de sangre, y Poe y Marlowe, que no habían sentido miedo, consideraron una estupidez morir tan jóvenes por España, y decidieron que iba siendo hora de retirarse.

Rompieron de nuevo el cerco y volvieron a la Puerta del Sol. En los pocos bares que encontraron abiertos les negaron la entrada. Poe, en la puerta misma de su hostal, se despidió de su amigo. Éste trataba de alargar en lo posible la compañía.

—Vámonos a mi casa. Estoy solo.

Sus viejos estaban de viaje, su hermana dormía en casa de una vecina y él, en teoría, lo haría en casa de un amigo. Pero no pensaba hacerlo. Todo había sido una añagaza para orearse y ver los acontecimientos.

—En casa he dejado cosas para cenar —añadió persuasivo.

No les resultó difícil encontrar un taxi libre. Circulaban a pares, todos vacíos, conducidos por taxistas presumidos o temerarios, o ambas cosas al mismo tiempo, como el que pararon Poe y Marlowe. El taxista no hizo más que alardear de que él era un trabajador a quien no movería nadie de su taxi así se hundiera la mitad del continente, dicho con esa fatalidad que los taxistas madrileños han creído siempre filosofía pura:

—A mí no me van a quitar de currar ni estos ni los otros.

La casa de Marlowe, o para ser más precisos, de sus padres, defendida por una puerta con cerrajerías y blindaje escandalosos, era la más extraordinara combinación que podía pensarse. Por un lado, una verdadera armería, digna del Museo del Ejército, y por otro, una colección espectacular de relojes, de pared o consola, así como otros, antiguos, de bolsillo, que se disputaban el espacio que dejaban libre las panoplias y demás doseletes armados, asombrando a todo el que, como Poe, entraba allí por vez primera.

No había un solo hueco en las paredes ni un centímetro cuadrado del amplísimo salón que no estuviese ocupado por aquellas panoplias, vitrinas y reposteros en los que se combinaba en forma de artísticos rondós o cuarteles, sobre lechos de terciopelo, en el caso de las vitrinas, o contra paredes forradas de moaré o damascos del mismo color en el caso de las panoplias, un arsenal compuesto por más de quinientas armas cortas de fuego de todos los tiempos, fabricantes y naciones, con su correspondiente y minuciosa cartela caligrafiada en preciosa gótica alemana, y un número incalculable de relojes que hubieran bastado para contabilizar los siglos transcurridos desde el comienzo de los tiempos.

Dejaron el televisor encendido y con el volumen alto, acamparon en la cocina, dieron cuenta de un pollo frío y dos botellas de vino, hablaron como dos buenos amigos de novelas y películas policiacas preferidas, repasaron uno por uno los miembros de los ACP, de los que Marlowe fue haciendo un retrato divertido, habló de sus propios proyectos de independencia y sólo después de que el rey apareciera a medianoche para tranquilizar a la nación, Marlowe le mostró a Poe los tesoros que su viejo había ido adquiriendo, estudiando y catalogando a lo largo de treinta años en los más diversos mercados, afición que había heredado él con no menos furioso y minucioso entusiasmo.

Había allí pistoletes, cachorrillos, pistolas de duelo, de avispero, colts, revólveres de lo más variado, ordenados por épocas, por tamaños, por filigrana, en roseta, con los cañones apuntando al centro, en espiga, en ringlero, en escala...

—¿Esto es legal? —preguntó Poe.

—¿Te refieres a tenerlas así? Seguramente no. Pero no creo que a mi viejo le digan nada. Tiene vara alta en la comandancia.

En el capítulo de las armas modernas las había igualmente variadas.

—¿Todas en uso?

—Ésa es la gracia. En principio todas deberían funcionar. Es como si te gustan los perros y los tienes disecados. Un arma es como un criado, la mejor compañía si se sabe vivir con ella en paz. Un arma te defiende siempre y ataca sólo cuando tú quieres. Como los perros. Más que los perros. Porque una pistola piensa lo que piensa su dueño.

—Si a eso le podemos llamar pensar —insinuó Poe.

Marlowe hizo como que no había oído. Se le llenó la boca con nombres de todo tipo, pistolas de sílex, marcas exóticas, fabricantes muertos hacía ya doscientos años, Smith & Wesson clásicos, de hierro cromado y culata de marfil, las fúnebres Berettas, las vanidosas Benelli y las Astras compactas y cerriles, incluso uno de los míticos revólveres del Doctor Le Mat, fabricado en Nueva Orleans.

—Es interesante todo esto.

En la apreciación de Poe no había la menor simpatía. Se veía que las armas le desagradaban, pero ese disimulo no lo notó Marlowe, que se sumó a la frase de su amigo:

121

—¿Verdad que sí?

Parecía Marlowe uno de esos cocineros a los que entusiasman sus propios guisos. Tomó una de las pistolas, una Mauser de leyenda, fabricada por el propio Luger en 1914, con cargador a punto, y la puso en la mano de Poe. Lo hizo Marlowe como habría hecho si se tratase de una mujer desnuda sobre la que tuviera completa competencia y permitiese a su amigo que le acariciase un pecho con un «anímate, hombre, tócaselo, me gusta que lo hagas, comprueba qué maravilloso es».

—¿No te parece... la perfección misma?

Poe no sabía qué hacer con aquella pistola en la mano, pero tampoco dónde soltarla. Pesaba mucho. Temió incluso que al dejarla sobre la vitrina, quebraría el cristal.

—Yo no entiendo de armas —se disculpó—. Tampoco de perros. Me temo que uno es más de gatos.

No quería mostrarse descortés con Marlowe.

—¿Has disparado alguna vez? ¿No? Eso es lo que te pasa. Hasta que no lo hagas no puedes decir que no te gustan. Es como las mujeres, una cosa es mirarlas y otra muy diferente hacerlas el amor. Pues las armas, aparte de ser como los perros, son como las mujeres. Mientras no se las acaricia no sabes de veras lo que sientes por ellas. Es un relajante. Llegas a la galería de tiro con problemas y una caja de munición y cuando se te han acabado las balas se te han acabado los problemas.

Eligió Marlowe de entre unos cuantos prodigios de precisión, guardados en un armario armero, seis o siete, pistolas y revólveres, y los metió en una bolsa de deporte, lo mismo que diversa munición.

—¿Qué vas a hacer? —preguntó Poe cuando le vio dirigirse con la bolsa a la puerta.

—Vas a ver.

—Me parece que no es el mejor momento para ir por la calle con este arsenal.

122

Nou problen, dijo Marlowe. No había que salir del edificio. En el sótano su viejo se había preparado, insonorizada y blindada con hormigón armado, una estrecha y larga galería de tiro, con bóveda de medio punto, neones blancos que llenaban la cueva de ecos de antracita y fulgores de morgue.

Poe lo miroteaba todo como esa persona que ha resuelto no admirarse ya de nada. Marlowe le puso las orejeras y un arma en la mano, concretamente una Springfield Defender. Luego se colocó sus propios cascos. Frente a sí tenía, en papel, a doce metros, la silueta de un hombre, con una diana pintada a la altura del corazón. Con un gesto de cabeza le dio a entender que aquel monigote era un hijo de la gran puta que acababa de tropezarse con él y pretendía robarle, violar a su novia y a su hermana y quedarse con la patria. ¿Qué hacer?

—Fríele a tiros, Poe, es todo tuyo.

Por más que apretó el gatillo, no consiguió Poe disparar el arma. Fue preciso que Marlowe, con la sonrisa del que asiste a los primeros pasos de un niño, le instruyera.

—La gente que lee novelas policiacas no sé cómo se entera de lo que pasa en ellas, porque hasta que no se tiene un arma en las manos, no se sabe nada. Es como hablar de mujeres con un seminarista. Y en los ACP el único que de verdad se interesa por estas cuestiones, aparte de Maigret, es Sam, que sí sabe. Los demás no tienen ni idea y no sabrían distinguir una pistola de una libra de chocolate.

Terminado el primer cargador, Poe devolvió la pistola a Marlowe, decepcionado más que por él, por su amigo, al ver la cara que éste ponía al examinar un blanco en el que había errado todos los impactos. Pero no era hombre que se arredrara ni desalentara fácilmente

—Habrá que educar ese pulso —dijo.

A continuación probó él y de doce balas, diez se alojaron

en la cabeza de su enemigo y dos en el corazón. Su cartera, su novia, su hermana y la patria estaban a salvo.

Le hizo probar otras armas, como el enólogo al que bastan unos buchitos para alcanzar las excelencias de un caldo.

Eran las cuatro y media de la mañana cuando subieron de nuevo a casa de Marlowe. De aquella noche Poe extrajo la enseñanza de que no le gustaban las armas; Marlowe, que había hecho un buen amigo; y ambos, que aquel golpe de Estado había sido una verdadera chapuza, toda vez que ni siquiera les darían un día de vacación en sus respectivos trabajos y ya sólo disponían de unas pocas horas de sueño.

Para el resto de los personajes de esta historia la noche fue igualmente memorable, lo mismo que para la mayoría de los españoles que la vivieron en ciudades por las que pasó muy cerca el fantasma de la guerra civil, aunque ninguno de los que aquí han aparecido hicieran cosas que fuesen por sí mismas dignas de ser recordadas de no haber sido por las circunstancias extraordinarias en que sucedieron.

A don Luis Álvarez fue a recogerle su mujer a la comisaría a las once de la mañana para llevárselo antes de que siguiese haciendo tonterías.

Se encontró su despacho como ese escenario en el que ha tenido lugar la representación de un gran drama: vacío, sucio y revuelto, sembrado de vasos de papel con restos retestinados de coñac y café, en los que habían apagado una ingente cantidad de cigarrillos, llenando aquel recinto de un olor pestilente.

Don Luis, hundido en un cómodo sillón rotante, se mecía a uno y otro lado con el mentón no menos hundido en su do de pecho: era lo que se dice un hombre humillado. Demacrado por el cansancio, sin afeitar y sin habla, esto último no por la emoción, sino por la ronquera, parecía estar esperando a que alguien, como en tantos apuros, lo sacara del paso. No

124

quedaba allí más que un retén de guardia y don Luis, detrás de su mujer, se deslizó hacia la salida con sigilo y celeridad. La culebra que ha conseguido librarse del azadón del labriego se escabulle entre las zarzas con no más habilidad ni prontitud. En el calabozo restaba sin embargo el sobrino del viejo de la calle del Pez, a la espera de que alguien le dijese de qué se le acusaba o de que un ser compasivo como Poe le pusiese en libertad. También ignoraba lo que hubiese o no sucedido con el golpe de Estado. Fuera, una mujeruca, su esposa, con un abrigo de fustán verde que no se quitó en toda la noche y un moquero arrebujado en la mano, con los ojos enrojecidos por el llanto y la vigilia nocturna, no sabía a quién preguntar, porque nadie sabía qué responder y otros ni siquiera se tomaban la molestia de escucharla.

En los días que siguieron al golpe de Estado, se le sometió a ese infeliz a concienzudos y sistemáticos interrogatorios que pautó el propio don Luis, muy interesado en borrar con eficacia policial las veleidades patrióticas de esa noche.

Desde luego al sobrino se le torturó de muy diferentes maneras durante tres días, sin permitirle dormir, sin darle de comer y con abundantes vejaciones, amenazas y maltratos a los que nadie hubiera podido calificar de torturas. No admitió nunca haber matado al viejo, desde luego, pero ni lo negó con suficiente vehemencia ni fue explícito en muchas de las respuestas, y acabó delante del juez, que ordenó su prisión.

Al igual que la mayor parte de compañeros, los más afines a él al menos, Maigret abandonó las dependencias policiales hacia las seis de la madrugada del día 24 de febrero, mientras su jefe trataba de convencerles a todos, hablando con unos y con otros, de que su celo de la tarde y parte de la noche había sido fruto de un arranque patriótico y una espontaneidad que le ponía a salvo de cualquier trama organizada, aunque aseguraba que algo como lo ocurrido, felizmente concluido sin mayores lesiones personales ni institucionales, era una cosa bonísima para la democracia y la corona, que saldrían reforzadas de aquel episodio, que era, no obstante, un toque de atención que no podía ser pasado por alto ni por la corona ni por los partidos políticos ni por los sindicatos obreros ni por la ciudadanía en general. Sin saberlo estaba expresando don Luis ideas que unas horas más tarde se verían en letras de molde en los editoriales de algunos periódicos españoles.

A Nero Wolfe, de nombre Antonio Sobrado, propietario del Restaurante Tazones, el doctor Agudo, conocido también como Sherlock Homes en el club de los ACP, consiguió meterle el miedo en el cuerpo en cuanto salieron ese día del café Comercial, y se pasó la noche sin saber si debía o no quemar los archivos, fichas y libros de asiento en los que figuraba la historia de los ACP, ya que con ese nombre podía originarse cualquier malentendido de consecuencias funestas para todos, e inventariando los víveres de los que se disponía en su negocio, por si venían mal dadas.

Por su parte, para Sherlock Holmes fue una de las peores noches de su vida: tenía un hermano filocomunista, al que ya veía cadáver en cualquier cuneta de la Casa de Campo, y dos hijos cuyo aspecto capilar, en barbas y cabelleras, les habría condenado a pena de muerte ante cualquier Junta de Justicia Militar, de modo que se pasó la noche taciturno, con un whisky en la mano del que no probó apenas gota, mirando torvamente las imágenes que sacaban en la televisión y creyendo, cada vez que en ellas veía moverse un guardia civil o salir o entrar un militar de graduación, que allí iba a empezar cualquier hecatombe.

Para Espeja el viejo el día, desde luego, no había empezado mejor, pero no en vano se era director de Ediciones Dulcinea S. L. para no saber pilotar en medio de las galernas. Se había quedado en el mismo día sin autora de novelas rosa y sin

autor de novelas negras. Cierto. Tras el altercado con Paco
Cortés, recapacitó un par de horas, paseándose de arriba abajo con aquel cigarro habano que se le apagaba por falta de de-
dicación y que apestó su despacho y su persona. Cuando al fin
se marchó Simón, el viejo mozo, repartidor y paquetista, la señorita Clementina consoló al viejo editor del lobanillo en el
cogote como sólo una secretaria fiel y leal es capaz de hacerlo: debía arreglar las cosas con doña Carmen y romper de una
vez por todas con Paco Cortés, cada vez más insolente y en-
greído y de quien no podía soportar que le diera siempre recuerdos para su madre, cuando era notorio que ni ella soportaba a su madre ni su madre la soportaba a ella, y además, ¿qué
cuernos le importaba a Paco Cortés su madre, si no la había
visto en su pajolera vida? Y así lo hizo Espeja el viejo esa misma tarde, como lo aconsejaba el buen sentido de la señorita
Clementina.

—Doña Carmen —le dijo—, sabe que las personas tenemos de vez en cuando prontos irresponsables. ¿Quiere usted
escribirme durante unos meses las novelas policiacas, además
de las suyas? Le consta de sobra que sus novelas románticas
me entusiasman, como le entusiasmaban ya a mi-tío-que-en-
paz-descanse.

Y prometió pagarle más de lo que le pagaba a Cortés. Quinientas cincuenta pesetas.

Espeja el viejo, escamoteándole cincuenta pesetas por folio al tiempo que la hacía creer que le subía el estipendio,
cuando en realidad se lo bajaba, se tuvo por el Rommel de los
negocios, y desde luego que no telefoneó a Espartinas. Tampoco hubiera encontrado a Paco.

Para éste esas horas fueron bien amargas. Nunca había sido
Madrid más una ciudad de cuatro millones de cadáveres
como aquella noche.

Después de abandonar la casa de Dora, Sam Spade, ex es-

127

critor de novelas policiacas, noctivagó como Paco Cortés, hasta llegar a El Mirlo Blanco, un pub de General Pardiñas, donde se refugió toda la noche, al igual que una docena de parroquianos inadaptados, conocidos unos, desconocidos otros, solitarios o separados como él, de vida contradictoria, desarreglada y burguesa, y con ellos y el dueño del pub siguieron a puerta cerrada los acontecimientos, bebiendo, fumando y hablando tranquilamente hasta que salió el sol, momento en el que se lo llevó del brazo una de esas mujeres jóvenes que rondan a los hombres maduros, y a las que sabía revestir en sus novelas de un halo de misterio y poesía, pese a que cuando se las tropezaba en la realidad le parecían grises y desdichadas como él mismo, con una historia sin el menor misterio y sin ninguna poesía, de retirada, como él, de todos los desórdenes.

Por la mañana Mason telefoneó a Spade. No le encontró en casa ni ese día ni al otro. Y empezó a preocuparse. Tampoco Dora, a la que Mason telefoneó el sábado siguiente, sabía de su ex marido, desde que el día del golpe de Estado salió de su casa.

Y en cuanto a noches tristes, quizá fuese ésa, para Dora, una de las más tristes. No quiso decirle esa noche a su ex marido que la relación que había mantenido durante once meses con el periodista Luis Miguel García Luengo se había terminado hacía más de quince días, cuando éste, cansado de esperar un cambio de actitud, la culpó de seguir enamorada de Paco Cortés y de ocuparse mucho más de la niña que de él mismo, y ella no encontró ni fuerzas ni ganas para negarlo ni discutírselo. Pero habérselo confesado a Paco Cortés esa noche habría sido meterlo en casa de nuevo. Así que se quedó detrás de la puerta llorando y sollozando hasta que la voz de la niña, que preguntaba por ella, la arrancó de su propio abismo. Telefoneó luego a su madre para preguntar por su padre, pero las líneas telefónicas permanecían colapsadas y sólo a las dos de la mañana su madre, bajo los efectos del Marie Brizard, le reconocía llorando que no sabía si podría soportar un minuto más a su padre y que había tenido la vida más desdichada que cabía imaginar. Nada que no supiera ninguna de las dos. Y así, hacia las cuatro de la mañana, con el televisor encendido, Dora durmió cuatro horas, hasta que a las ocho, como un reloj, la despertó su hija Violeta, uno de los seres felices que vivieron aquellas horas como otras cualquieras.

Madre y abuela hablaron esa noche por teléfono un largo rato, al cabo del cual Dora volvió a arrepentirse de haberla llamado, pues de nuevo, cuando más la necesitaba, menos disponible la encontraba.

Para el resto de los ACP aquélla fue también una noche triste, en efecto, pero a la mayoría de ellos les confirmó que la realidad era mucho más caótica, irregular e injusta que las novelas policiacas, en las que siempre solía quedar triunfadora la lógica del orden y la justicia de la lógica. Orden y justicia, al fin y al cabo eran dos buenos pilares sobre los que erigir un sólido edificio social.

En cuanto a Poe y Marlowe, a partir de esa noche, se hicieron amigos inseparables. No eran ni siquiera afines, pero se entendían. Uno introvertido, y el otro tan hablador. Uno bromista y el otro, triste. Uno lleno de fantasías coloristas y el otro retraído y taciturno. Marlowe se acostó en su cuarto y a Poe le bastó, con una manta, arroparse en un sofá y esperar a la mañana siguiente para marchar al banco, cosa que hizo antes de que Marlowe se despertara. Y desde el banco Poe logró al fin hablar esa mañana con la dulce, suave, misteriosa Hanna.

LE esperaba con la mesa puesta, la luz eléctrica apagada y una vela encendida. En aquel tenue resplandor temblaban las cosas en su misterio. Le pareció entrar en una almendra, defendido por aquellas paredes. Imaginó la mesa abastecida de diccionarios, pero tal como estaba, con su mantelito de color celeste, los platos de cenefa azul y las copas de agua y de vino rutilantes, le pareció el rincón más prometedor para la vida más deseable. Tenía algo del rincón pintoresco de una posada alpina.

Llegó Poe con una botella de vino, que compró de camino en una bodega próxima al Mercado de San Miguel.

No entendía de vinos. Se guió por el nombre, por la etiqueta y por el precio, pero deseó que a ella le agradase. Seguramente una mujer como Hanna, de su experiencia, habría ya descorchado muchas botellas de vino. Se la tendió en el momento en que ésta le abrió la puerta. Le dijo, he traído esto. No sabía si era así como se hacían las cosas, si había que llevar o no presentes a las casas en las que se era invitado. En el pueblo de donde procedía nadie invitaba a nadie. Pero había visto la semana anterior en una película de Rohmer que un joven se presentaba en casa de una amiga, para cenar, y le llevaba una botella de vino. En París la gente le da importancia al vino, pensó Poe, que jamás había salido de España. En Madrid las cosas seguramente ocurrían igual que en París. Todos decían que Madrid se había convertido en la capital de Europa y vivían como si Madrid hubiese ganado unos campeonatos del mundo en cosmopolitismo.

En la película que había visto Poe, la chica esperaba también al chico con una vela encendida. Ese detalle tranquilizó a Poe por lo que hacía a su botella. Quizá hubiera visto Hanna la misma película, aunque no con él, desde luego. Quizá por encima de los Pirineos las cosas sucedían de esa manera, con candilejas, con manteles, incluso con el detalle de haber metido dos claveles en un vaso con agua, sobre una repisa. Para Poe todo eso resultó nuevo, no eran así como sucedían las cosas en el pueblo en el que había vivido hasta hacía seis meses, hasta que pidió el traslado y se vino a Madrid. En realidad en su pueblo no sucedía nada. Se alegró de haber dado aquel paso, y estar en Madrid, incluso pasando por el trago de dejar a su madre sola.

Hanna le libró de la botella. La luz de la vela causó al joven una impresión muy grata y le sugestionó favorablemente. Se había vestido ella para la ocasión con un pantalón vaquero y una blusa blanca, con flores bordadas en el pecho. A la altura de las corolas de estas flores se marcaban sutilmente los pezones. Con aquella luz de la vela se formaba a su alrededor una sombra mitigada, que se los señalaba aún más, pero Hanna esto no lo podía saber, porque cuando se probó la blusa lo hizo con la luz eléctrica, y con ésta no notó nada especial. Fue después cuando encendió la vela y apagó la bombilla del techo cuando los dos botones se insinuaron con su sensualidad propia. Quizá de haberlo sabido antes Hanna hubiera buscado otra blusa en el armario. No quería parecer una descarada. Los españoles tendían a creer que ella, como danesa, estaría dispuesta a irse a la cama con el primero que se lo pidiese. También se había maquillado un poco, ella que jamás lo hacía. Algo debajo de los ojos, un secreto crepúsculo. Era mayor que él. Tal vez quisiese disimular la diferencia de edad. Poe se quedó mirándola. En un segundo tuvo que dilucidar si le gustaba más así, con aquella sombra azul que gravitaba en sus párpados, o sin ella. Pero no tuvo tiempo, porque las cosas en los sueños van muy deprisa siempre, y aquella velada había empezado para él como un sueño.

Dejó Hanna la botella sobre la mesa y ayudó a su amigo a quitarse el abrigo. Parecía, por la angostura de todo, que al quitarse el abrigo alguno de los dos iba a tener que salir al rellano de la escalera, porque no iban a caber allí los tres, ellos dos y el abrigo.

Se entraba directamente de la escalera en aquel saloncito abuhardillado, que servía al mismo tiempo de cuarto de trabajo y de estudio, de comedor y de salita. Una puerta al fondo comunicaba este cuarto con un dormitorio en el que sólo echado o sentado sobre la cama podía estarse con comodidad, debido a las pronunciadas pendientes del tejado que iba a morir donde acababa la habitación. La cama, hecha sobre una plataforma de unos veinte centímetros de alto, estaba cubierta con un edredón de patchwork, muy nórdico. Como cabecera, pinchado en la pared, había un paño indio, con graciosos renacuajos acróbatas. Se descubría en los primores y minucias la ordenada mano de una mujer. No es muy grande el apartamento, le explicaba Hanna a Poe mientras le servía de cicerone. A Poe no se le pasó por alto la anchura de aquella cama, las dos lámparas encendidas a uno y otro lado, sobre sendos cubos mínimos de madera. En la mesilla próxima a la pared, en la parte en la que incluso tumbado era fácil rozar el techo con la frente, había dos o tres libros. ¿También de Hanna, de alguna otra persona? Imaginó que en cada lado de aquel tálamo podrían dos personas enamoradas llevar una vida feliz en común, cada cual con sus libros de cabecera, sus mañanas de sábado prolongadas, sus descansos reparadores dominicales... Le gustaban los ambientes recogidos, silenciosos, un poco misantrópicos como él mismo. Imaginó que las sábanas olerían a lavanda, a genciana, a malvavisco o a cualquiera de esas flores que salían en los cuentos de Andersen. Tras el dormitorio, el cuarto de baño parecía en realidad el de una casa de muñecas, lo mismo que la cocina, a la que se accedía por la puerta de la derecha y cuyo tamaño era más propio de la cabaña de Blancanieves. En ella vio Poe los cuencos y fuentes en los que esperaba, ya preparada, la cena, el cestito del pan, la jarra de agua, la botella de vino que él había traído, junto a la mercada por Hanna.

No había muchos muebles allí, no podía haberlos. En el saloncito, aquella mesa camilla, dos sillas de enea, un sillón orejudo metido en un rincón, junto a una discreta estantería de maderas lavadas con dos docenas de libros, un póster de una mujer de Matisse, un espejito de marco moruno, en el rincón una pequeña cintia que rozaba con sus hojas en el techo bajo. Frente a la mesa se encontraba una ventana balcón a la que se accedía por dos peldaños, pintados del color de las baldosas, rojo de carruaje.

Hanna conocía bien el itinerario que debían seguir aquellas visitas guiadas, coronadas en la mínima terraza desde la que se atalayaba un panorama fascinante, formidable, único. No era tampoco un espacio generoso, ciertamente. Participaba de la escala liliputiense que tenía todo allí. Pero la joven conocía de sobra la impresión que aquello solía causar a las visitas, de modo que cediéndole el paso a Poe se quedó detrás, vagamente escorada, pendiente de la expresión de su rostro, atenta a lo que en él se pintaría en cuanto se enfrentara a lo que ella desplegó para él, como un inmenso tapiz.

—Caramba, Hanna, esto es lo más hermoso que he visto nunca en mi vida.

Hanna se acercó, complacida por la felicidad de su amigo.

Llamarle terraza a algo que no era mayor que la cofa colgada en lo más alto de un mástil, habría sido excesivo. Apenas cabían ellos dos allí, y tenían que disputarse el espacio libre con un gran número de macetas, geranios rosas en su mayoría. Tuvo incluso que decir Hanna la frase que reservaba para ese lugar a modo de disculpa: en su modestia aquellas macetas tan cuidadas no desmerecían de toda la majestuosa fábrica del Palacio Real.

—Soy aficionada a las plantas —dijo, como quien confiesa una debilidad más que un don.

Poe hubiese seguido en silencio toda la noche, pero hizo un esfuerzo de iniciar algo que se pareciese a una conversación.

—Y de todos los millones que han vivido en Madrid, seguramente sólo unas docenas de personas habrán visto esto alguna vez.

Se sintió como un elegido, alguien señalado por el dedo de la Fortuna.

Hanna ni siquiera le respondió. Miraba a aquel alumno con curiosidad. Jamás había invitado a un alumno a su casa. A ella habían venido, en grupo, algunos. Encontraba obscenas las relaciones personales entre profesor y alumna, y por lo mismo, entre alumno y profesora.

Luego guardó silencio, porque le pareció que cualquier palabra en aquel momento, en aquel lugar, en aquella compañía, era una profanación.

Hacía frío. Hanna entró en la habitación y salió después de echarse sobre los hombros lo primero que encontró a mano.

Casi al alcance de su mano se hallaba el Palacio Real, iluminado como el decorado de una ópera que fuese a empezar en ese momento para ellos dos solos.

Desde aquel privilegiado lugar el Palacio era grande y pequeño a la vez, monumental y doméstico, algo que sobrecogía y algo que hubieran podido modificar sus manos, como esas construcciones elementales hechas a base de tacos geométricos de madera, que los niños combinan de forma caprichosa.

Más allá, las infinitas lucecitas de los barrios extremos que cercaban la ciudad, tras la mancha negra de los bosques de la Casa de Campo, se perdían en lontananza confundidas con las estrellas que también en lontananza cimentaban el cielo.

—Es bellísimo —susurró Poe.

Se arrepintió al momento de repetir una frase que quizá le dejara por charlatán.

Hanna reparó entonces en que el abrigo que le cubría no era el suyo, sino el de su amigo, y deseó que él se percatara de ese detalle, pero también que se le pasara por alto. Empezaba a experimentar sentimientos contradictorios. Se alarmó, porque su experiencia le decía que tales contradicciones eran la antesala de un amor violento y apasionado, abocado, como todos los suyos, a un final que dejaría en ella secuelas dolorosas.

La experiencia de Poe en ese terreno era mucho menor que la de Hanna, por no decir nula. Del pueblo de donde él venía, nadie arrastraba equipajes demasiado historiados por lo que se refiere al amor. En aquel remoto lugar de la profunda España las vidas tenían trayectorias rectilíneas que empezaban un día en la primera comunión y acababan otro, quince años después, en el matrimonio, sin salir de la misma iglesia y sin cambiar de cura.

La estrechez de la terraza, tanto como el frío, les había acercado. Permanecían en silencio frente a la noche y la inconcreción de sus propios pensamientos. En el cuarto contiguo seguía ardiendo la vela. Su resplandor llegaba a la terraza extenuado, como un soldado herido que hubiera ascendido con sobrehumano esfuerzo aquellos dos escalones, para acabar agonizando sobre la fría tierra. Entró algo de brisa en la habitación y movió ligeramente la llama, y aquel resplandor muerto pareció resucitar las sombras dormidas. Sintió Poe en el estómago lo que Sam Spade llamaba «aleos de mariposa», «heraldos de la muerte» en sus novelas. Los nervios. Su corazón galopaba sin freno. Sintió el joven en el pecho unos golpes secos y precipitados que distaban de ser agradables. No sabía si aquello era «siempre» así. Hanna tenía acaso diez años más que él, y debía saber, por tanto, cómo ocurrían las cosas, y puesto que le había llevado hasta allí, le había mostrado tal panorama y miraban ambos con romanticismo la noche de Madrid, quizá era porque esperaba que él le pasara el brazo por los hombros y la atrajera hacia sí, como así se lo sugería el hecho de que ella se hubiese cubierto con su abrigo, detalle que en efecto no se le pasó por alto. Y que si la abrazaba, había de besarla a continuación. Él quería besarla, desde luego. ¿Quién no hubiera querido besar a una mujer como ella?

Era subyugante. Parecía una criatura arrancada de los sueños de un adolescente, mucho más hermosa aún, porque ni siquiera necesitaba vagar por ellos. Llevaba el pelo recogido en una corta cola de caballo, adornada con una cinta de terciopelo negro. La cinta era también una invitación a deshacerle el lazo y soltarle el pelo, acariciárselo, ensortijarse los dedos con él, olerlo, embriagarse de ese olor del que se había impregnado, gencianas, lilas, malvavisco, y que Poe podía aspirar ahora, perfume como a violetas frías. El silencio de las estrellas le oprimía tanto como el dolor del pecho. Debería decirle que su pelo olía a violetas. A genciana. No, a malvavisco. No, a lilas. Eso era bonito, pensó Poe, quizá le gustara oírselo decir. Le parecía una mujer poética. Hechicera. Pero tuvo miedo de resultar cursi, y que Hanna pensara que además de hablador era afectado. Así que no dijo nada ni del pelo, ni de las violetas ni de las otras flores. Y recordó Poe de manera inoportuna en ese instante lo que cierto día, precisamente en El Comercial, poco antes de que entrara a formar parte de los ACP, le contó Hanna a propósito de la obsesión de los españoles de hacerle proposiciones que estaban lejos de su cabeza, y que bastaba que eso ocurriera para que ella perdiera el interés por esa persona. Sí, quizá pensara que si le hablaba de las violetas era con fines interesados.

Por otro lado, los brazos, los besos, ¿no eran consecuencia de la cena? No sabía que pudiesen ser su prólogo. Si llegaban, y él así lo deseaba, sería al final.

Desistió Poe de extender su brazo por los hombros de Hanna. Hubiera podido tomar cualquier excusa. El frío, por ejemplo. Preguntar, ¿tienes frío? Ya se había dado cuenta de que el abrigo que se había puesto por encima su amiga era el suyo. ¿Qué hacían entonces allí, frente a la noche madrileña? Habían bajado tanto las temperaturas que era una temeridad quedarse ni un minuto más a la intemperie, pero Hanna tampoco parecía dispuesta a dejar la terraza y pasar de nuevo a la buhardilla.

Los diez años que sacaba Hanna a Poe le permitieron a ella mirarlo todo con mayor lucidez, pero no con menor nerviosismo que él. Le parecía justo que eso ocurriera, que la vida pusiera a su alcance algún fruto bueno, sano, fresco. Estaba cansada de una vida que veía excesivamente escarpada y sin alicientes, cuando ni siquiera había cumplido los treinta. Por eso deseaba que Poe pasara el brazo por su hombro. ¿A qué, si no, estaba esperando allí? Y comprendió también su timidez. Le gustaban los hombres tímidos, más que todos aquellos a quienes su presencia despertaba irrefrenables acosos. Esos diez años de más no quería que sirvieran para atemorizar o avasallar a aquel muchacho que aún se encontraba saliendo de las para ella remotísimas playas de la adolescencia. Desde luego le parecía una tontería todo eso de quién debe o no llevar

140

la iniciativa en una relación amorosa, pero le importaba demasiado aquel chico para crear cualquier equívoco. No era desde luego su primer amante, en el caso de que lo llegara a ser. Lo sería. En el fondo no lo dudaba. ¿Qué hombre se le había resistido? No recordaba ninguno. En un país meridional como España unos ojos azules, un pelo rubio y unas formas como las suyas eran tanto como una llave maestra. Pero no quería usarla con él. En cierto modo le veía como un niño, hubiera podido manejarle a su antojo. Era también la primera vez en su vida que cenaba a solas con un alumno. Reparó en ello, allí, frente a las constelaciones, y una sombra de tristeza se posó en su frente: se sintió una mujer vieja, una solterona condenada desde ese momento a buscar entre alumnos cada vez más jóvenes unas horas de compañía. Se espantó de aquella penosa perspectiva y preguntó con fingida ligereza:

—Rafael, ¿entramos?

La luz de la vela los recibió como a dos huérfanos perdidos en el bosque.

—Somos Hansel y Gretel —dijo Poe nervioso, frotándose las manos para hacerlas entrar en calor.

A Hanna le pareció una delicadeza aquella alusión nórdica, que aunque no era danesa, se le acercaba. Eran las cosas que le atraían de aquel muchacho.

—¿Por qué lo dices?

—Por la luz de la vela. Viviría toda la vida con velas, con candiles, al lado de un fuego. Eso es real. La luz eléctrica no lo es. La llama es algo más, es vida, es calor, es un fuego, es el mismo amor.

Enrojeció su cara súbitamente ante la desproporción retórica de una frase como ésa, y no quiso Poe dejarla así, sin intentar arreglarlo:

—Una bombilla es preciosa, pero no para mí. Una bombilla te echa de su lado. Una llama te llama —añadió.

141

Con el retruécano se hubiera mordido la lengua o, mejor aún, se hubiera partido el cráneo contra la pared. Se sintió un completo pedante.

Hanna, que no estaba para pensar en retruécanos y tampoco entendió las disculpas que le siguieron, le oía arrobada. Le oía, pero no siempre le escuchaba. Le era imposible. Transcurrió la cena en medio de una nube de sobrentendidos que llenaban el ambiente de excitación y zozobra. Con la segunda copa de vino, Poe llegó incluso a estar locuaz, contra su costumbre. Su única preocupación era saber cómo sucederían las cosas, cómo iba decirle su profesora que tenía que volverse a casa. Incluso, viéndola tan silenciosa, temió que se estaba aburriendo. Lo que ni siquiera podía imaginar es que en realidad en esas ausencias, los pensamientos de Hanna eran bastante elementales. Dios, qué guapo es, pensaba, me lo comería aquí vivo, no es más que un niño, es un pedazo de estrúdel, mejor que el estrúdel. Su mismo pensamiento le arrancó una sonrisa un poco cínica y glandular.

Creyó Poe que tal sonrisa se debía a algo que había dicho.

—¿Qué te ha hecho gracia?

—Tú.

—No soy un niño —replicó Poe con la timidez de siempre, otra vez retraído, bajando la cabeza, dispuesto a cerrar sobre sí las valvas de su misantropía.

Hanna se sobresaltó. Pensó que había forzado la puerta de los pensamientos de su joven amigo de una patada y que éste, de vuelta a sí mismo, le había sorprendido revolviendo entre ellos con indiscreción.

—¿Quién ha dicho que eras un niño?

—A veces te sale a la cara lo que piensas.

—¿Y no lo eres?

—No... Creo que no. No lo he sido nunca. Creo que no he podido serlo. Quizá no me han dejado.

—Cuéntame cosas de ti.

—¿Qué quieres saber?

Habían acabado de cenar. Hanna había cocinado un pastel de manzana de postre. Nunca había probado Poe el estrúdel. Quedó admirado de su sabor. Hasta ese momento no le constaba que a las chicas con las que había tonteado, incluso salido, les gustase cocinar, ni siquiera que lo supiesen hacer, y menos aún que fuesen capaces de preparar un postre de la complejidad que creyó hallar en aquél. Muchas eran las cosas que estaban sucediendo aquella noche por primera vez y todas parecían sucederle a él.

—¿No quieres hablarme de ti?

—Háblame tú primero de ti. ¿Qué haces en España?

Antes de decir nada, extendió Hanna con la palma de la mano una arruga que el mantel no tenía. Pensó Poe, quizá quiere que se la acaricie. Sí. Eso significa. Si no, no la habría acercado. Pero no se atrevió. Hanna arrancó con la punta de la cucharita un pedacito del pastel, lo mantuvo unos instantes a la altura de los ojos y cuando al fin lo llevó a la boca lo retuvo cierto tiempo contra el paladar, como si del sabor allí obtenido procedieran directamente los recuerdos más remotos de su vida pasada, dejada en su país como en un guardamuebles.

—¿Qué quieres saber? —preguntó sonriendo enigmática, dándole a entender que tenía demasiados secretos como para compartirlos todos de golpe.

—¿Por qué dejaste Dinamarca?

—Estuve casada un año y me separé. Entonces me vine aquí. No lo pensé antes. No conocía a nadie y no había estado nunca en España y además esto se encontraba lo bastante lejos de mi marido y de todo aquello como para que sólo por eso me pareciese el país ideal.

Aquella palabra, marido, desconcertó a Poe. Hanna se dio cuenta.

Aquí se interrumpió. Le pareció a Hanna que media verdad era mejor que una mentira. No quiso contar que aquel «aquello» escondía algunas cosas que había tratado de olvidar, y casi lo había conseguido, salvo cuando aparecía su fantasma, como en ese momento, tres años de drogas, pisos sórdidos, relaciones absurdas, una destrucción irresponsable y un acabar su vida como terminaba su marido la suya no sabía dónde, en qué antro, tirado en qué sórdido rincón, si acaso no la había terminado ya, en ese mismo momento en el que ella pasaba una agradable velada con un joven alumno. La palabra droga ahuyenta a mucha gente, y por ello ni se le ocurrió pronunciarla en aquella habitación.

—... Llegué aquí y me puse a dar clases. Y desde entonces doy clases. No hay más. He ahí la historia de mi vida. ¿Y tú?

Poe también tenía sus secretos. ¿Quién no tiene secretos a los veinte años, incluso más que a los treinta? Pero sintió que no podía contarlos, porque los secretos de los veinte años son todavía sagrados. Ni siquiera pensaba que podría estar vivo con treinta años.

Puso Poe los codos en la mesa, entrelazó las manos y apoyó en ellos la barbilla.

—Lo mío es más vulgar. Hice unas oposiciones a un banco, las aprobé, trabajé en mi pueblo tres años, solicité una plaza en Madrid, me la dieron, vine, me he pasado seis meses probando pensiones y hostales, voy de vez en cuando a ver a mi madre, y aquí estoy.

—¿Nada más? ¿No tienes novia?

Poe sintió que esa pregunta se la permitían a Hanna hacérsela los diez años de más que tenía, porque a él también se le había ocurrido preguntarle cómo es que una mujer tan guapa como ella no tenía una cola de pretendientes, pero antes de hacerle una pregunta tan directa se habría muerto de vergüenza. No obstante Poe se alegró de que le hiciera una pregunta como ésa, porque le daba pie a devolvérsela y poner las cosas donde a él le gustaban, en un plano de igualdad.

—No. Yo no tengo novia. Y tú, ¿tienes novios?

Comprendió de pronto lo estúpido de aquel plural. No supo cómo pudo cometer tal torpeza. Fue como un acto fallido.

A Hanna no se le escapó, en efecto, aquel «novios» y protestó más por broma que por otra cosa. Hubiera querido contarle toda su vida en un segundo, y no ocuparse más de ella. No era una vida que valiera demasiado.

—Sí. No son muchos, bueno, sólo tres.

Esperó a ver la reacción de Poe, pero éste no movió un solo músculo de la cara.

—En realidad —matizó seria Hanna—, sí, tengo uno, una especie de novio.

Se hizo un silencio que ni Poe ni la propia Hanna hubieran interpretado correctamente, porque a los dos empezaba a incomodarles la conversación, pero ninguno de los dos hubiera querido interrumpirla en ese punto.

—¿Quién es?

Hanna soltó una carcajada.

—Ah, los españoles, siempre tan directos.

Tenía Poe un gesto recurrente, como un tic, cuando no se hallaba cómodo: se llevaba la mano al pelo y se lo apartaba de la frente. Fue lo que hizo. No le gustó a Poe aquella comparación. ¿Qué tenía que ver él con los españoles?

—Tú lo conoces —le respondió al fin Hanna.

—¿Yo?

Brilló en los ojos claros de Hanna la oscuridad de la malicia. Poe se dio por vencido.

—Jaime Cortinas —desveló al fin la joven, abriendo los brazos, como el *voilà* de los magos que ponen ante el asombro del público un truco de magia.

—¿El director de la academia? Si es un viejo... y está casado. —La sorpresa de Poe no era fingida. A continuación se avergonzó de un comentario tan poco cosmopolita.

Hanna se lo tomó a risa. Aquel hombre era un viejo, desde luego. Cincuenta años, vistos desde los veinte arriscados de Poe, eran lo más parecido a uno de los viejos y áridos tesos de su pueblo, y en comparación con los treinta de ella, casi un delito.

Poe era demasiado joven para saber que una confesión como aquélla lejos de inquietarle, debería infundirle ánimos, porque no era sino el preludio de una ruptura que se le anunciaba como primicia. El pesar que asomó a la mirada de Poe, aligeró el humor de la joven.

—No me creo que no tengas novia. Eres muy guapo. Veo cómo te miran las chicas en clase. Se te rifan con la mirada. No me digas que no te has dado cuenta.

No sólo no tenía novia sino que su experiencia al respecto hubiera podido ser declarada zona catastrófica. Además él no se había dado cuenta de que sus compañeras de clase le dirigieran no ya la palabra; ni siquiera le miraban, o eso le parecía a él.

—No he tenido mucha suerte en eso —confesó después de pensárselo un rato.

¿No tenía una novia en el pueblo?, insistió Hanna, que llevaba aquella conversación como si leyese apresuradamente las páginas de un folletín. No, ya le había dicho que no tenía novia, le dijo Poe. Pero ¿se volvería algún día al pueblo con sus padres? No tenía padre. No, Hanna no tenía que sentirlo. Casi ni él lo sentía. Para él su padre no era más que unas fotografías borrosas, perpetuas en sus viejos marcos, en el salón de su casa, y las lágrimas de su madre todos los aniversarios de su muerte, o tantas otras veces, cuando se hablaba de él, unas veces sí y otras no, no se sabía cuándo su madre lloraría por su

146

padre, a veces contaba algo que hacía presagiar el lloro, y no lloraba, y en cambio en otras ocasiones, estaba tan tranquila, y bastaba con que se rozase su nombre, para que la mujer no pudiese contener el llanto. En general su padre era un silencio, más angustioso aún que las lágrimas. Ésos eran parte de sus secretos. De eso no se podía hablar, cómo murió el padre, cuándo, de qué modo, lo que ello significó en casa, su madre, sola, embarazada de él, con sus hermanos, teniendo que ponerse a trabajar en lo que le salía, con sus propias manos, sus hermanos dejando los estudios, sacándoles del colegio para buscar cualquier colocación, también en lo primero que les salía, la mayor con dieciséis años, el otro con trece, sin haber podido terminar la primaria. Y sin que allí, en el pueblo, nadie les socorriera, ni la familia de su padre, ni la de su madre, que vivía en la otra punta de España, nadie quiso hacerse cargo ni ayudar, todos se sacudieron la responsabilidad, porque de una y otra parte le culparon a él de ser el único responsable de todo lo que le había ocurrido. Porque no era la primera vez. Pero no fue culpa de su padre, y eso lo defendería Poe si era preciso a golpes con quien sostuviera lo contrario...

Ésas eran las cosas de las que no hablaba con nadie, porque a nadie le interesaba saber cómo sucedieron en realidad. Nadie quiere saber la verdad. Sienten y piensan por aproximaciones, porque la verdad compromete tanto como la realidad. Ni siquiera entre ellos, los de su propia familia, su madre y sus hermanos, querían hablar de ello. Demasiado doloroso, demasiado habían penado ya todos ellos, demasiado daño les habían hecho, así que nadie quería meter de nuevo el dedo en una herida que estaba aún abierta como el primer día. Incluso parece que le reprocharan a él algo, cuando le decían, no te puedes figurar cómo fue aquello, no, no tienes ni idea. Y le dolía que le dijeran aquello porque sucediera antes de su nacimiento, marcado por ello como el que más.

Había una foto de su padre enmarcada en casa, él sí que era guapo, delgado, con el pelo peinado hacia atrás, la boca grande y unos ojos profundos, negros, con una mirada melancólica, la nariz recta, la frente levantada y un hoyuelo en la barbilla. Todo el mundo decía que era guapísimo, como un actor, y lo que todo el mundo decía también: cómo debía de ser tu madre de joven, cuando se conocieron, para que un hombre tan guapo se fijara en ella. Pues igual que él, de «bandera», le contaron que decía su padre de su madre, se lo contaba su madre incluso, envanecida y avergonzada al mismo tiempo, gustosa de recordarlo en una de esas ocasiones que Poe no sabía nunca si se rematarían en risas o en sollozos; sí, eran como una pareja de actores de cine. A Poe algunas de las mujeres del pueblo que habían conocido a su padre le decían, tú has salido majo, pero para majo, tu padre. La foto enmarcada no era una foto sólo del padre, sino de ambos, madre y padre, la foto de la boda, uno con su traje y en la solapa aquel luto por alguien, por cualquiera, qué más daba, porque en esos años todos estaban de luto por alguien y los lutos se encadenaban unos con otros, había muertos por todas partes, de todas las clases, para llevar luto por el que se le antojara. Había muertos y desgracias donde elegir a gusto. Y su madre con un collar de perlas que fue lo que primero llevó a vender, cuando murió su padre y necesitaron dinero. Y gracias a esa fotografía Poe no olvidaba nunca cómo había sido su padre, y en casa no se le dejó de recordar nunca, lo que había hecho, si tu padre estuviera aquí, tu padre por aquí, tu padre por allá, si tu padre viviera, si tu padre no hubiese ido a Madrid ese día, se hablaba de esas cosas pero no de lo que sucedió cuando su padre cierto día de 1960 fue a Madrid y se encontró de casualidad en el Retiro con su amigo Remigio. Fue una casualidad. La policía no creyó nunca que lo fuese, porque cuando se piensa de una determinada manera, no hay azar ninguno, sino que el Mal se larva oscura y enterradamente sin descanso. Así como la policía y el Bien tienen sus horas de reposo y asueto, que dedican a repararse del trabajo que les cuesta velar por el Orden, y se entregan al sueño, a la familia y a los esparcimientos honestos, el Mal se aprovecha de tales treguas, para desde lo más soterrado del mundo erosionar sus cimientos y echar abajo ese Orden establecido, que no es otro que la Ley Natural, sustituyendo la libertad verdadera por el libertinaje, etcétera, etcétera, y por eso se lo llevaron detenido, porque la policía no creía nunca por principio lo que dijera alguien con los antecedentes suyos, y mucho menos cuando empezaba defendiéndose con la palabra casualidad. No sólo vivían en el error, sino que vivían de la mentira. Y en el libertinaje. Y si la verdad puede uno hallarla por casualidad, la mentira no es sino el trabado empeño de muchos años de empecinada y voluntariosa existencia en el error. Y se recordaba Poe a su madre, llorando por los rincones de la casa, cuando era pequeño, o sobre la máquina de coser, por la noche, cuando cosía, como en una de esas escenas de cine neorrealista que pasaban a veces por la televisión, que eran comedias de las que hacían llorar. Podía oler incluso la miseria de la casa, un olor a borra y a cebolla. Y se recordaba él en casa de una vecina todo el día, mientras su madre asistía las casas. Una buena vecina de esas que hay en todas partes, la samaritana que se hacía cargo de él, cuando no había nadie para atenderlo, con tías y abuelas en el mismo pueblo, pero a cargo de una vecina porque después de aquello dejaron de hablarles todos, unos apestados, sin poderse ir a ninguna parte, y la vecina mejor que de la familia, su familia desde entonces, le crió con sus propios hijos, sin preguntar si la culpa de todo la había tenido su padre, o la mala suerte, o esta maldita España y la maldita política, mirando únicamente para que aquella viuda sacara como fuese a sus hijos...

Lo raro es que no lo mataran después de la guerra. Poe le pedía a su hermana, a su hermano, volvedme a contar lo que padre os contaba. Y ellos le contaban el día que se los llevó de pesca, o cuando se compró el primer camión, que se fueron los cuatro a merendar a una venta, para festejarlo. Y a su madre le decía, madre, cuéntame otra vez dónde os conocisteis padre y tú. Y ella, soñadora, recordaba aquella tarde en Valencia, el año 38, un día de julio, que se toparon con unos que venían del frente, y se fueron todos a merendar a una taberna donde les frieron unos huevos frescos que traía del campo uno de los milicianos, y que allí mismo se enamoraron. Poe se sabía sus palabras de memoria, como si fuese un cuento de hadas, y no habría consentido que por abreviar se saltara ni uno solo de los detalles. Y que se casaron a los treinta y dos días sin dudarlo. ¿De qué habían de dudar? Y luego todo lo demás, lo que pasó cuando terminó la guerra. Y que él se la llevó a su pueblo, y que nunca les gustó en el pueblo a la familia de él que viniese casado con una que era menos que ellos, decían, y tan guapa, decían también, que levantaba sospechas del trasiego que traería. Y que su padre le rogaba, por Dios, Angelines, no te pintes, nadie te va a perdonar que seas tan guapa, pasa desapercibida, ya eres muy guapa sin pintarte. Y le contaba la denuncia de un falangista después, cuando creía que ya había pasado todo, qué incautos, quién nos lo iba a decir, se lamentaba siempre Angelines al llegar a este punto de sus recuerdos, y el año danzando de campo en campo de concentración, y Angelita detrás, embarazándose a salto de mata, en las visitas, detrás de unas matas, a dos pasos de los guardias, a los que había que contentar llevándoles algo de comida o darles algo de dinero para que hiciesen la vista gorda. Y los dos primeros hijos perdidos, en una meningitis uno y el otro de penuria. Con dos y tres años. Y que a él, Rafael, le acabaron poniendo el nombre que había llevado el otro, el

puedo decir nada más. Y su madre se estuvo veinte días en una pensión de la calle Carretas, y se pasaba el día allí, queriendo ver a su marido y tratando de saber por qué lo habían detenido. Y un guardia se compadeció de ella y la dejaba estar en la puerta el tiempo que quisiera, sin decirle que se marchara. Y la madre no sabía lo que estaba sucediendo, porque sabía que su marido después de que salió preso, después de la guerra, ya no se había metido en nada. Y se lo contó al guardia de la puerta llorando, y el guardia le decía, ¿qué quiere usted que le haga señora? Yo aquí soy el último mono. El guardia era una buena persona, ande mujer, no llore, váyase, le decía otras veces, no me comprometa usted, que si yo me entero de algo, se lo diré. Desde ese día, gracias a aquel guardia se enteraba de algunas cosas. No puedo decirle más, mujer, me está usted comprometiendo, insistía. Pero por él supo que no estaba bien, que le apretaban las clavijas, y que parecía un buen hombre, y usted no se apure, porque si es inocente, le decía, acabarán soltándolo. Pero en aquellos dieciocho días que lo tuvieron detenido no logró hablar con él ni verle ni llevarle siquiera un poco de comida. También dijeron que él debía de estar ya enfermo, porque no era normal que no hubiese aguantado lo que otros mucho más débiles que él aguantaban sin dificultad, debía de estar tuberculoso o algo parecido, escupía sangre, y eso no es normal, tuvo que haber venido averiado del pueblo, dijeron, porque lo lógico no era que se le encharcaran los pulmones. A nadie se le encharcan los pulmones por hacerle unas cuantas preguntas. Y no hubo autopsia y el juez dio por buenas las explicaciones de la policía. Y durante unos años el nombre de aquel policía que dirigió los interrogatorios de su padre, y que firmó las diligencias, fue una obsesión para todos ellos, para su madre, para sus hermanos, había sido el causante de que la vida para ellos se convirtiera en un infierno. Hubo que vender, con pérdida, el camión recién comprado por su marido, traspasar el negocio, vendió su madre algunas joyas, lo que había de valor en casa, y el culpable de todo fue alguien que lo confundió con otra persona, acaso que no le confundió con nadie, que se confundió él mismo sin más, e hizo pagar su error a un pobre desdichado que pasaba por allí. Pero transcurrió el tiempo y el nombre de aquel policía se olvidó, como trataron ellos de olvidar todo lo sucedido entonces, en la penosa sucesión de aconteceres que habían sido las vidas de todos ellos.

Poe sí, él había ido al instituto hasta los catorce años, su madre quería que siguiera estudiando, valía para ello, los hermanos se reunieron y le dijeron, lo que nosotros no pudimos, hazlo tú. Pero Poe dijo, yo como todos, y entró en el banco, de botones, y siguió estudiando, y sacó su bachillerato superior y ahora quería pasar a la universidad. Y empezaron a ir mejor las cosas para todos. ¿Qué más podía pedir? No necesitaba nada, y ahora estaba en Madrid, le gustaba Madrid, y era feliz allí. Tanto que iba a entrar en la Universidad. ¡En la Universidad! Lo que su padre hubiera dicho de eso. ¿Y los ACP? Se acercó a ellos porque estaba solo y no conocía a nadie en Madrid y siempre estaban hablando de libros y a él los libros le gustaban. Él no era de esos, era tímido. Había visto a los ACP muchas veces. Le parecían extravagantes, echando humo de sus cachimbas, con aquellas trazas estrambóticas, parecían extras de una película. Sherlock vestía sin saberlo como Sherlock Holmes; llevaba un abrigo que podría parecerse a un carrik. Y la gabardina de Nero, cómo era. Poe observaba, y un día se les acercó. Estudiaba siempre en el café, le parecía mejor que una biblioteca. La gente y las conversaciones ajenas le acompañaban. Todo el día solo, en el banco, y luego en la pensión. No conocía a nadie allí. A su madre era lo único que le preocupaba, que no se hiciera un raro. Hijo, ¿has conocido ya a alguien? ¿Tienes ya amigos? Y una tarde se acercó y les dijo, sé quiénes son ustedes, y a mí también me gustan las novelas policiacas, ¿puedo sentarme con ustedes un rato y aprender algo?

Hanna sostenía su cabeza con las manos y oía sin cansarse. Se decía, no sé cómo sería su padre, pero él es guapísimo...

De pronto el propio Poe pareció despertarse de un sueño. Llevaba hablando desde hacía media hora, y se interrumpió con brusquedad.

—Bueno, ya te he contado mi vida...—y sintió en ese momento un gran vacío.

También Hanna despertó de su sueño. Se levantó de la mesa, se acercó a donde él estaba, tomó sus manos, tiró de ellas hacia arriba con suavidad haciendo que se pusiese en pie, y cuando lo tuvo delante de sí, le rodeó el cuello con sus brazos y le besó profunda y apasionadamente. Cuando aquel beso terminó, Hanna, sin soltar sus manos, le condujo al dormitorio, no sin antes soplar sobre la llama de la vela. En el momento en que se apagó, apareció en el balcón el sortilegio de todas las estrellas, y la luna extendió, como una alfombra, el misterio de su sudario.

SEIS meses llevaba Dora sin saber de Paco Cortés y sin que éste le llevara, como solía hacerlo puntualmente, el dinero de la pensión, que le hacía llegar ahora por giro telegráfico.

Seis meses llevaba Paco Cortés postrado en una depresión sin salir de casa, agotando las últimas reservas de dinero que le quedaban, consolado al caer la tarde por whiskies que para mayor dolor no podían salir, como el que bebían los personajes de sus novelas, de míticos alambiques de Kentucky, sino de unas miserables destilerías segovianas.

Y seis meses llevaban los ACP sin ver el pelo a su fundador por la tertulia de El Comercial.

En ese tiempo dejaron éstos de hablar de novelas policiacas y de crímenes perfectos, para dilucidar la manera en que podían ayudarle.

Las noticias que se tenían del antiguo escritor de novelas policiacas, de detectives y de intriga en general no eran ni mucho menos tranquilizadoras. Se hablaba de una destrucción sorda, constante e imparable.

A su apartamento de la calle Espartinas destacaron los ACP una comisón de ojeadores. Nero, el padre Brown y Mason, el más preocupado de todos sus amigos, se presentaron una mañana, a la una del mediodía.

Lo anómalo de la hora delataba lo excepcional del cometido.

155

Les recibió un Cortés al que sacaban de la cama en ese momento. Se sorprendió de verlos allí. Les pasó al salón, abriendo la comitiva, mientras trataba de quitar de en medio algunas de las cosas que estorbaban su paso. Disimularon bien sus amigos la mala impresión que les causó el estado de abandono general de la casa, no menos limpia y ordenada que cualquiera de los cubiles en los que suelen vivir los detectives de las películas de serie b, con botellas de whisky Dyc y de vodka nacional vacías por todos lados, ceniceros llenos, periódicos mal doblados por el suelo y noveluchas tiradas en los rincones.

El proyecto de la agencia había sido arrumbado para siempre, por descabellado, al segundo día de haberlo concebido. Comerse el orgullo con Espeja el viejo tampoco le sirvió de nada, porque éste, cuando le telefoneó una semana después de su trifulca, el 3 de marzo, no cesó de insultarle y exigirle la devolución inmediata de un préstamo que Cortés ya no pensaba devolverle.

Por iniciativa de Mason resolvieron entonces actuar contra el viejo editor, pero la situación que afloró no pudo resultar más calamitosa. Con los contratos en la mano, Espeja el viejo tenía los derechos de todas sus novelas, lo cual quería decir que las tenía como quien dice a perpetuidad, ya que mientras siguieran editándose o hubiera en almacenes un número de ejemplares superior al diez por ciento del total de la edición, los derechos permanecían en manos de su editor, y como Paco Cortés sospechaba que Espeja el viejo hacía de todas ellas reimpresiones fraudulentas, iba a ser imposible arrebatárselas y vendérselas a otro editor.

El padre Brown, moviendo hilos largos y sutiles como los del laberinto, le buscó en la Biblioteca de Autores Cristianos trabajo de corrector de pruebas.

Agradeció enormemente Paco Cortés a su amigo Benigno el cura las gestiones, y después de meterse entre pecho y espalda un voluminoso tratado sobre las virtudes teologales de un benemérito padre dominico, excusó persistir en aquella labor encaminada a poner en claro peliagudas cuestiones, mucho más complejas que las de cualquier avisado detective.

Todos conocían también la negativa de Cortés a escribir novelas de nueva planta, pero lo que no sabía nadie, ni siquiera Mason, es que en tres o cuatro ocasiones se había puesto a la tarea, dejando como resultado el rastro penoso de tres novelas que no habían pasado de la página doce.

Había que reconocer, y así lo reconocía él, que el manantial se había secado. Pero si Sam Spade tiraba a sagaz, Paco Cortés era orgulloso, y no comunicó a nadie el origen de aquella depresión: se sentía acabado, porque lo estaba.

Cierta tarde llegó Maigret a la tertulia con noticias no menos tranquilizadoras.

—El suegro de Paco —informó— se lo quiere llevar por delante. Me ha encargado que si le veía aquí le diera un recado. Le he dicho que hace seis meses que nadie le ve. No lo creyó. Piensa que le guardamos las espaldas y que le tenemos por un Dios, cuando, ha dicho, no es más que un sinvergüenza, un vividor y un golfo que lleva sin pasarle la pensión a su hija los dos últimos meses. Y...

La comisión mediadora de los ACP volvió a la carga en una segunda, tercera, cuarta intentona.

En esa cuarta visita, que efectuaron Mason y el padre Brown, sin Nero, les sorprendió lo que vieron en el salón. Las ocho estanterías que llenaban una pared entera, del suelo al techo, habían sido vaciadas. Eran la viva imagen de la decadencia y la precariedad. Eso sólo podía querer decir una cosa: su magnífica biblioteca de novelas policiacas, acabalada con tanto esfuerzo, así como todos los libros auxiliares de que se había servido para escribir las suyas, guías, mapas, diccionarios, lexicones de argot y demás, seguramente uno de los acopios más completos que pudieran imaginarse en España sobre asuntos criminosos, había emprendido el camino sin retorno a la librería de viejo.

Para el padre Brown y para Mason, que se habían abastecido en ella tantas veces, fue un gran disgusto y la prueba de la gravedad de la situación. Si el manantial de Paco Cortés se había secado, el pozo del que ellos habían bebido todos esos años también se había vaciado de repente.

—¡Dios mío, Paco! ¿Qué ha sucedido aquí?

Había corrido el padre Brown hacia las estanterías vacías con los brazos abiertos, como si tratara de contener la huida de alguno de los libros, si acaso se hubiese quedado rezagado o escondido en las costuras.

—No te apures, Benigno. Cuando quieras una novela, yo te la contaré. Están todas aquí —y un sarcástico Paco Cortés se golpeó la cabeza con el dedo índice con tanta fuerza, que Mason y el padre Brown se miraron de una manera significativa: su amigo se estaba volviendo loco.

Le miraron a los ojos. Los tenía Paco Cortés desorbitados bajo unas cejas circunflejas, y estaba perdiendo el pelo. Los que le quedaban, largos e hirsutos, se le alborotaban.

Conociendo a su amigo, que tenía por aquellos libros no ya amor, sino una devoción de idólatra, la decisión de venderlos les dio la medida real de las estrecheces por las que debía de estar atravesando.

—Deberías pasarte por El Comercial, eso te distraería —le aconsejó dulcemente el padre Brown.

—No, Benigno, para mí todo eso ha terminado. Le he perdido el gusto a la lógica. La vida no tiene nada de lógica ni aritmética. Que se lo pregunten a *Poirot*.

El gato, que se había refugiado en su regazo, pegó un brinco y desapareció de su vista como la biblioteca.

—Pero ¿los libros? —dijo el Vicario Supremo de la Lógica en esa reunión de amigos.

—Modesto, los libros son otra cosa. Los libros sí tienen lógica, si son buenos. Volveré a comprarlos y volveré a escribirlos.

Cortés se quedó un momento pensativo, y añadió:

—Los compraré cuando vuelva a escribirlos.

—Me lo temía —dijo el padre Brown mirando a Mason, con ese tono bromista que se emplea con los enfermos graves para que no puedan ni siquiera sospechar la gravedad de su dolencia—. No hay un criminal que no filosofe. Y yo añadiría que menos aún un novelista de novelas policiacas. Y, si me permites citar al verdadero Spade, cuanto más ruin es el rufián, más cháchara sabe. O ésta otra: vete a tus funerales antes de compadecerte de ti mismo. La vida está en todas partes, lo mismo que Dios, Paco.

—Benigno, te agradezco el esfuerzo y el detalle, pero es mejor dejar a Dios aparte. Ya sabes lo que pienso de tu idolatrado padre Brown: las cosas que sabe, las sabe antes de que hayan ocurrido, porque Chesterton se las sopla al oído, pero aquí no hay nadie que nos diga lo que tenemos que hacer ni lo que ocurrirá mañana. Claro que para vosotros los curas detectives todo es un juego, hasta la salvación. Pero me temo que es todo menos divertido: aquí no se salva nadie.

Benigno era un cura paciente, desoyó aquella blasfemia y sonrió.

—Os lo agradezco de veras, Lorenzo, Modesto, Benigno.

Paco ni siquiera llamaba ya a sus compañeros con el nombre de guerra.

Antes de marcharse Mason le transmitió el recado de su suegro que Maigret le había dado antes de marcharse. Paco se quedó mirando a los amigos sin decir nada. Les ofreció, si querían, una copa. No, ellos no querían. Paco buscó un vaso

159

limpio, no lo encontró, y en uno en el que quedaban los restos aguados de un whisky usado, vertió las postrimerías de una botella de vodka.

Los amigos le vieron beberse aquel mejunje sin decir nada.

El padre Brown consideró obligado aleccionarlo, pero una sonrisa amarga de Cortés le detuvo.

Salió la comitiva de casa de Paco Cortés con gran consternación. El padre Brown, que no creía en los milagros, sólo confiaba en uno que hiciese reaccionar a su amigo y le sacara del hoyo en el que había caído.

Regresó la comisión a la tertulia con las manos vacías y los ánimos por los suelos. Pusieron al tanto de la situación al resto. Las reuniones languidecían. La presencia de Milagros, Miles, que no dejó de asistir a ellas, ponía una nota luctuosa o cuando menos premonitoria: parecía la viuda que recordaba en todo instante que el alma de aquella tertulia había dejado de asistir a sus reuniones y volaba cada vez más suelta por las regiones del éter.

Miles fue a verle, se lo llevó a su casa, una casa lujosa, amplia, con una vieja criada que tenía a su señora en palmitas, y allí vivieron juntos ella y Sam Spade una semana, pero tampoco aquello dio resultado.

—No te lo tomes a mal, Miles. Debe de ser la bebida. Ya no valgo ni como amante.

—No me importa —le dijo la mujer—. Quédate conmigo.

Paco prefirió su covacha de Espartinas.

La consigna más repetida de los ACP se convirtió en un «hay que hacer algo». Traducida sonaba a: «Salvemos a Spade».

Pero o Spade se salvaba a sí mismo o ningún otro podría socorrerlo.

Y eso fue lo que hizo el propio Cortés. Poner término a su degradación. Llegó a la conclusión de haber pasado, en seis meses, de la adolescencia a la vejez. Decidió ir a ver a su padre.

A nadie hablaba Cortés de su familia. En realidad era un hombre que no hablaba de sí mismo. Por eso, tal vez, se había hecho novelista tan joven. Para no tener que contarle nada a nadie. Prefería que hablasen por él unos personajes, unos muñecos, los títeres de su desdicha. Ni siquiera solía hablar de sí mismo con Dora.

Los padres de Paco vivían en un piso de la calle Lagasca, esquina con Padilla. No se veía con ellos desde que había nacido su hija. Se la llevó, para que la conocieran, pero lo dijo después Paco Cortés a Dora, que se negaba a acompañarle en esa visita siempre pospuesta: si habían sido desnaturalizados como padres y de una crueldad humillante como suegros, no iban a poder ser mejores como abuelos.

Tuvo lugar el encuentro durante una comida, un domingo, al que asistieron, además, tres de sus hermanas, con sus cuñados.

No le impresionaba el ambiente de aquella casa a Paco, porque lo conocía bien y precisamente de él había huido cuando tenía veinte años para escribir novelas policiacas: un mundo asfixiante de negocios, dinero, mentiras y un servicio tratado con paternalista despotismo o con déspota paternalismo.

Las hermanas, cuando se lo encontraron, reaccionaron con el interés que se pone en una nueva fiera traída al zoo, sin saber si mordería si se acercaban a ella o si se limitaría a hacer cabriolas y payasadas.

Porque eso ocurría con Paco Cortés en el momento que se ponía en contacto con el ambiente familiar: reaccionaba como una base a la que se le acerca una sal, transformándose en otra cosa. Y sin saber por qué sí y por qué no, para pasar el trago, consumía el tiempo que permanecía con sus progenitores y sus hermanos comportándose como un imbécil en grado superlativo y diciendo tonterías que luego, fuera de allí, sería incapaz de repetir a nadie sin sonrojarse, con lo cual aquellos encuentros significaban para él una humillación en la que nadie tenía más culpa que él.

Por suerte para él ese domingo acudió al almuerzo familiar lo bastante sombrío como para no despegar los labios mientras duró, sin responder siquiera a las provocaciones de sus cuñados que querían verle hacer los volatines y charlotadas de costumbre.

Esperó que se marchara todo el mundo y cuando se quedó solo con los padres, tuvo lugar una conversación que Cortés ni siquiera había preparado.

No se trataba de pedirles dinero. Eso habría sido demasiado sencillo y es lo que su padre estaba esperando, para recordarle, por fin, con aires de triunfo, que ese momento, que él llevaba veinte años esperando, se había hecho al fin realidad.

—¿Has dejado de escribir novelas policiacas? —preguntó su padre enarcando las cejas con asombro.

El señor Cortés miró a la señora Cortés, pero ninguno de los dos se atrevió a añadir nada. Esperaban quizá una revelación de otra naturaleza. Paco aguardó unos segundos. ¿Esperaba un «necesitas algo, hijo», «¿estás bien?» o al menos un sencillo «¿y qué vas a hacer ahora?», que es lo que le preguntaron todos sus amigos? Si lo esperaba, hubo de conformarse con mucho menos. El gran abogado Cortés y su mujer no se dignaron a decir nada, tal vez para no herir a quien a menudo se había reído de los consejos que ellos solían darle.

En vista de que nadie añadía nada, Paco acabó por levantarse, se despidió de su padre con un apretón de manos, cortando de ese modo el movimiento de aquél, que se le acercó peligrosamente para abrazarlo y quién sabe si darle un beso, besó a su madre, y sin que nadie le detuviera, ganó la puerta de la indigencia que le había llevado hasta allí un par de horas antes.

162

No vivía lejos Dora, y se fue paseando en esa todavía muy calurosa tarde de septiembre. La sobremesa dominical había anestesiado las calles del barrio de Salamanca, que estrechaban su sombra hasta hacerse angostas incluso para las propias sombras.

A Madrid aún no se le había ido el olor ronco del geranio y del esparto, y eso ponía en el ánimo de Paco Cortés una rara angustia que le secaba la garganta y pedía regarla con algo fuerte.

Se dirigió Paco a casa de Dora. Seis meses sin saber de ella. Ni siquiera tenía conocimiento de la ruptura de Dora con su novio reportero. ¿Y Violeta? Había pensado en ella muchas veces en aquellos seis meses, pero no había tenido fuerzas para verla. Así de raro es el corazón humano. No había dejado de pensar en ella un solo día y en cambio no habría encontrado fuerzas para cruzar la calle y darle un beso. Pasó al lado de una cabina de teléfono. Pensó que debería llamar antes, pero supo también que si entraba en aquella cabina y hablaba con Dora, no la vería. Siguió de largo, como pasó de largo delante de un bar, pese a que la garganta le pedía algo que le quitara esa sequedad de esparto que se le había puesto también a él.

Se iba diciendo, si el portal está cerrado, me daré media vuelta. No se puede mantener la primera conversación después de seis meses con una ex mujer a la que se ha dejado de ver y hacerlo por el telefonillo. En el momento de llegar, alguien que salía le reconoció y mantuvo la puerta abierta, para que entrara.

Paco Cortés se arrepintió de haber pulsado el timbre pero el silencio y la quietud que siguió a ese timbrazo le dio alguna esperanza: no estarían. Ya se había arrepentido de encontrarse allí. No había tenido un domingo tan familiar desde que era adolescente: padres, hermanos, cuñados, ex mujeres, hija...

Había empezado Paco a bajar las escaleras, cuando Dora abrió la puerta. Le vio de esa manera, sólo una cabeza que iba hundiéndose en la sombra. Se asustó. Le encontró envejecido.

Cortés se volvió hacia ella.

También halló muy cambiada a su mujer.

Fue una suerte que Paco Cortés dijera entonces la única cosa que le franqueó las puertas de aquella casa, la única que hubiera podido franqueársela.

—Vengo de casa de mis padres.

Dora comprendió la gravedad de la situación. Y la posibilidad de una desgracia se sobrepuso a la sorpresa de tenerlo delante.

—¿Ha pasado algo, están bien?

Le daban igual sus suegros, pero la muerte siempre arranca de todo el mundo sentimientos piadosos, siquiera por un par de segundos.

—No —respondió Paco.

Dora estaba nerviosa y desconcertada, y se disculpó por no haber oído antes el timbre. Dormía una siesta. La niña seguía dormida sobre el sofá. Paco Cortés se quedó mirándola de pie, a su lado, un buen rato, sin atreverse a hablar.

Dora preguntó entonces:

—¿Quieres pasar un rato?

Nadie podía entender a las mujeres. Ésa era una de las razones por las que dejaba la novelística de policías. Ya no las comprendía ni en las novelas ni en la realidad. Dora invitándole a que entrara en casa. ¿Qué había sucedido?

Entraron sin decirse palabra. Se arrodilló junto a la niña, que dormía sobre el sofá. También la extrañaba. Había crecido mucho.

—Hazlo —dijo su madre—. Despiértala ya, lleva ya más de una hora durmiendo.

Paco se acuclilló a su lado y tomó en las suyas la mano de

la niña. Era como un mazapán de Toledo. Se la llevó a los labios y la rozó. Estuvo viéndola dormir más de diez minutos. Dora se sentó a su lado, de espaldas, sin decir nada. La niña se despertó al fin, como si presintiese algo. Se quedó mirando a su padre, sonrió como en sueños y le echó los brazos al cuello.

—¿Papá?

Paco no tenía respuesta para esa pregunta. Al rato dijo:

—He estado de viaje, pero ya he vuelto.

—¿Has vuelto de verdad?

Quien preguntó esto último era Dora.

Paco sonrió con tristeza, pero no se atrevió a volver la cabeza para mirarla. Dora imaginó esa sonrisa, porque le conocía.

Y en ese momento Paco supo que ya no vivía allí el reportero. Esa noticia que en otro momento le hubiese llenado de alegría, le dejó indiferente.

Trajo Dora de allí a un rato dos cafés, y en la misma bandeja la merienda de su hija.

—¿Qué ha pasado?

Paco, acaso sorprendido por aquel recibimiento de su ex mujer, por la visión de la niña o por tener, tras aquellos seis meses, extenuados los nervios, notaba un pipo en la garganta que no le dejaba tragar, igual que aquella otra tarde que discutió con Espeja. La tarde que dejó de ser novelista.

—No lo sé, Dora. Mi vida es horrible, es un asco. No debería quejarme, pero no sé por dónde tirar.

—Si mi padre se entera de que estás aquí, se armaría una buena. Lleva dos meses diciendo que como te vea te pega un tiro. Te has convertido en su bicha negra. Se lo conté a mamá, le dije que no te veía desde hacía seis meses, y le pedí que no se lo contara a papá. Pero no sabe guardar un secreto. Y con mi madre las cosas no pueden estar peor. Salen a tres peleas diarias. Mamá me da pena. Basta que le diga que vaya a ver a un médico, y mi padre comienza a pegarla. Ella dice que no, que eso nunca, que jamás le ha puesto la mano encima. Le digo que le deje. Y ella me dice, a dónde voy a ir, y que entonces, sí, la mataría. Yo le he dicho cien veces, vente con la niña y conmigo. Pero ella dice que su sitio está con su marido. Es todo horrible. Tu vida será horrible, pero la has elegido tú. La mía, ¿quién ha elegido la mía por mí? Por favor, no me vengas diciendo nada de tu vida. Paco, yo no quiero convertirme en mi madre, no quiero ser como ella, no quiero sufrir porque el hombre del que estuve enamorada una vez, quiere hacerme una desgraciada. ¿Lo entiendes? Esta vida es un asco, me la habéis convertido en un asco todo el mundo. Y por si fuésemos pocos, a mi padre le están sacando en las listas del 23 F y podrían echarle del Cuerpo y quitarle la paga. O peor, meterle en la cárcel. ¿Y tú eres el que vienes aquí después de seis meses diciendo que tienes problemas y que la vida es un asco?

Paco estaba avergonzado. Ni siquiera se atrevió a pedirle perdón.

De todos los Paco Cortés que conocía Dora el que más le gustaba era aquél, sin caretas, sin aquella actitud presuntuosa que se le ponía a veces, sin la euforia del que se sabía más inteligente que todos los demás porque era capaz de aplicar en sus novelas fórmulas matemáticas que las hacían exactas como una ecuación, sin la actitud del gallo que se pasea por el corral gustando a todas las mujeres. El que tenía frente a sí no era ya aquel hombre vanidoso por la opinión de unos amigos que lo consideraban un genio. Tampoco un ser fracasado o vencido, sino alguien que había llegado a ella desnudo de nuevo, con el corazón, sin lógica, sin estrategias, sin esas frases baratas que aprendía en las novelas policiacas de otros para ponerlas en las que él mismo escribía. Pero al mismo tiempo se asustó.

dejado ir. Pero no sabía qué decirte, porque no soy yo la que tiene que decir nada. Yo no sé decir cosas bonitas como las que tú dices. A mí ni siquiera me gustan las novelas policiacas, porque todo eso no tiene nada que ver con nosotros. Todo lo que me ha ocurrido desde que te dije que te marcharas, ha sido lo único que me ha ocurrido. No podría decirte otra cosa. Durante un tiempo, al principio de estar juntos, ese no ser nada aún me provocó mucho más rencor, pues me obligabas a hacer cosas que yo no sentía en absoluto. Pero me engañaba para poder hacerlas. Yo era todavía como una niña. No tenía ninguna experiencia. Las relaciones que he tenido después han sido porque tú las habías tenido antes con otras. Yo me fui con otros hombres porque tú habías estado con otras mujeres. Pero yo no los deseaba. Sólo te deseaba a ti, sólo soñaba con que vinieras y me miraras de aquella manera con la que me mirabas antes. Me tomabas la cara con las dos manos como para que no pudiera írseme la mirada a ninguna parte, y te quedabas mirándome los ojos. Me decías, Dora, no me canso de beber en ellos, son como un pozo. Y yo me derretía. Quería que eso sucediera de nuevo. Pero volvías por la noche y al principio no me importaba, hasta que empecé a ver que no volvías, sino que aunque estabas conmigo te habías quedado muy lejos de esta casa, porque me decías cosas raras, de tus novelas. No aguantaba que me llamaras muñeca, que me dijeras pequeña, ven, toma, sé una buena chica. Odiaba que me llamaras flaca como Humphrey Bogart a Lauren Bacall. Odiaba todas las mujeres que sacabas en las novelas y odiaba sobre todo las que sacabas después de separarnos. Que las llamaras como a mí. Yo no era como tú me veías, pero sobre todo, nunca he querido ser así. Yo no soy una heroína, no soy Lauren Bacall, sólo soy Dora, y quiero tener contigo una vida normal, sin locuras, sin fantaseos, una vida llena de realidad, una vida real. Nunca me dijiste qué pasó. Por qué cambiaste.

168

Yo comprendo que un hombre se líe con una mujer, pero no entendí por qué lo habías hecho tú, diciéndome como me decías lo del agua del pozo, lo de que no querías a nadie como me querías a mí. Te pregunté, te dije, ¿al menos eres feliz con ellas? Y me dijiste que no, que no lo eras. Y entonces comprendí que las harías desgraciadas a ellas y nos harías desgraciadas a nosotras, a mí y a la niña.

Paco Cortés oía a su ex mujer con la mirada perdida en unos hilos sueltos de la alfombra.

—Creo que tu principal problema —siguió diciendo Dora— es que no sabes aún quién eres, ni lo que quieres, y eso te ha ido destruyendo. Fíjate en todos esos pobres ACP. Tienen todos unas vidas como la tuya. Sois parte del mismo fracaso. Ninguno está satisfecho con la vida que lleva, y les consuela ver morir en una novela a alguien, o que alguien lo mate. Cada uno de ellos querría ocupar el puesto de la víctima o la del verdugo. Algunos nacieron para víctimas, y otros para verdugos. Modesto es víctima. Miss Marple, verdugo. Ninguno quiere vivir la vida por sí mismo, no sabría cómo hacerlo. Modesto habría matado a su padre por haberle obligado a estudiar una carrera que detesta, sufre cada vez que tiene que hablar delante de un juez. Me lo ha dicho Bea cien veces. Miss Marple seguramente mataría a su marido por todas las veces que le ha sido infiel, si no fuese porque de ese modo ella se quedaría aún más sola. Marlowe seguramente lleva preparando un golpe para robarle a su padre media joyería, y que lo pague el seguro. Y acabará haciéndolo. Y Maigret, pobre hombre. ¿Qué vida le espera? ¿La de mi padre? Yo vivía en una nube, todo lo negra que quieras, pero una nube. Mira a Agudo. Los problemas con sus hijos no le dejan vivir, odia ser médico, es un misógino, no soporta a las mujeres, se hizo ginecólogo porque lo era su padre también, así que no ha encontrado otra escapatoria que la de las novelas negras. Y don Benigno, dime tú ése qué tiene de cura. Tenía que dejar la sotana y buscar una mujer. No sabes las miradas que me echaba, cuando me veía, parecía que me desnudaba. Y el pobre Modesto. No es más que un infeliz. Sabes que le tengo cariño. Mi propio abogado me lo dijo, cuando nuestra separación: con él conseguiremos lo que queramos. Se dejaría matar por ti, pero no podría ayudarte aunque quisiera, porque no sabe quién eres tú. Y no sabe quién es él. Te veneran, pero en el fondo sabes que ninguno de ellos puede hacer nada por ti. ¿No acabas de decirme que llevas seis meses sin aparecer por El Comercial? Es la primera vez que te he visto así de hundido, la primera vez que habrías necesitado que alguien te hubiese echado una mano de verdad, y no has tenido a nadie a donde acudir. Aquí, has venido aquí, el único sitio que debería cerrarte las puertas. Y a casa de tus padres, de los que no se sabe qué es más grave, si te dan pena, si te dan asco o si te dan risa. Hacéis una sociedad patética con todo eso de las novelas policiacas. Soy hija de un policía y tuve que casarme con un loco de las novelas policiacas. No sabes cuántas veces me he maldecido por ir a buscar a mi padre aquella tarde a la comisaría. Si tú no hubieras estado allí, si yo no hubiera ido, mi vida ahora sería distinta...

—Y la mía —admitió Cortés con la tristeza del que ve partir el barco que le ha dejado en tierra.

—No, la tuya seguiría siendo la misma. Tú no cambiaste nada cuando me conociste. Escribías novelas y seguiste haciéndolo. Ibas los jueves al Comercial con tus ACP antes de que me conocieras, y continuaste haciéndolo, sin faltar una sola vez, después. Te acostabas a las cinco de la madrugada y te levantabas a las doce antes de casarte, y eso seguiste haciendo después. Si la niña hubiera nacido un jueves, tú no habrías estado en el parto. Salías antes de conocerme por las noches, y seguiste haciéndolo. Las novias que tuviste antes de conocerme a mí, seguiste viéndolas a mis espaldas, hasta que yo lo descubrí. No, fue mi vida la que cambió. Pensé que iba a poder decir adiós a todo lo que me había hecho desgraciada, y a los cuatro años estaba donde antes, con una hija, con el mismo padre horrible, con una madre desquiciada, desdichada y alcohólica, y con un marido de serie b que decía que me quería, pero que no dejaba de hacerme daño. Durante unos meses, cuando empecé a salir con Ramón, creí que las cosas iban a empezar a cambiar de veras. Él era distinto, me lo encontraba todas las noches en casa, no tenía novias, me quería. Pero a los siete meses comprendí que nunca iba a poder sacarte de mi vida. Pensaba en ti, y se me deshacían los huesos, me temblaban las piernas, no sabía lo que me ocurría cada vez que venías a traerme la paga del mes. Cuando le besaba a él tenía que andarme con cuidado para que no fuese tu nombre el que se me escapara de los labios, y así con todo. Hasta que él no pudo más, y tuvo que dejarme a mí por las mismas razones que yo te había dejado a ti.

Había empezado Dora a llorar, pero aquellas lágrimas se derramaban sin dramatismo, sin exigencias, ni ofensoras ni ofendidas. No era más que la savia desbordada de un árbol al que había herido en otro tiempo el filo de un hacha demasiado afilada.

—No, Paco. He esperado que vinieras a mí y me dijeras algo. No si yo te quería, si seguía queriéndote. Lo que tienes que preguntarte es otra cosa, es si tú me has querido alguna vez, si has sabido algo de amor en todos estos años, conmigo, con la niña, con las otras mujeres, si eres capaz de amar algo o a alguien que no sean tus pobres novelas y tus estúpidos ACP.

—Llevo seis meses sin ver a nadie, ni siquiera a los ACP —empezó excusándose Paco, sin saber cómo iba a continuar. Se le pasó por la cabeza que era así como le sucedía en las novelas. Empezaba un diálogo y luego él sólo se iba colocando en la trama. Pero no quería que aquello se le fuese a estropear una vez más por no saber dónde llegaba la literatura y dónde empezaba la vida.

—Y, aunque suene patético —siguió diciendo—, quiero cambiar, pero no sé cómo. Sé cómo no quiero ser, pero no sé en qué quiero convertirme. En todo este tiempo he pensado mucho en las cosas que me sucedían, lo de las mujeres, lo de salir y todo lo demás. Cuando estás cerca de lo peor del hombre, eso acaba por afectarte, es como una mancha. La gente planea crímenes horribles por intereses mezquinos. Unos por celos, otros por dinero, otros por venganza. Al final, cuando sales de todo eso, sólo quieres oxigenarte un poco, y te crees que encontrarás el aire que te faltaba con unas, con otras, bebiendo con los amigos. Pero cuando uno se hace daño a sí mismo no sabe por qué es. No es por dinero ni por celos ni por venganza. Sencillamente, no lo sabe. Y eso aún le hace más daño todavía.

—Sí, Paco, pero en la vida no todos son criminales, no todos son policías que tratan de coger a los criminales. Esto no es un juego para que se diviertan bibliotecarias solteronas o los que van en un tren o los que no pueden dormir por la noche. Hay muchas más cosas. Si tú hubieras separado tu trabajo de tu vida, no creo que me hubiese importado. Pero lo has mezclado todo. Creías que el detective es el que al final se va una noche con la guapa, y luego cada cual por su lado. Yo te dije, vete con ellas, con alguna, pero déjame a mí con mi vida real. Y tú me decías, son historias de una noche, no tienen importancia. Y yo te dije, tienen importancia porque las noches que les has dado a todas las demás son un universo entero de vidas, y la mía ya no tiene luz propia, porque tú se la apagaste, pero es en la que vivo yo, y ni tú ni nadie tenéis derecho a convertirla en un montón de cenizas frías.

—No llores, por favor Dora, me rompes el alma.

—Paco, tú me las has roto hace mucho tiempo, y por eso

se me van todas las lágrimas por todas partes. ¿Cuántas veces me has visto llorar? Yo antes jamás lloraba. Me fui de mi casa sin una lágrima. Ahora no hago otra cosa. Tengo el alma como una jarra hecha pedazos. Querías que te esperara en casa para cuando llegases agotado de tus fantaseos, y consolar al duro detective que iba a buscar en la vida argumentos para las novelas. Me llegaste a decir eso: que eras novelista y que los novelistas no son como todo el mundo, que ellos tienen licencia para ligar como el agente 007 tiene licencia para matar.

—Eh, Dora, yo nunca dije eso —protestó con amargura Paco.

—La frase quizá no, pero en la práctica era lo mismo. Tú creías que las novelas se buscaban en la vida. Yo no entiendo mucho de esto, pero más bien es al revés: es la vida la que busca las novelas, la que se las encuentra. Y si no, vale más que lo dejes, porque acabarás en un manicomio con todos esos que se creen Napoleón. Sólo que tú has acabado creyéndote Sam Spade, el gran Sam Spade. ¿Qué diferencia hay entre tú y el Napoleón que va con un embudo en la cabeza?

—Para mí se han acabado las novelas, Dora.

—¿Cómo lo sabes?

—¿Cómo supiste tú que lo nuestro se había terminado?

—O sea, no lo sabes. Yo creía que lo nuestro se había acabado para siempre, pero aquí estamos ahora, hablando de cosas pasadas, porque no han pasado, y por enésima vez, como al principio.

—Yo te digo que no volveré a escribir novelas. Nadie lo cree, menos yo. Para mí es el final. Me he acabado. Quiero llevar la vida de alguien de carne y hueso. Se terminaron los Madisson, los Peter O'Connor, y Sam Spade ha muerto también, y todas esas tertulias. Te quiero a ti y a la niña. Ya no habrá más crímenes perfectos. Quizá no veas a un hombre nue-

vo desde el primer día, pero sí a uno distinto, que trata de resucitar de mis cenizas...

—Pero que no sean las mías —le interrumpió Dora.

—A mi edad la novedad es ya cosa poco probable —concluyó Paco.

Sonrió Dora con escepticismo. Aquella sonrisa la volvió
luminosa. Era una mujer alta, un poco más que Paco. A veces
decía con nostalgia, me habría gustado ser bailarina, pero tan
alta, ¿quién me iba a recibir en brazos? Y se sonreía de su recuerdo, cuando lo tenía. Cada vez menos. Aquello le quedaba
ya muy lejos. De todos modos su padre se negó a que tomase
clases de baile, y acabó resignada trabajando en una gestoría,
cuando dejó la carrera de económicas, al conocer a Paco. Y
eso tampoco se lo perdonaba don Luis, que hubiese inte-
rrumpido sus estudios por un golfo como el escritor.

—¿Vas a reprocharme que dejaste de estudiar por mi culpa?

—Nunca lo hice y nunca lo haré. Sabes que no me gustaba la carrera. Y ni siquiera me costó ponerme a trabajar. Por ti,
en parte. Siempre te dije que no me importaba que viviése-
mos de mi sueldo, si querías buscar otra cosa. Pero también
encontrabas eso humillante.

Paco Cortés negó sin convicción con un gesto vago.

—¿Y lo seguirías diciendo ahora?

—Ahora sólo quiero que la niña viva en una casa que no
sea un infierno como en la que viví yo, que sea feliz ella, que
sea más libre para hacer las cosas y que no tenga que arrastrar
toda su vida las heridas que tú y yo tenemos en el cuerpo, que
parece que nunca se van a cerrar. Eso es lo único que puedo
decirte ahora. Todo lo demás me da igual.

Eran las tres de la mañana y siguieron hablando hasta el
alba.

Cuando la claridad rosada lavó los cristales del balcón,
Dora acarició la mano de Paco:

—Desde que éramos novios no habíamos hablado tanto. Paco trabó sus dedos con los de aquella mano que le devolvía a tactos olvidados y queridos, y tras aquella larga conversación se acordaron tres importantes cuestiones: Francisco Cortés y Adoración Álvarez volvían a la vida en común, no comunicarían nada de esto a don Luis hasta que fuese inevitable, y Paco Cortés buscaría un trabajo. ¿Cuál? Cualquier cosa, incluso la corrección de pruebas escolásticas.

Los ACP se movilizaron para conseguir trabajo a su amigo Cortés.

Vivieron su vuelta como la de Enrique IV a la corte de los mendigos.

El revuelo que se armó en El Comercial cuando Cortés apareció fue general. Todos anhelaban un porvenir glorioso para la agrupación. Tomás y Abundio, camareros, le participaron que la primera consumición de esa tarde corría, para él, a cuenta de la casa. Lo recibieron todos con la fanfarria que se le reserva a un explorador que ha escapado de las garras de la muerte. Al mismo tiempo nadie se atrevía a preguntarle por todas las cosas que habían sucedido, por miedo a herir susceptibilidades o reabrir heridas, mal cicatrizadas aún. Lo importante era que Sam Spade había regresado.

—Sam, no te puedes figurar lo muerto que estaba esto sin ti —dijo Miles, la que nunca decía nada.

Paco Cortés, que estaba allí para despedirse, no se atrevió a desengañarla. Spade había muerto, y nadie quería aceptarlo.

Miles le observaba con arrobo, pero algo debió de adivinar, porque apenas llevaba media hora se levantó y se marchó sin dejar tras de sí otra estela que la de su perfume a tabaco rubio y a «Delire» de Dior.

Sherlock cargó su pipa como en las mejores ocasiones, dispuesto a emprender la más larga y feliz travesía de su vida.

Maigret fue también uno de los que más celebró la vuelta de su amigo. Esa tarde traía además de la comisaría de la calle de la Luna una noticia sensacional, relacionada con su jefe.

—Hay un juez que ha aceptado una querella criminal contra tu suegro por malos tratos y tortura. Se libró de la instrucción del sumario del Golpe, pero esto otro parece que va adelante. En el fondo me alegro. Es un animal.

—¿Qué malos tratos?

Maigret bajó la voz, como si la respuesta le concerniera especialmente, y reconoció que detrás de don Luis irían otros tres policías, los que participaron en el interrogatorio de aquel infeliz de la calle del Pez.

Nadie parecía acordarse del caso.

Maigret rememoró algunos detalles, como el de ahorcarse de un picaporte.

—Yo estuve allí contigo, Maigret —dijo Poe.

—Me acuerdo —corroboró Maigret.

—¿Fue un asesinato?

—Ahí vamos. Todos creíamos que lo había sido.

Poe estuvo a un tris de recordar que él precisamente había sido el único que no lo creyó, pero se mantuvo callado.

—Era lo lógico —intervino Mason, que estaba al corriente de los pormenores.

—¿Lógico? —le respondió Maigret citando a Chesterton—. Una conclusión puede ser lógica y no por eso ser verdadera.

No todos los presentes recordaban los detalles, y se enumeraron algunos.

—Para empezar —continuó Maigret—, el sobrino del viejo no tenía coartada, y no pudo probar dónde estuvo de las cuatro a las siete, que fue el tiempo en que según la autopsia el viejo había muerto.

Cortés, que oía en silencio, no quería intervenir, pero la

178

costumbre o el virus policiaco hondamente arraigado en él, le hizo decir:

—Es típico de la policía: no hay coartada, tenemos sospechoso. Los de la policía tendrían que leer más novelas.

—Pero acabó confesando que lo había hecho él o lo que es lo mismo, no lo negó. ¿No era suficiente?

—No —intervino Cortés—. ¿Antes qué había dicho?

—Primero dijo que había estado en el taller, pero su ayudante lo desmintió. Había tantas contradicciones, que creyeron que confesaría, si le asentaban la mano. La mujer del sobrino confirmó que su marido y su tío no se hablaban, pero el caso es que en el testamento el muerto se lo dejaba todo a él, y eran bastantes cosas, la casa donde vivía, dos o tres finquitas en el pueblo, en fin. Se le hizo una inspección al negocio y se descubrió que estaba lleno de deudas. Él mantuvo que era inocente todo el tiempo que pudo. Hasta que se vino abajo. Luego supimos que esa tarde había estado con una fulana, con la que llevaba dos años, la había puesto un piso y todos los meses le pasaba un sueldito. Para mayor escarnio, esa mujer le daba muy mala vida, con unos y con otros. Ya no sabía dónde sacar el dinero para dárselo a ella. Pensó pedirle algo a su tío, aunque se llevaba mal con él. Ya lo había hecho una o dos veces más. La vecina tenía razón. Esa tarde apareció por allí para pedirle algo más de dinero, y se encontró con que estaba muerto. Y al final, desesperado, prefirió cargar con esa muerte que confesarle la verdad a su mujer y a sus hijos.

—Pero ese tío es idiota —saltó Marlowe.

—¿Por qué? —dijo Cortés—. La ley está hecha para castigar a los culpables, no a los idiotas, y yo no creo que él fuese idiota. No era más que un hombre enredado en la vida.

—Pero entonces, ¿cómo se ha descubierto el pastel? —preguntó Marlowe a Maigret.

—Ahí viene lo mejor. Hace dos semanas llegó una carta al

juez que había estado dando vueltas de los Juzgados a la calle del Pez todo este tiempo, porque únicamente estaba dirigida a los Juzgados de Plaza de Castilla. En los Juzgados alguien, viendo que no se dirigía a nadie, decidió devolverla, y el cartero, que debía de ser un hombre de alcances y que conocía lo que había pasado en aquel piso y viendo que la carta estaba dirigida a un juzgado y remitida por el muerto, la llevó él mismo en mano a la Plaza de Castilla, y se la dio a un juez. Se armó un revuelo. En el sobre venía una carta y una fotocopia con el carnet de identidad, cosa por cierto bastante absurda, porque si pensaba matarse, ¿para qué quería aquel hombre el original? En fin, sigo. En la carta decía que, ante lo sucedido en el Congreso de los Diputados, se ahorcaba. No quería ver más, no quería pasar por lo que había tenido que pasar en la guerra y, sobre todo, por lo que había tenido que pasar después. Se veía que estaba escrita en una crisis de angustia, porque auguraba para España un nuevo baño de sangre. Él ya había visto bastante, y se iba antes de que se lo llevaran por delante. Y que no se le culpara a nadie, y que pedía perdón sobre todo a su sobrino, a quien aquella muerte seguramente iba a darle algún quebradero de cabeza. No lo supo él bien. Y luego la firmaba, el mismo día. El hombre tuvo la sangre fría de escribir la carta, hacer una fotocopia del carnet, meterla en un sobre, ponerle un sello, buscar un buzón, echarla, volver, y ahorcarse de esa manera. ¿Cómo lo hizo? Un misterio. Así que ésta es la historia de un loco y de un idiota. Y lo primero que hizo ese juez fue preguntar dónde estaba el sobrino, lo trajeron de la cárcel, habló con él, mandó llamar a los que declararon, el idiota contó la verdad de lo sucedido, acusó al comisario y a los policías de haberle obligado a firmar la declaración, y entre eso y su propia ofuscación el juez encontró motivos para procesarle.

—Bonita historia —dijo asombrado Mason.

—Y tú, ¿por qué supiste que no era un asesinato? —le preguntó Maigret a Poe.

—¿El chico lo adivinó? —preguntó Cortés.

—Fue el único.

La pregunta de Cortés estaba en todas las miradas: ¿cómo lo había adivinado?

—No sé —respondió Poe.

Una vez más se puso nervioso. Todos estaban pendientes de sus palabras. No tenía costumbre de hablar ante tanta gente.

—En primer lugar —empezó diciendo— porque estaba todo muy ordenado y no había violencia por ninguna parte. Yo no podía imaginar todo esto, pero entre las cosas que vi en aquella casa fue, en la estantería del cuarto de estar, lo menos doscientos libros todos de guerra civil. No había de otra clase. Y lo demás fue, como las intuiciones, algo confuso.

—¿Y el juez?

—El juez se creyó lo que le contó la policía, pero el acusado se echó atrás en su declaración, y dijo que lo había admitido bajo torturas. Sí, se ve que era idiota, porque ¿quién puede declararse culpable de un asesinato que no ha cometido?

—Da lo mismo. La gente se inculpa de crímenes que no ha cometido y nadie sabe por qué lo hace —dijo Poe—. Es lo que pasa en *Crimen y castigo*, que como novela de castigo podrá ser una obra maestra pero como novela de crimen es un fiasco, creo. También allí sale un idiota que aseguró haber matado a las dos viejas.

Asintieron todos, porque aquella obra de Dostoyevski estaba muy desprestigiada entre los ACP desde el punto de vista policial.

—Loren, admítelo, el chico tiene razón —dijo Cortés—. La policía acaba explicándolo todo de la misma manera: el muerto era un loco, y el falso culpable, un idiota. Los únicos inteligentes, los de la policía.

—El de la prestamista sí que está lejos de ser un crimen perfecto —hablaba de *Crimen y castigo* el doctor Agudo, al que de vez en cuando le gustaba lucirse con discursos intelectuales—. El asesino no puede llegar al comisario y decirle: Mire, no puedo más con la culpa, libéreme de ella, ni el comisario decir tampoco: Hijo, confiesa tu crimen, y sentirás un gran alivio en el alma. Además en un momento en el que ya tenían un retrasado que se había declarado culpable del asesinato de la prestamista y de su hermana. En una novela los hechos han de hablar por sí mismos, y no los novelistas o los criminales o los detectives. Éstos han de estar callados, creo yo. Y por mucho que ese comisario dijera o lo dijera el sobrino, el hecho es que allí no había el menor rastro de lucha ni el forense encontró otros signos de violencia en el muerto que los de la cuerda. Así que no había que dejarse engañar. Ésas son las pruebas. Y la policía se dejó engañar, una vez más.

Intervino Cortés:

—Acuérdate también de aquello: «Las pruebas son siempre un arma de doble filo». Y las pruebas podían declarar inocente al sobrino, y no serlo. El mejor recurso para un delincuente es no ocultar del todo lo que no se puede ocultar, y en este caso lo que no podía ocultar era el orden, así que el sobrino pudo muy bien respetar ese orden, incluso rehacerlo meticulosamente, después de haberlo desbaratado.

Poe, que le había escuchado con atención, se quedó caviloso. Maigret hizo un gesto reticente. De vez en cuando le tocaba padecer las críticas de todos los errores que la policía cometía en el mundo. A Paco el caso ni siquiera le entretenía.

—Puede ser cierto —dijo al fin Poe—, pero también en *Crimen y castigo* dice el comisario Porfirii Petrovich que de cien conejos no se hace nunca un caballo, ni de cien sospechas se hace nunca una prueba o una evidencia.

182

—Olé por el niño —exclamó Miss Marple batiendo palmas como una colegiala.

El propio Cortés aplaudió con parsimonia al joven, como un maestro que reconoce haber sido descabalgado de una partida de ajedrez por un alumno.

Miss Marple celebraba tanto los crímenes como las investigaciones que sacaban a la luz a los culpables, y lo hacía con el júbilo de quien veía en ese asunto algo verdaderamente festivo. Mientras el crimen seguía sin resolver, partidaria incondicional de la astucia del asesino; y una vez empezaban a desmoronarse los obstáculos o a disiparse las espesas conjeturas que el criminal favorecía entre su crimen y la definitiva resolución del mismo, Miss Marple se deslizaba sin ningún rebozo de parte del investigador o de la policía. Disfrutaba lo que se dice con todo, en todos los papeles, como esos glotones que encuentran tan placentero buscar las viandas en el mercado, cocinarlas o comérselas. Era una mujer de unos cincuenta y cinco años, fondona, teñida de gris plata, con ojos muy claros, azules, la nota más exótica de aquella tertulia, porque por su aspecto parecía la mismísima reina Victoria Eugenia, así de compuesta y enjoyada se presentaba a la tertulia. El nombre se lo habían adjudicado, claro, no por su especial agudeza, sino porque, a imitación de Agatha Christie, se lamentaba continuamente de los buenos tiempos en los que los personajes de las novelas invertían en minas birmanas, petróleos americanos, fosfatos tunecinos o diamantes rodhesianos. El mundo del crimen moderno lo encontraba ella muy poco sofisticado. ¡Qué manía de irse a matar a un suburbio!, solía decir. Fuera le esperaba siempre su chófer, pero dentro se comportaba como una camarada más de los ACP y especialmente dichosa a la hora de sostener su cachimba en la mano y contribuir al escote sacando las monedas, que extraía de un bolso de marca, una por una, a pellizcos. Era también una de

183

las más asiduas proveedoras que tuvo nunca Paco Cortés de guías telefónicas, comerciales o de espectáculos, así como de planos de las ciudades europeas o americanas a donde viajaba a menudo, acompañando a su marido para estorbarle en lo posible sus traiciones y aventuras. Miss Marple, que participaba de la proverbial tacañería de las personas de su posición social y económica, le presentaba aquellos mamotretos como si fuesen el vellocino de oro, aunque Paco Cortés sabía que las había sustraído o se las habían proporcionado gratis en los hoteles, y se las celebraba siempre como si con ellas las tres cuartas partes de sus novelas estuvieran ya resueltas, cosa que por supuesto también creía Miss Marple.

Y así se llegó al final de la tertulia.

En cuanto Paco Cortés se ausentó, el padre Brown, el único que podía abordar aquella cuestión abiertamente, preguntó a Miss Marple.

—¿Su marido no podría encontrarle algo a Sam?

Miss Marple era de las que cuando se le planteaban asuntos que la incomodaban, empezaba a emitir unas risitas ratoniles que buscaban desviar la cuestión hacia regiones de más grato clima, alegradas por céfiros y ruiseñores.

—Si supiera algo de relojes, mi padre le contrataría. Necesitamos un oficial...

—Marlowe, no digas bobadas. ¿Cómo quieres que sepa de relojes Sam? —dijo Maigret malhumorado por cómo lo habían vapuleado con el asunto del pobre hombre de la calle del Pez.

—Lo decía con la mejor intención —se disculpó Marlowe—. ¿Y lo de la agencia de detectives no sigue adelante?

—¿Con qué dinero? —preguntó Mason.

De todos los amigos de Paco Cortés, fue Mason el que más había sufrido con la retracción de éste. En secreto, y a espaldas de su mujer, le había estado prestando dinero todo ese tiempo, y aunque Paco Cortés le aseguraba que llevaba puntual cuenta de él, el abogado lo daba por perdido y, lo más importante, por bien empleado.

De todos los ACP era Mason no sólo el más compulsivo lector de novelas policiacas, sino el que conocía las de su amigo con pelos y señales, gracias a las lecturas reiteradas que de ellas hacía. La última de todas, *Los negocios del Gobernador*, sobre la que se tiró con avidez en cuanto apareció por los kioscos, le pareció una obra maestra. Dos veces la había leído ya, una detrás de otra. No se lo dijo para adularle. Tenía a gala leerse una novela al día, tras el trabajo, y la suya no tenía nada que envidiar a la biblioteca que su amigo había vendido al librero de viejo. En un primer momento esto, por cierto, molestó a Mason, a quien pareció que aquella venta había sido un acto impropio y vandálico del novelista.

—Ha sido una decisión irresponsable. Yo te la hubiera comprado, Paco.

—Sí, lo sé, pero yo, con el dinero que te debo, no hubiera podido cobrártela, y lo necesitaba para dárselo a Dora.

—Pero has vendido hasta tus propias novelas. Eso no lo hace nadie. Eres un bárbaro.

Fue también Mason el primero a quien Spade le relató su reconciliación con Dora.

—Me alegro por ti. ¿Y qué harás?

—Pleitear con Espeja.

—Ya vimos eso, Paco. No hay muchas posibilidades. Pero si tú estás resuelto, me tendrás a tu lado.

Fue la ocupación primordial de Paco en los meses que siguieron. Ante la imposibilidad de avenirse con Espeja el viejo, lo llevaron a juicio. Le acusaron de fraude, engaño reiterado, mala fe y estafa, así como de infringir la ley a sabiendas con contratos que la propia ley condenaba.

Y con la decisión de disputarle a Espeja el viejo el derecho sobre más de la mitad de su obra, pareció cambiar la suerte de Cortés. Hanna Olsen, la profesora de Poe, convertida ya en novia oficial de éste, le hizo a Cortés una proposición interesante, que Paco tardó en aceptar todavía un tiempo, por la inseguridad de hacer algo que nunca antes había hecho.

A las pocas semanas de reintegrarse a la vida civil, como él la llamaba, Paco Cortés empezó a intimar con la facción joven de los ACP.

Hanna y Poe pasaron a formar parte de sus amigos más allegados. Se veían los viernes, con la propia Dora y con Marlowe, que a veces les acompañaba. El relojero les divertía con sus chocarrerías. Preocupado por la suerte de Cortés, improvisaba para él empleos y ocupaciones de lo más pintorescas.

—Me he enterado que una casa de Barcelona está buscando en Madrid un representante de bisutería. Trae la mejor bisutería holandesa. Es un género que se vende solo. Paco, eso te conviene.

—Marlowe, ni siquiera sabía que Holanda estaba a la cabeza de la bisutería —le decía.

Otros días Poe y Marlowe se veían solos. El relojero se llevaba a su amigo a la galería de tiro de casa. Trataba de infundirle amor a la balística, como él decía.

—Cómprate una pistola —le aconsejaba Marlowe—. Y el permiso de armas nos lo arregla Maigret.

—No —le decía Poe—. No creo que a Hanna le gustase mucho tener un arma en casa. Es vegetariana.

Ésa era otra de las razones por las que Paco Cortés y Dora se veían tan a menudo con Poe y Hanna. Éstos habían estabilizado su relación hasta el punto de que la profesora había animado a Poe a dejar su calvario por las pensiones de Madrid y mudarse a vivir con ella.

—Pagaremos el alquiler a medias.

Con ese argumento convenció la joven a Poe, que arrastró a la buhardilla de la Plaza de Oriente su pacotilla de lona blanca.

Aquellos días fueron especialmente felices para todos. Coincidieron con el veranillo de San Martín, proverbialmente pródigo con la ciudad en crespúsculos dilatados y espectaculares. Poe y Hanna los compartían algunos sábados con sus amigos, convirtiendo el reducido espacio del apartamento en un estrecho camarote.

Pese a la inquietud de Paco Cortés, que seguía buscando trabajo, Paco y Dora volvían a conocer los mejores días de su noviazgo, los vivían y goloseaban sin rebozo. Se reían incluso de su felicidad.

—Toca madera —advertía Cortés.

Y para confirmar la superchería del novelista, vino a interrumpir aquel estado de completa armonía un hecho tan inesperado como desagradable y desgarrador, sobre todo para Dora.

Fue ésta quien había rogado a Paco que durante un tiempo al menos ocultaran a sus padres la reconciliación. No le gustaba tener que dar explicaciones y por otra parte el estado natural de las relaciones entre padres e hijos acaba siendo siempre el de los secretos o, mejor aún, el del secretismo. De la niña no había que preocuparse, porque era aún demasiado pequeña como para no saber darle la vuelta a las indiscreciones que pudiera cometer. Por ello cuando sonaba el teléfono era siempre Dora quien lo descolgaba y a la comida dominical en casa de sus padres, acudía, como era lo habitual, únicamente ella y su hija.

Pero vinieron las circunstancias a enredar las cosas cuando cierto domingo don Luis esperaba en casa con una gratísima sorpresa: dos magníficos televisores último modelo, veintiocho pulgadas, procedentes de un decomiso irregular, idénticos, uno para ellos y otro para su hija.

Era evidente que Dora no iba a poder cargar con aquella enorme caja, a menos que alguien le echara un mano. Don Luis se ofreció a llevárselo a casa ese mismo domingo, tras el almuerzo, camino de la comisaría, donde esa tarde estaba de guardia. Improvisó Dora toda clase de excusas, cada vez más angustiada, al comprobar que ninguna de ellas haría desistir al policía de una determinación que le llevaría a darse de bruces con Paco, en cuanto llegaran.

Encontraron a Paco Cortés tumbado en el sillón, sin zapatos, dormitando con una novela en la mano frente a un viejo televisor en blanco y negro, junto a *Poirot*, que al ver al extraño huyó a refugiarse en otra habitación.

Del susto don Luis estuvo a punto de soltar su parte del botín y rodar él mismo por los arriscados abismos de aquel sueño. Se le fue el color de la cara. No se dignó ni siquiera a preguntárselo al propio Cortés, por no cruzar con él una palabra:

—¿Qué hace ese gilipollas en mi casa?

Así recordó a su hija que aquel piso lo había pagado él y aún seguía a nombre suyo.

Paco ni siquiera retiró los pies de la mesilla baja en la que descansaban. Tal vez hubiera debido hacer eso o algo parecido por Dora, pero no lo hizo porque estaba dormido y seguramente llegó a creer que toda aquella escena formaba parte de la misma pesadilla, de modo que se limitó a mirarle de una manera que el policía reputó arrogante

—No me mires con esa chulería y sal de esta casa inmediatamente.

—Eso es asunto nuestro —terció Dora, pero el policía ni siquiera la oyó.

La sangre tiñó su rostro de alcohólico y las venas del cuello y de las sienes se llenaron de pulsos que podían oírse.

Paco le observaba sin decir palabra, con los pies encabalgados. En sus ojos era difícil leer nada, aparte del desconcierto y la sorpresa. La pasividad fue interpretada por don Luis como una manifiesta obstinación, si no, más probablemente, una forma de provocación, de modo que no se lo pensó dos veces, se lanzó sobre su yerno con el puño por delante, se lo hundió en la cara, en una embestida formidable y extraordinariamente gimnástica para una persona de su edad, y acabó avasallándole pecho y garganta con las rodillas.

Las gafas de Paco Cortés, a consecuencia del violento sosquín salieron despedidas por el aire y acabaron estrellándose en la pared, de donde cayeron a plomo con una de las alas rota.

El novelista, que logró zafarse de las rodillas de su agresor, se levantó de un salto. Se echó mano a la nariz, se la puso delante de los ojos y la visión de la sangre le enfureció de tal modo que se lanzó contra aquel viejo correoso y alcohólico, y de la bofetada que le propinó lo sentó en el sillón.

—¿Qué haces? —gritó Dora a su marido, sujetándole por la espalda.

El policía, que temió que su yerno se le echara encima, metió la cabeza debajo de los brazos, gimoteando de una manera acelerada y desconcertante.

Algunos vecinos, ante las voces, se habían asomado al rellano de la escalera. Dora, sin saber a qué acudir primero, corrió a cerrar la puerta, que había quedado abierta, sin perder de vista a su padre.

Éste se puso de pie, se sacudió los brazos, sacó pecho, se colocó la corbata en su sitio, se remetió la camisa por el pantalón, repasó su chaqueta, la echó hacia atrás para dejar claro que llevaba el arma encima y que como lo mostraban sus ademanes era ya el mismo hombre de siempre...

—...Y te lo advierto —repetió—.Vas a dejar esta casa o te meto dos tiros.

Todo lo hubiese arreglado con esos dos mágicos tiros: España, el terrorismo, la delincuencia, su familia.

Dora reaccionó al fin, y pese al terror que le causaba su padre, sacó fuerzas y se encaró con él.

—Aquí vivo yo y yo decido con quién. Se acabó. ¡Fuera!

Don Luis hizo como que no oía y no le quitaba el ojo a Paco.

Éste seguía buscando las gafas por todas partes, sin hallarlas, dándole la espalda a su suegro. Esta indiferencia le exasperó más aún. La niña, que había presenciado la escena, muda de espanto, se acercó a su padre, le rozó la rodilla con la mano y le tendió las gafas que había recogido en el otro extremo de la habitación.

—No vuelvas a poner los pies aquí, ¿me entiendes? Nunca más.

Era Dora la que ordenaba a su padre, con el brazo extendido señalando la puerta, que saliera de aquella casa.

Don Luis volvió sobre la corbata, que repasó con toques nerviosos.

—Te vas a acordar de mí.

Quedaron esas amenazas tiradas en el suelo como papeles sucios. A continuación el policía ganó la puerta, no sin antes propinar una patada brutal a la caja del televisor, que se había quedado en medio del pasillo, estorbándole el paso.

La marcha de aquel hombre dejó la casa en un silencio extraño. Dora se sentó en una silla en un estado de nervios difícil de describir. La niña corrió y se encaramó a su regazo. Paco Cortés buscaba la patilla rota, y cuando la encontró, ensayó una posible compostura, como si ese arreglo fuese todo lo que le preocupara en ese momento, con tal de no pensar.

Se acercó a Dora. Parecía un animal herido de muerte. Ni siquiera se hubiese atrevido a confesar a su marido que la fuente de su dolor no se encontraba en la escena que acababan de vivir. Había que buscarla mucho más lejos, en una mina mucho más honda, inagotable y empozoñada. Pero a nadie se lo había confesado y a nadie lo confesaría jamás. Todos tenían sus secretos, tan sagrados como venenosos. Se habría muerto no ya de vergüenza, sino de espanto, incapaz de permanecer incólume ante los ojos abiertos de su conciencia. Según con qué verdades no se puede vivir. Lo sabía bien ella, se lo había repetido cuántas veces. Es preferible vivir en la mentira, en el olvido, en el engaño, y sólo el cobarde logra sobrevivir a veces. De modo que para Dora era algo que no había sucedido nunca, pero que de vez en cuando emergía del centro de su ser, como un volcán entra en erupción, abrasándola como si vomitara una tierra abrasiva. Reconocer que había sucedido la hubiera llevado a cambiar muchas cosas en su vida. Pero había sucedido ya. Ocurrió una vez, y nada podría hacer que aquello desapareciera de la historia universal de los crímenes más sórdidos y crueles. Tal vez para su padre tampoco había sucedido. Estaba demasiado borracho aquel día como para que tantos años después admitiera que aquello sucedió realmente, pero Dora sabía que era imposible que lo hubiese olvidado. Su madre se había quedado en el chalet Manzanares, con su hermana pequeña. Ella había vuelto a Madrid, con su padre, porque estaba de exámenes. Era ya verano. Hubiera podido recordarlo todo segundo a segundo, desde que entró en su habitación y salió, cinco minutos después. Cuando todo hubo terminado, sólo pareció preocuparle una cosa. Acababa de violarla, pero le dijo, lleno de resentimiento y de desprecio:

—No eras virgen.

Y le pareció suficiente como para quedarse tranquilo, aquella transacción de secreto por secreto. Callarás sobre lo que ha ocurrido esta noche por lo mismo que no diré nada de tu virginidad. Debió de parecerle aceptable tal simetría.

191

Acaso la creyó merecedora de la violación como castigo a la pérdida de su virginidad. Jamás volvió, en efecto, a producirse nada parecido, ni se habló de nada. Al contrario. A la mañana siguiente, don Luis se levantó de muy buen humor, mientras su hija tendía las sábanas y el camisón que había lavado con asco y angustia esa misma noche. Y tales detalles aún le remejían las entrañas y le producían náuseas, aquel preservativo repugnante que sólo podía acusarle de premeditación y que hizo desaparecer él mismo como quien elimina del escenario del crimen las pruebas que lo inculparían, el buen humor que mostró esa mañana y el beso que intentó darle como despedida cuando marchaba a su trabajo, tal y como acostumbraba cada día...

—No quiero volverle a ver nunca más, Paco. Es lo que tendría que haber hecho hace años. No dejes que vuelva a entrar en esta casa ni que vuelva a ponerle las manos encima a mi hija.

Una hora más tarde llamaba su madre por teléfono, llorosa, asustada, y culminaba aquella tragedia con lamentos que en las tragedias suelen estarle reservados al coro, poniéndose una vez más del lado de su padre («¿Cómo has permitido que Paco le pusiera las manos encima a tu padre, hija?», fueron sus palabras exactas).

Dora dejó de ver a su padre y las comidas dominicales quedaron radical y definitivamente interrumpidas. La madre de Dora, y a escondidas de don Luis, volvió algunas tardes a ver a la niña.

Otras cosas en cambio entraron en vía de solución. Hanna, viendo que se había metido octubre y que Paco no se resolvía a dar respuesta a su proposición, le urgió.

—Decídete, Paco. Ahora estamos a primeros de curso y necesitamos un profesor.

Nunca hubiese pensado Paco Cortés que terminaría en

una academia, enseñando español a un alumnado pintoresco de japoneses y canadienses en su mayor parte, en la Academia Nueva, escindida de la Academia Gran Vía en parte por el enrarecimiento de las relaciones de su director y Hanna, y que ésta y otros antiguos profesores de la Gran Vía abrieron unas manzanas más allá, en un piso amplio y destartalado de la calle San Mateo.

Su experiencia como profesor fue positiva, e hizo que se olvidara poco a poco y para siempre de las novelas. Ni necesitaba de las de otros ni sentía nostalgia por las que él mismo había escrito.

—Deberías haber conservado las tuyas —le dijo Dora—. A la niña de mayor seguramente le hubiera gustado tener las novelas de su padre.

—Pero yo soy un hombre duro —bromeó Paco, fingiendo el mismo aire que hubiese podido adoptar Sam Spade ante el más violento revés de la fortuna.

Era un hombre nuevo desde que vivía, como lo llamó él, el segundo noviazgo con Dora. Por eso se entiende mal lo que ocurrió dos o tres meses después con Milagros, Miles.

Pero eso es ir demasiado deprisa en esta narración. En cambio el noviazgo de Hanna con Poe fue decayendo, hasta convertirse en una relación de conveniencia, que dejaba rebabas peligrosas y cortantes, que a menudo les herían a ambos.

Dormían juntos, puesto que en aquella casa no había más que una cama, pero arbitraron, a instancias de Hanna, uno de esos reglamentos que beneficia mucho más a uno de los que lo suscriben, en detrimento de los derechos del otro: cada cual era libre para mantener las relaciones que quisiera, si se le presentaban y le convenía, siempre y cuando las acostadas tuviesen lugar fuera de aquella casa y, claro, fuera de aquella cama.

193

Poe sufrió tales cláusulas como imposiciones contra las que no hubiera sabido actuar.

En un primer momento pensó que era así como habían de desarrollarse las cosas en todas las parejas del mundo, por encima de los Pirineos. A menudo las mismas películas de las que él aprendía comportamientos cosmopolitas trataban de eso, como aquel detalle de comprarle a Hanna una botella de vino el primer día que habían quedado citados para cenar. Así que se vio obligado a aceptar la nueva política sobre la promiscuidad, porque era aquello o arrastrar de nuevo su vida solitaria por las pensiones de Madrid.

Matriculado al fin Poe en la Universidad, apenas tenían él y ella tiempo para verse.

La mañana la consumía el trabajo del banco; unas tardes, las clases y otras, las reuniones de los ACP, que volvieron a celebrarse con la misma regularidad de siempre. Incluso Dora no vio nada malo en que Paco asistiera a ellas, a sabiendas de que por allí podía aparecer Miles.

En cuanto a Poe y a Hanna la convivencia acercó y aproximó sus caracteres, su verdadera naturaleza: ambos eran personas tranquilas y reservadas, les gustaba leer, oír música, estar en silencio. No teniendo, además, mucho que decirse, algo así era fácil de llevar a efecto. En cierto modo les iba bien, no se preguntaban demasiadas cosas de sus vidas privadas, esa libertad de relación a la que aludía Hanna, y dedicaban los fines de semana a permanecer juntos en su vida rutinaria, sentados en la terraza, frente al teatro magnífico de los atardeceres madrileños, si hacía bueno, o dentro, leyendo, oyendo música o en la repostería, una de las aficiones de Hanna.

Cierto día ésta preguntó:

—Poe, si yo me fuera a otra parte, ¿te vendrías conmigo?

—Teniendo en cuenta que ya no tenemos nada que ver, que podemos acostarnos con quien queramos en la misma medida en que cada vez nos acostamos menos tú y yo y que tú cocinas muy bien, no deja de ser una proposición interesante. ¿Te has cansado de España? ¿Iríamos a Dinamarca?

—No. Te lo preguntaba por preguntar.

Hanna tenía la expresión ausente y triste.

—¿De qué trabajaría allí? ¿De carpintero?

—Sí, es difícil —admitió Hanna, y volvió a hundir los ojos en las páginas del libro que estaba leyendo.

Esa semana había visto a Peter Kronborg, su ex marido. Estaba en Madrid. La había telefoneado y se habían visto. Iba de paso. Le aseguró que había dejado la droga, que trabajaba en una compañía alemana y que había estado cinco días en Barcelona. Había venido a Madrid para verla: la compañía lo destinaba a Madrid.

Hanna no encontró cómo decirle a Poe que lo había visto, que su ex marido iba a vivir en Madrid. Jamás hablaban de su marido, de Dinamarca, de nada que tuviera que ver con su pasado. Poe tampoco lo hacía. Entre ellos no había familias, ni planes, ni otra cosa que dos personas que ni siquiera se declaraban lo que sentían entre ellos. Vivían juntos, pagaban el alquiler a medias, pasaban sábados y domingos durmiendo o mirando el mundo clásico por el balcón. La visión del Palacio Real les devolvía invariablemente una imagen de su vida mucho más armoniosa de lo que en realidad era. A veces hacían el amor. Poe no sabía si lo hacían bien o mal, porque no tenía elementos de comparación. Hanna sabía que no lo hacían demasiado bien, pero tampoco le juzgaba mal por ello. Era una mujer que mostraba bastante indiferencia hacia tales asuntos. Nadie lo hubiese sospechado, viéndola tan hermosa. Los dos, templados los primeros y ardientes abrazos, parecían no necesitar de las labores del sexo, pero la visita de Peter fue para Hanna un seísmo íntimo y devastador.

Empezó a verse en secreto con él. Poe, demasiado joven

para el oficio de las sospechas, permaneció ajeno a la aventura de Hanna durante cinco semanas.

Hanna se ausentó algunas noches de casa, y acabó haciéndolo también los fines de semana. A Poe sólo le quedó preguntarse, cuando transcurriera el tiempo, si aquella proposición de Hanna de que cada cual era libre para mantener otras relaciones, se la había hecho porque había visto ya a su ex marido, o si todo resultó una pura coincidencia.

Hanna, experimentada en lances parecidos, arbitró sobre la marcha una nueva cláusula de la que tampoco se había hablado antes.

—Dijimos que cada cual era libre para hacer lo que quisiera, y que la nuestra es una relación libre. Tampoco hablamos de que hubiese ninguna obligación por parte de nadie para tener que contarle al otro las cosas, si no quería. He conocido a alguien, y a ese alguien tampoco le importa que viva contigo.

Para Poe fue un cataclismo. Quedaba ya muy lejos, evaporada del todo, aquella primera noche, la magia que entre los dos había brotado, los escasos réditos que ese milagro les había producido. Parecían haberse marchitado las caricias, los abrazos, la intriga que para los dos significaba la búsqueda de placeres comunes que les llevaban indistintamente a aquella cama baja o al antepecho de la terraza, para contemplar los atardeceres espectaculares y renovados.

Después de pensárselo una semana, Poe llegó con una nueva propuesta.

Había empezado a observar algunas cosas inopinadas en su amiga. Algunos lunes, cosa rarísima en ella, no aparecía por casa, pero más raro aún: tampoco lo hacía por la academia.

Así que, cierto día, después de una de las tertulias de los ACP, Poe le anunció a Hanna:

196

—Estoy pensando en mudarme a otra parte.

Hanna le miró con tristeza, pero no se atrevió a oponerse. No habría tenido argumentos. Se limitó a pegarse a él y acariciarle con ternura el pelo.

Incluso Cortés lo adivinó.

—A Hanna y a ti os pasa algo.

—Eres un buen detective, Cortés —ironizó Poe, el único de los ACP que se había tomado en serio la decisión del ex novelista, y le llamaba por su nombre, y no Sam o Spade.

Éste le contó cómo estaban las cosas y Spade le confirmó algunos detalles inquietantes.

—Sí, ha dejado de venir a algunas clases. Las suyas, de inglés, se las doy yo. Pero está creando un mal ambiente entre los alumnos y entre los compañeros.

Esa noche, después de hablar con Paco, aprovechó Poe un momento en el que Hanna y él, como muchas noches, leían antes de apagar la luz, en la cama.

La explosión de cólera de la joven fue violentísima. Poe jamás la había visto de aquella manera. Hanna exigía respeto para su vida privada.

Estaban ya en mayo, pronto se echarían encima los exámenes finales y no era cuestión de empezar de nuevo la vieja transhumancia, así que adelantó su decisión de mudarse.

—En cuanto termine los exámenes, me buscaré otro piso.

A Hanna también le quedaría la duda de si Poe tomó la decisión de dejar la buhardilla de la Plaza de Oriente al conocer que había reanudado su relación con las drogas.

En todo caso Hanna se mostró de acuerdo, acaso aliviada de que esa decisión la hubiese tomado por ella el propio Poe, pero el mismo desapego que mostró Hanna le mortificó lo indecible a él; su frialdad le escoció amargamente a ella. ¿Qué podía hacer él? ¿Qué podía hacer ella? Los dos, ¿qué podían hacer ya?

Poe le contó a Marlowe lo que ocurría. Era su mejor amigo en Madrid, acaso el único de verdad.

Se entendía bien con él, no sólo porque fuesen de la misma edad, sino porque era todo lo contrario a él. Y Marlowe acabó protegiendo a Poe como si fuese algo de su sola incumbencia, convencido de que por Madrid no se podía dar un paso a derechas si no se contaba con un buen guía, y eso era él, un experto cicerone y un buen amigo. Marlowe vio en el hecho de que Poe iba a procurarse una nueva guarida la circunstancia favorable para buscar con él un piso, al que poder irse también, dejando atrás a «sus viejos».

—¿Tu familia está de acuerdo? —le preguntó Poe.

—Mi vieja está de acuerdo; mi viejo, no, porque lo que más le gusta es llevarme la contraria. Pero como en mi casa la que manda es mi vieja, a mi viejo no le quedará más remedio que tragar.

Marlowe era por constitución el ser más feliz de la tierra. Le preocupaba, en este orden, lo siguiente: las mujeres, las armas y las novelas policiacas. El resto giraba de una u otra manera alrededor de este universo, parcialmente desordenado y caótico. Las mujeres estaban tan alejadas de él como Saturno del Sol, con las armas lo mismo tenía apasionados idilios que períodos de indiferencia, y sólo en las novelas policiacas encontraba él la compañía y la confortación necesarias; decía que lo que sabía para la vida, lo había sacado de esas novelas, tanto las cosas que había que decirles a las mujeres y el modo de conducirse con ellas, como la ética de las pistolas.

A él correspondió, pues, la idea genial, pues así hay que calificarla, de crear un Crimen Perfecto.

UN CRIMEN PERFECTO, escribió en el encabezamiento de una hoja blanca, ante el resto de los miembros de los ACP.

En todo el tiempo que llevaban reuniéndose éstos, jamás se habían tropezado, en la realidad, se entiende, con ningún crimen que pudiese ser considerado modélico. Todo lo más, casos sin resolver, que distaban muy mucho de la perfección anhelada que puede convertir un acto espantoso y criminal en algo digno ya que no de admiración, al menos de estudio. Lo planteó un jueves del mes de mayo. El revuelo que se armó en la tertulia fue enorme.

—Un Crimen Perfecto; eso es —resumió categórico.

El padre Brown no se mostró en absoluto de acuerdo.

—Las armas las carga el diablo —dijo—. Lo que ha de hacer el hombre justo es pensar por el criminal y atraerle al bien, si se halla en el mal, incluso antes de que lo cometa. Lo que no podemos es llevarle al mal, para ensayar con él una operación de rescate por afán de lucimiento. No hay nada tan bello y legítimo como hacer el bien ni ciencia tan ardua como saber vivir esta vida de un modo virtuoso y de forma natural.

—Tú siempre te tomas estas cosas a la tremenda, Benigno —intervino Paco Cortés—. Esto no es más que un juego ¿Y en qué habías pensado, Marlowe?

—En algo excelso. Algo como el caso Williams.

Se refería al caso del marinero irlandés, escocés según otros, que cometió los siete brutales asesinatos que exterminaron a dos familias enteras en un arrabal marinero de Londres. Todos en los ACP estaban más que al corriente de ese caso clásico que había dado lugar a unas páginas mediocres de De Quincey, quien tuvo el acierto de encontrar para ellas un título feliz al que no hace el honor el contenido, *El asesinato como una de las bellas artes*, y retomadas por P. D. James en *La octava víctima*, obra magistral del género, donde las haya.

—Algo llamativo —continuó diciendo Marlowe—, pero la idea en realidad es de Poe.

Poe, a quien no le gustaban los primeros planos de la notoriedad, hizo una somera inclinación de cabeza para dar por buena la atribución.

—Era sólo una idea, aunque yo no llamaría al caso Williams crímenes perfectos —se disculpó—. Yo sólo lo llamaría algo con un buen escenario, como los muelles de Londres en 1811, un crimen en principio gratuito, que no beneficiaba a nadie, espectacularidad en su comisión, víctimas pacíficas, escasez de medios para cometerlo, celeridad y un resultado aparatoso en la suma de todos estos factores. A saber, no es un Crimen Perfecto, es sólo un crimen clásico.

Sherlock, que escuchaba con atención, sentenció como a él le gustaba:

—La perfección es clásica.

—Puede ser —objetó el amante de la lógica, Mason—. Pero lo clásico ya no es posible. Lo que se ha impuesto es lo moderno. Cometer o planear un crimen clásico en 1811 era muy sencillo. Esos asesinatos hoy la policía los habría resuelto en un cuarto de hora, en cuanto hubieran tomado las huellas dactilares.

—Estoy totalmente de acuerdo —corroboró Maigret, que recogió la opinión de Mason como un cumplido al Cuerpo de Policía en general y a su amado Gabinete de Identificación en particular—. Habría bastado el análisis de la sangre que encontraron en las ropas del asesino para saber si correspondía o no a las de las víctimas. Hoy pueden hacerse esos análisis en cualquier parte, por trescientas pesetas y en menos de un cuarto de hora. De haber sucedido esto no habría habido ni Crimen Perfecto ni libro clásico. Perfección y clasicismo borradas del mapa de un plumazo. Cometer crímenes cuando ni siquiera se sabía nada de las huellas dactilares es una audacia para principiantes. Ahora te llevan una máquina al lugar del crimen y sólo por el análisis de aire se sabe si ha estado o no allí cierta persona.

—¡No! —exclamó la crédula Miss Marple.

—Es una manera de hablar, mujer —le dijo en un aparte

el padre Brown, a quien no le gustaba que se abusara del candor de los inocentes.

—De todos modos —intervino Poe— el número de asesinatos sin resolver es hoy seguramente el mismo que hace doscientos años. Los adelantos científicos sirven de poco, cuando se trata de la perfección. En esto es como el arte: hemos llegado a la Luna, pero nadie puede pintar como Velázquez, y andan sueltos tantos asesinos como en tiempo de De Quincey, si acaso no más, porque hoy hay mucha más afición al asunto, y seguramente más razones para la afición. La gente tiene una desesperación que hace doscientos años no sentía, y si mata más es porque sufre más.

—Tengo que intervenir, Poe —dijo el padre Brown—. No puedes justificar de ese modo a los asesinos.

—Yo no justifico nada, padre —se defendió Poe—. Trato únicamente de comprender lo que entendemos todos por un crimen perfecto.

—Y a la perfección de un crimen que se halla directamente ligada a la precariedad de los medios para descubrir al asesino, yo no lo llamaría perfección —añadió un Marlowe que parecía compenetrado con Poe—. Es más bien una chapuza. Me refería a fabricar un Crimen Perfecto de 1982 para la policía de 1982 y para los ACP de 1982, un crimen distinguido y cruel.

—¡Hurra! —exclamó Miss Marple, que encontraba en ese proyecto algo muy divertido y excitante.

—Lo decía el filósofo —dijo Cortés con sorna—: «La crueldad en literatura es signo de distinción».

—¿Qué filósofo? —preguntó alguien.

—Sam Spade —reveló Cortés—. Porque hablamos de un crimen literario, ¿no, Poe?

—Eso no hay ni que preguntarlo, Spade —dijo el padre Brown, a quien no le gustaba que se jugase ni con las cosas santas ni con las que no lo eran en absoluto.

—Bien —intervino Nero, en un momento en que pudo dejar de anotar en su libro de actas las cosas que cada cual iba diciendo.

—Lo primero de todo —dijo de pronto Mike— es elegir bien un escenario. Yo llevo haciendo un inventario de todos los escenarios de crímenes cometidos en España desde 1900 en adelante hasta nuestros días.

Mike Delan era una mujer de edad indeterminada, lo mismo que de sexo. El trabajo le impedía aparecer por los ACP tanto como querría. Podría tener lo mismo cuarenta años que sesenta, y lo mismo hubiera podido ser mujer que un agregado de embajada. Vestía como un hombre, con traje de chaqueta y corbata, permitiéndose incluso la fantasía de unos chalecos floreados muy balzacquianos. Fumaba igualmente en pipa, de boquilla larga y recta, que manejaba como una batuta, y llevaba el pelo corto. Estaba casada con un periodista que hubiera hecho un magnífico Mefistófeles en *Fausto*, quien la venía a recoger algunas tardes a la puerta del Comercial, como el galanteador de una primadonna de teatro. Mike solía hablar como los novelistas policiacos, lo cual no contribuía en absoluto a que se entendiese lo que decía.

—En primer lugar —dijo frunciendo las cejas en un gesto que se le figuraba de suma astucia y muy novelesco— hay que descartar como escenario los domicilios de las víctimas, a menos que se trate de mansiones o casas con un cierto carácter. Nada de crímenes en el pasillo, en la cocina o en un cuarto de baño. La degradante ignominia de un crimen ha de encontrar la infamia apropiada del medio, la naturaleza humillada busca sacudirse el infierno en el que vive...

Los ACP, siempre respetuosos, pudiendo parodiar el modo de hablar de Mike, así apodada por el inolvidable personaje de Helen Queen de Chester Himes, se cuidaban mucho de hacerlo, porque sus aportaciones, una vez despojadas de esos perendengues retóricos, estaban bien.

—Un cine en el que se reponen películas mudas —sugirió—, es un buen escenario; el carromato de un domador de circo, también; la caja fuerte de un banco; el confesonario de una catedral; la sala de espera de una estación de tren; las atarazanas y los silos. Hace dos años apareció un ingeniero del Forpa en un silo de trigo. Lo llevaban buscando ocho meses, todos creían que se habría fugado y cuando vaciaron el silo, apareció, como recién muerto, incólume como una de las momias de Egipto; dijeron que el grano había actuado de secante y que la propia fermentación natural del cereal había consumido el oxígeno, por lo cual fue como si el cadáver hubiese estado conservado al vacío y en el medio más propicio: completamente seco y curtido.

Los aspavientos de asombro de Miss Marple animaron a Milke a adornarse en los detalles.

Aunque nadie tenía una idea clara de cómo fabricar un Crimen Perfecto, y mucho menos delante del padre Brown, que los condenaba todos, o delante de Miss Marple, a quien todos asustaban por igual, Milke siguió enumerando escenarios ideales para crímenes perfectos durante media hora.

Todos ellos están consignados en el libro de actas correspondiente que llevaba tan al día Nero Wolfe.

SE trata de media docena de álbumes, confeccionados especialmente para ese cometido.

Dado lo aparatoso de su tamaño y su peso, pues hablamos de verdaderos mamotretos de unos cuarenta centímetros de alto por veinticuatro de ancho, y más de doscientas hojas, raramente los llevaba Nero Wolfe a la tertulia de los ACP, salvo cuando quería mostrar algún trabajo especial, en el que se hubiese esmerado. Otras veces, se quedaban en el Comercial bajo la custodia de Tomás, Thomas, el camarero.

Bien por pereza, bien porque la sesión no resultara interesante o porque la escasez de material nuevo no tuviera más que reseñar, no pocas entradas de tal contabilidad criminosa se limitaban a dejar constancia de los asistentes a la reunión. Otras de esas páginas, en cambio, son un verdadero mosaico de los horrores, con fotografías de asesinos, entierros, víctimas, armas homicidas y crónicas que se acomodaban en las páginas de los libros de asiento como verdaderos mausoleos en un aseado cementerio y por las que hoy cualquier artista conceptual pagaría su peso en oro, para convertirlas en una atractiva instalación de arte moderno.

La preparación de un Crimen Perfecto les llevó al menos todas y cada una de las sesiones de los meses que quedaban hasta agosto.

El último jueves de julio Nero Wolfe resumió, en su peculiar estilo taquigráfico, las conclusiones a las que los ACP habían llegado, tras arduas discusiones:

«Víctima: joven, futuro prometedor, buena familia. Así más pena. Varón, no hembra. Razones obvias: público no gusta víctimas sean mujeres. Público mucho en Crimen Perfecto; público con su imaginación y capacidad fabuladora hace perfecto crimen. Público considera pérdida menor, si mujer. Cuando víctima mujer, ocho de cada diez lectores varones piensan que parte culpa es mujer. Sociedad así, y crímenes se producen en sociedad, no quieren transformarla. Sería primera vez que sociedad cambia a base crímenes. También importante: de diez lectores, siete mujeres, pero de diez lectores novelas policiacas, ocho hombres, y mujeres prefieren novelas policiacas escritas mujeres, Agatha Christie, P. D. James, Patricia Highsmith, más que Conan Doyle, Poe o Chesterton. Todo esto científico, estadísticas. Asesino: malvado de cine: cruel, no escrúpulos, más edad que víctima. Móviles descartados: celos o dinero... Ésos son móvil de setenta y dos por ciento de crímenes. No móviles puros: sólo por amor, sólo por dinero. Habría que oscurecerlos: celos y humillación y complejo clase; dinero y rencor y orgullo. Mucha ignominia, mucha infamia, ignominia de infamia e infamia de ignominia. Humillación también y sentimientos degradados o degradación sentimientos. A Crimen Perfecto da lo mismo. Escenario: ninguno habitual para víctima. No su casa, no lugar de trabajo, no su coche. Sí, en cambio, noria de parque de atracciones, boda amigo, salida de un restaurante o cuarto baño de restaurante, también antesala notario, día en que sólo víctima sabe; también bueno escenario, misa de Gallo. Nada redención criminal. Criminal muy criminal y cuanto peor mejor».

Todos encontraron estas anotaciones, que leyó Nero como el secretario de un Consejo de Administración, muy apropiadas, aunque suscitaron las protestas del padre Brown.

206

—Desde luego lo de hacer que suceda en la Misa del Gallo, lo encuentro excesivo. No se sabe qué pinto yo en los ACP, si no puedo evitar un crimen en Nochebuena y llevarlo limpio a presencia de Dios...

Mike entrecerró los ojos y aspiró el cargado aire del café como si se tratara de las verdaderas y embriagadoras esencias del arte criminal.

—Ha de ser un golpe certero —dijo paladeando su sadismo.

Las semanas siguientes fue cada cual aportando datos para ese Crimen Perfecto, menos Paco Cortés, que miraba condescendiente esos preparativos.

—Yo ya me entretuve de novelista casi veinticinco años. Eso ahora os toca a vosotros, los jóvenes y los amateurs.

No obstante le erigieron en árbitro, capacitado para elegir de entre los argumentos, los matices o las coartadas, cuál era la más convincente, las más artística, la más lógica.

—La víctima debería ser un mecánico de la Renault —decía, por ejemplo, alguien—. Hay que acercar el arte al pueblo, hablarle en su lenguaje, contarle cosas y ambientes que reconozca, y ejemplarizar: hacer ver a esta sociedad que las condiciones embrutecedoras en las que trabajan tantos, sólo puede generar violencia.

—De ahí a la novela social, un paso —corregía Paco, recordando lo que Espeja le decía.

En tales disquisiciones se les fueron a todos los ACP dos meses de intenso trabajo creativo que no dieron cuartel a Nero Wolfe para llevar sus libros.

En manos de un juez o de la policía, con un crimen real de por medio y sin poder explicar las razones por las cuales se confeccionaron, pondrían en un grave aprieto a quien los poseyese.

Parecían el diario de un psicópata que guardara religiosamente todo lo relacionado con su perversión, y lo ordenara como si fuese el ara sacra donde ofrendar los bajos instintos a una divinidad del mal.

Pero Nero Wolfe era todo lo contrario de un hombre que aparentase tener ninguna patología. Le había puesto el nombre, como de costumbre, Paco Cortés, más que por su finura detectivesca, que la tenía y mucha (era un deductivo nato), por su aspecto. Era como el detective de Rex Stout: pesaba unos ciento treinta kilos, y se ganaba la vida con el restaurante de la calle Larra, con mayor cartel cada día. Sus aficiones eran las novelas de detectives y la pesca de cangrejos, lo que iba perfectamente con su carácter elegíaco: ya no había novelas como las de antes ni quedaba ya un solo cangrejo en los ríos españoles. Era el amigo más antiguo de Paco. Se habían conocido precisamente el día en que a Cortés le publicaron su primera novela con Espeja el muerto: *La noche es joven*.

En la cubierta de aquel libro, una verdadera reliquia para los coleccionistas, se veía una chica tirada en el suelo. Al caer se le había subido la falda y se veía el arranque de la pierna por encima de la rodilla, y una liga. Eran los tiempos de la censura. El vestido era blanco, muy escotado, y el artista había captado aquel escorzo con mucho sentimiento. De los pies había uno que seguía calzado con un zapato de tacón de aguja. El otro zapato, tirado de cualquier manera, estaba a un lado. Las uñas de ese pie descalzo estaban pintadas de rojo, y por problemas de ajuste de la impresión las manchas rojas no pisaban exactamente sobre las mismas uñas, sino algo desviadas, con lo cual daba la impresión de que se lo estaban comiendo por las puntas cinco cucarachas rojas. Paco Cortés, que entonces era sólo el Lemmy Burnett de la cubierta, ni siquiera reparó en esas minucias. Y Lemmy Burnett, Lemmy por el Lemmy Caution de Peter Cheney y Burnett por William Riley Burnett, el del *Little Cesar* que interpretó magistralmente en la pantalla Edward G. Robinson, Lemmy Burnett, decía, entró al azar en aquel restaurante de la calle Larra para celebrarlo, al grito de, precisamente, «la noche es joven», y lo hizo con cierta novia con la que por entonces andaba. Antes de llegar al segundo plato, ya estaban borrachos. Cuando el dueño del restaurante se les acercó para preguntarles qué tal iba todo, la novia de Paco Cortés le mostró el libro que habían apoyado en la botella de agua, para que no se les despistase ni un segundo.

—Lo ha escrito éste.

Nero Wolfe, que entonces tampoco gastaba ese apodo, sino su nombre verdadero, Antonio Sobrado, no lo creyó, porque el autor que figuraba en la cubierta no casaba del todo bien con el castellano perfecto de Paco Cortés. Creyó que era una broma de borrachos.

Paco se puso muy serio y le dijo:

—Estamos borrachos, pero esta novela la he escrito yo, y también otras cinco más.

—No conozco a ese autor —le dijo Sobrado.

—¿Cómo le va a sonar, si le estoy diciendo que ese nombre soy yo y es la primera vez que lo he usado? Ésta es la novela número seis.

—No le creo.

A los cinco minutos, hablaban apasionadamente de novelas policiacas.

—¿Qué novelas te gustan a ti?

—¿De las grandes? —preguntó Cortés.

Nero Wolfe comprendió que estaba en efecto delante de un experto.

—¿A qué llamas tú grandes?

—Lo siento —se disculpó el recién estrenado novelista—. Me refería a los clásicos, ya sabes Malet, McCoy, William Irish...

—Yo creía que los grandes eran Doyle, la Christie, Simenon.

—Ésos son los clásicos.

—De acuerdo —empezó a decir Antonio Sobrado—. De los tuyos me gusta, de McCoy, *Di adiós al mañana*, y de Irish, *La novia iba de negro*. Y de los míos *El regreso de Sherlock Holmes*, de sir Arthur, *El hombre que oyó pasar trenes toda la noche*, de Simenon, y de La Dama, *El asesinato de Roger Ackroid*, quizá los *Diez negritos*, no sabría con cuál quedarme.

Soltó todos esos títulos con un aplomo admirable, sin el menor titubeo, como el examinado que aspira a la matrícula de honor.

Paco y su novia quedaron impresionados.

—No está mal —dijo el novelista—. Pero ¿conoces *El misterio de la habitación amarilla* de Gaston Lerroux, *Lord Peter y el desconocido* de Dorothy Sayers, *El asunto Benson* de Van Dine, *El problema del telegrafista* de Dickson Carr o *El misterio del sombrero de seda* de Ellery Queen? Las que tú has dicho son novelas de sobresaliente. Éstas son de magna cum laude, y son clásicas. Son a las novelas policiacas lo que el Rolls a los motores y Miguel Ángel a las Capillas Sixtinas. Mañana te las dejo.

Y así fue como Cortés y Sobrado empezaron a ser amigos. Él le presentó a su abogado, otro amigo del crimen de papel. El abogado, Modesto Ortega, era aún más entusiasta de las novelas policiacas que el propio Sobrado, que le había captado para esa secta.

Seis meses después de tales encuentros se fundó el club de los ACP, siendo su núcleo fundacional Sobrado, Ortega, Paco Cortés y la novia de éste, Milagros, una joven a la que no se conocía ninguna otra particularidad que la de haberse separado de un marido riquísimo cuando ni siquiera llevaban un año de casados.

Desde el primer momento Sobrado, que tenía una gran experiencia en llevar contabilidades, se prestó a abrir unos libros con los haberes y deberes de los ACP, así como actas de todas las reuniones que tuvieran efecto. Cuando él no podía asistir, alguien tomaba nota por él de lo que se debatía, y en unos años los anales de los ACP eran un documento digno de atención: los casos más extraordinarios de la criminalidad mundial, ordenadamente recortados, clasificados y comentados en aquellos álbumes que las cuotas de los asociados sacaban periódicamente de una imprentilla de la calle Farmacia.

Y fueron esos álbumes lo primero que requisó la policía, cuando se iniciaron las investigaciones del asesinato de don Luis Álvarez, comisario de policía adscrito a la Comisaría de la calle de la Luna, y llegaron hasta Paco Cortés y los ACP, camino que fue más tortuoso de lo que pudiera pensarse.

Aquella muerte les implicó a todos ellos, a unos durante unas horas y a otros durante semanas, y tuvo, como cabe suponer, consecuencias penosas. El propio Maigret vio cómo aquella muerte amenazaba con echar por tierra su futuro en el Cuerpo, pues a raíz de las investigaciones salieron a la luz no sólo su relación con los ACP, sino cosas de índole laboral, como aquel sistema ideado para poder estarse las horas bobas en su laboratorio sin que nadie le molestara.

El hecho crucial fue éste: don Luis apareció con un tiro en la cabeza, en su propio coche, en un descampado próximo al pueblo de Vallecas, conocido antiguamente con el nombre de la Fuenclara y en la actualidad como el Poblado de las Eras.

El calibre de la bala era un 7,65 mm, el mismo de la pistola del propio don Luis, sólo que la pistola de éste, un revólver de la marca Cádix, se halló en su pistolera, en su costado derecho, y el arma homicida no apareció por ningún lado.

Como el calibre de la munición no era el mismo que solía utilizar en sus atentados la banda terrorista Eta, descartaron de entrada poder atribuírselo a esa organización, como quizá hubiera convenido, de modo que se resignaron atribuyéndoselo a otra de las organizaciones terroristas operativas en esas fechas, los Grapo, que usaba a menudo pistolas robadas a la policía. El hecho de endosárselo a los Grapo no dejaba de ser un asesinato de tercera, pues en la policía a los militantes de esa organización se les consideraba poco menos que retrasados mentales, a diferencia de los etarras, a quienes se suponía desalmados y calculadores, lo cual muchos, incluidas personas muy sensatas, situaban muy cerca de la inteligencia.

Y así fue como apareció la noticia al día siguiente en la primera página de todos los periódicos y abriendo todos los telediarios: «Reaparecen los Grapo en Madrid. Comisario de Policía asesinado».

Se le hicieron las honras fúnebres en las dependencias de la calle de la Luna donde quedó instalada la capilla ardiente, se cubrió su cadáver con la bandera de España, se le concedió a título póstumo la medalla al mérito policial y doña Asunción Abril, su viuda y madre de Dora y Chon, pasó a disfrutar una pensión equivalente al sueldo íntegro de su marido.

Y al funeral acudieron la señora Álvarez con sus hijas, quienes tuvieron, por cierto, que pedir prestada ropa de luto, aquí y allá, entre sus amigas, porque ni tenían ellas ni era el momento de pasearse por las tiendas buscándola.

Los sentimientos de Dora fueron confusos en ese momento. No había vuelto a ver a su padre desde la tarde aquella en que la acompañó con el televisor y se encontró a Paco Cortes. Desde entonces las amenazas de don Luis a su yerno fueron bien explícitas, hasta el extremo de que llegó a visitarlo en la Academia Nueva y allí, delante de los alumnos, a la salida de una clase, le organizó una bochornosa escena: había descubierto que Paco seguía viendo a escondidas a su antigua novia Milagros.

Desde luego que Paco Cortés había asegurado a Dora haber dejado de verla. ¿Qué fue a hacer a casa de Miles aquella primera vez después de la reconciliación? Paco hubiera podido explicarlo: en casa de Miles había algunas cosas suyas, ropa, libros y unos cuadernos que quería recuperar. Miles le dijo, si las quieres, ven tú por ellas. Así de inocente todo. Pero no lo fue, no lo era, y no hubiera podido justificar lo sucedido. El propio Paco no lo entendía, y le avergonzaba en la misma medida que le enfurecía, tanto porque no sentía hacia Miles nada especial, como por estar enamorado de Dora, y aquello era una deslealtad imperdonable. Y lo fue que se hubiesen visto otras tres veces más, recaídas que sumieron a Paco en consideraciones sombrías, ya que su relación con ella no pasaba de beber en su compañía unas cuantas copas, cómodamente sentados en conversaciones tan inocentes como cómplices, mientras Miles esperaba paciente un cambio de vientos. El altercado de don Luis en la Academia, y todas sus amenazas, sirvieron al menos para que el ex novelista se tomara en serio las cosas y dejara de ver a Miles. Y si a Paco le constaba que Dora y su padre no habían vuelto a hablarse, no hubiera podido asegurar que su suegra no le hubiese dicho a Dora nada de aquellas visitas a Miles durante los dos primeros meses de la reconciliación.

En estas cosas fue en lo que pensó Paco cuando tuvo delante, de cuerpo presente, a su suegro.

Junto a él, sentadas, estaban Dora, la mujer del comisario, y su cuñada Chon.

El rigor de la muerte ni siquiera llegó a borrar del todo cierta expresión colérica del policía, explícita en el amargo pliegue de la boca.

Durante todo un día desfilaron gentes desconocidas que abrazaban a las tres mujeres, se condolían y les daban el pésame.

Unas veces detrás, de pie, y otras sentado junto a Dora, soportó Paco Cortés velatorio, responsos, misas y funeral. Fue precisamente su amigo Maigret quien primero le informó de diligencias que le atañían directamente.

Por estirar las piernas, se había salido del salón donde el féretro naufragaba en un mar de coronas de claveles y gladiolos que saturaban el ambiente con olores dulzones.

—Paco, uno de los compañeros que acompañó el otro día a don Luis a la Academia, ha dicho que allí le amenazastes de muerte, como no te dejara en paz a ti y a Dora, cuando fue a reclamarte el piso, que quería alquilar.

—Fue exactamente al revés. Lo del piso es cierto, pero lo único que le dije es que nos dejara a nosotros con nuestros problemas.

—Han abierto una vía de investigación por ese lado. Van a interrogarte. Cosa de puro trámite. Nadie se cree lo de los Grapo. Supongo que tendrás una coartada.

—Desde luego. Estuve en el cine. Dora puede corroborarlo.

—¿Estuvo contigo?

—No. Pero sabía que iba al cine.

—Por favor, Paco. Que tú no eres nuevo en esto.

—Pero así son las cosas. Tenía la tarde libre en la Academia. Comí solo. No me vio nadie, no estuve con nadie, nadie pudo reconocerme y después del cine fui andando hasta casa dando un paseo.

—¿En qué cine fue?

—En la Gran Vía.

—¿Y te fuiste andando desde Gran Vía a tu casa? Paco, esto va en serio. Hasta yo podría oler que estás mintiendo. Como no necesitas más que una hora para sumarla a las dos de la película, te inventas eso del paseo.

Paco estaba tranquilo.

—Sonará como suene, pero ésa es la verdad, y no voy a declarar otra cosa. Si yo hubiera querido matar a mi suegro, lo hubiese matado mucho antes. Además, ¿cuál sería el móvil? Tú tampoco eres nuevo en esto, Loren.

—Quedaros con el piso. Suficiente. La gente mata por mucho menos. Tu suegro esperaba que Dora, entre tú y el piso, eligiera el piso.

—Eso es de locos, Loren.

La gente que entraba en la capilla ardiente se sorprendía de ver a aquellos dos hombres porfiando acaloradamente sin levantar la voz.

—¿Por qué querría matar a mi suegro, eh? ¿Porque era una mala persona? ¿En un arrebato? ¿Por ahorrarnos el alquiler? En un arrebato no voy con él hasta Vallecas, llego a un descampado, le pego un tiro y me doy la vuelta. Alguien debería haberme visto. ¿Habéis interrogado a la gente de por allí? En aquellas chabolas había gente, ¿no? En las chabolas siempre hay alguien. ¿Vieron a alguien? ¿Me vieron a mí? No. Sólo un misterioso Peugeot blanco. Yo ni siquiera conduzco. No tengo una coartada, pero vosotros tampoco tenéis una prueba...

—Paco, lo siento. No hables de «nosotros», porque yo no soy de «ellos». Yo ya sé que no tienes que ver con todo eso, pero eres mi amigo y he querido avisarte de que te darán la lata. Ten las ideas claras, y te dejarán en paz.

—Lo más seguro es que lo hayan hecho los del Grapo. Ésos son tan chapuceros que de vez en cuando las cosas les salen como si fuesen artistas.

—No han sido ellos —dijo Maigret muy convencido.

—Ahora bien —continuó diciendo Paco Cortés—, si lo que me quieren preguntar en comisaria o el juez es si siento la muerte de mi suegro, diré que lo más mínimo. Era un tipo indecente que destrozó la vida de su mujer y la de sus hijas y amargó la de todos los que tuvieron relación con él. Y habría que enterrarle debajo de una losa de dos toneladas, por si no estuviera bien muerto.

Le enterraron, desde luego, pero no fueron precisos aquellos dos mil kilos de granito, sino unas paletadas de yeso, que sellaron un nicho de La Almudena.

Al día siguiente, a las once de la noche, poco después de haber acostado a la pequeña Violeta, vinieron a buscar a Paco. Abrió la puerta Dora. No había visto nunca a esos policías. Tampoco quisieron pasar cuando les invitó a hacerlo. Sólo preguntaban por Paco, y si estaba en casa, que les acompañara. Como hija del Cuerpo que acababa de perder a su padre en un atentado o en un asesinato le aguantaron los insultos.

—Pero ¿se puede saber qué horas son éstas de venir a molestar a nadie? ¿No teníais otra manera de comunicarle a mi marido que se pasara mañana por comisaría?

Formaban el corchete dos inspectores de paisano y un guardia de uniforme. Otro se había quedado en el coche. Parecían completamente idiotas. Ni siquiera acertaban a disculparse. ¿Las acusaciones concretas? No las sabían.

La explosión de ira de Dora fue la esperable.

De todos modos Paco no había llegado aún a casa. Lo hizo a la media hora. Dora le contó lo sucedido, y Paco cenó y se marchó a la comisaría.

Dora no podía dejar sola a la niña. En casa quedó sin saber a quién reclamar, porque a su madre, a quien ni siquiera se le pasó por la cabeza consultarla, tampoco se le hubiera ocurrido qué hacer en ese trance.

Al final Dora se decidió a llamar a Modesto Ortega.

Éste, de costumbres morigeradas, estaba ya en la cama, dormido.

Le contó lo que había pasado.

Media hora después Modesto Ortega se personó en la comisaría donde estaba adscrito el Grupo Sexto de Homicidios, en la calle de San Francisco de Sales.

Como una atención especial, a la que no estaban obligados, el inspector de guardia le puso al corriente de las diligencias. A Paco lo pasaron a una habitación, que podría considerarse como calabozo, y esa noche, según informaron a su abogado, no le interrogaron. ¿Por qué le habían retenido entonces? ¿Temor a que huyera?

No hizo falta que nadie le respondiera: le habían retenido porque sí. Para macerarlo. Antes de un interrogatorio trascendente los acusados, según algunas teorías policiales, precisan, incluso reclaman ellos mismos, que se les ponga en capilla, por la necesidad que tienen, en el caso de ser culpables, de aligerar la conciencia. Estas ideas aún seguían vigentes en nueve comisarías de cada diez. En el caso de que el detenido fuese inocente, sólo habría pasado una mala noche en la prevención, algo que cualquiera puede resistir fácilmente. ¿Y no había casos en que esas detenciones lejos de llevar un poco de claridad a un detenido inocente, le confundieran y le perjudicaran en su declaración? Había sucedido con el caso del viejo de la calle del Pez.

Nadie se hubiese tomado la molestia de responder a esta última pregunta, porque el lema de la policía y de cualquier órgano de justicia sigue siendo el de *Veritas splendet,* la verdad al final resplandece.

Modesto acudió a las diez de la mañana siguiente a la calle San Francisco de Sales, tal y como el inspector le indicó. Ésa era la hora en la que se incorporaba el comisario jefe, encargado del caso, un tal don Ángel de Buen, que llegó, en efecto, a las once y media. En atención a la calidad del detenido y a la víctima, se mostró con el abogado muy seco, como si temiese que alguien pudiera acusarle en el futuro de prevaricaciones.

El asesinato desde luego no era obra de los Grapo. No tenían ellos ningún de esos grupos localizados, a la sazón, ni en

Madrid ni en los alrededores. Y los indicios estaban claros: en el coche de la víctima habían encontrado huellas de Paco por todos lados y, más importante, una colilla de los cigarrillos que fumaba éste, cuando se daba la circunstancia que éste había negado haber visto a su suegro a solas hacía más de seis meses, exceptuando el encontronazo que tuvo lugar en la Academia. Por si no fuese bastante, tampoco tenía coartada. Decía que había estado en el cine.

—¿Y mi cliente qué dice? —preguntó Mason.

—Eso: que estuvo en el cine, y lo de todos: que él no ha sido.

Quedó la policía en comunicarle a Modesto Ortega, verdadero Perry Mason al fin de un caso real de homicidio, cuándo lo pasarían del juez. Modesto se marchó a su despacho, y el comisario pidió que le trajeran al detenido.

Paco estaba tranquilo, sorprendido acaso de ver que las cosas en la realidad guardaban poca relación con las novelas policiacas, o al menos con las que él había escrito. Fue su primera enseñanza: la perspectiva cambia mucho si se está del lado de la ley o enfrente, si la ley le mira a uno como inocente o como sospechoso, si se está a un lado del pelotón de fusilamiento o en el contrario, y desde luego no tiene nada que ver si uno cree que es inocente o culpable. Paco podría haber dejado de escribir novelas, pero en absoluto se arrepintió de no haberlas ambientado en España ni con policías españoles. Aquello no parecía ni un crimen. Era algo triste, penoso, en lo que todo el mundo estaba equivocado sin que a nadie le importase nada.

—¿Francisco Cortés? —preguntó don Ángel de Buen al detenido, cuando se lo trajeron, y torció el gesto, con indisimulada gravedad, por ese placer que sienten también algunos médicos con los peores diagnósticos delante de su paciente.

—Por favor, comisario o inspector o quien sea —dijo

Paco—. Si usted pide que le traigan a un detenido que se llama Francisco Cortés, ¿a quién espera que le traigan?

Se da una gran variedad de comisarios: los hay orgullosos, acomplejados y por tanto imprevisibles, ladinos, crueles, serpentinos, amargados, retorcidos, sádicos, cínicos, ordenancistas, mediocres, de vez en cuando alguno inteligente... nada en otra proporción que no sea la que encontramos en todas partes. Aunque hay algo que les es común: son conscientes del poder que detentan, de los incontables padecimientos que les ha costado alcanzarlo y de las insidias y vejaciones que han tenido que soportar en el propio escalafón, por lo que no dudan en absoluto ejercer tal poder sin piedad y sin concesiones.

A ese comisario no le gustó la respuesta del detenido, pero éste tenía razón, cosa que, siendo de los inteligentes, admitió de mala gana. Sabía, porque así se hacía constar en el informe que tenía delante, que el detenido era escritor de novelas policiacas y de intriga en general. Y eso no le gustó en absoluto. Justa correspondencia: si los novelistas piensan que los policías, en una gran proporción, son idiotas, éstos no tienen en mejor opinión a los novelistas, que les parecen en general burdos estafadores que deberían ir a la cárcel por propalar infundios de la peor especie sobre su profesión. Desde luego no había leído ninguna de las novelas de Paco Cortés, pero un fino instinto de investigador le dijo que por ahí podía humillar y rebajarle los humos al detenido.

—No te vayas a creer que aquí nos chupamos el dedo y que esto será como una de esas novelas en las que todos os creéis muy listos, mamón.

Cierto que una de las cosas que suelen hacen los inspectores, en cuanto les promueven al cargo de comisarios, es dejar los insultos, considerándolos de poca categoría, pero no es menos cierto que de vez en cuando quieren volver a paladear su pedregoso sabor, como esas angelicales vedetes salidas del pueblo necesitan de vez en cuando, en plebeyo secreto, comerse una morcilla en la áspera soledad de su cocina.

El comisario se sonrió y miró a su ayudante, por quien tampoco podía tolerar que el detenido se le insolentase.

—Y por qué razón me tratas de tú.

Paco Cortés, muy serio, sin querer entrar en más discusiones, subrayó el tuteo.

Es la segunda regla que no suelen saltarse los inspectores promovidos a comisarios: dejan de tutear a todo el mundo, menos al comisario que hasta ese momento era su jefe, para ustear hasta a la mujer de la limpieza a la que venían tueando desde hacía diez años.

De todas las respuestas esa era la que menos se hubiera esperado don Ángel de Buen. Carraspeó el policía, hizo como que no había oído y empezó un interrogatorio que ya se le había practicado otras tres veces, evitando en lo posible el tú y el usted, para que el inspector presente y el guardia de la puerta no pensaran en una claudicación.

—Se lo he dicho antes a sus compañeros —empezó diciendo Paco—. Estuve en el cine. El día anterior mi suegra vino a casa y dejó el coche en nuestra plaza de garaje. Yo se lo saqué de allí porque a la mujer no se le da bien eso; debía estar fumando, apagué el cigarrillo en el cenicero del coche...

Don Ángel creyó tener ya resuelto el caso y cogido al culpable.

—Pero aquí dice que Francisco Cortés ha declarado que no conduce.

—Sí, y que no conduzca no quiere decir que no sepa hacerlo.

Don Ángel tuvo que llevar el interrogatorio a otro lado.

—Pero donde hay huellas del sospechoso Francisco Cortés —y subrayó la palabra sospechoso— es en la puerta del acompañante, no del conductor.

—¿Usted —preguntó Paco— es consciente de todas las huellas dactilares que vamos esparciendo por ahí? Dejamos huellas como esporas un helecho, a millones.

—Esto no es una novela policiaca —advirtió el comisario cada vez con menos argumentos y guardó silencio mientras parecía buscar algo en los papeles que le habían puesto delante.

—Perdone que me meta en su trabajo —empezó diciendo un Paco Cortés que trató de no ser demasiado arrogante—. No tengo la menor idea de por qué me han traído aquí. Pero si lo que quiere saber es por qué hay huellas mías en el coche de mi suegro, no se lo puedo explicar. Quizá abrí desde dentro la puerta, para que mi suegra entrase. Todo lo que tienen que preguntarse es la razón por la cual yo querría haber cometido ese crimen a sangre fría. ¿Qué ganaría con ello? Mi mujer hacía seis meses que no se hablaba con su padre, y era por ello la mujer más feliz del mundo. Ese día pudo haber ocurrido de todo: desde alguien que se la tuviese jurada por alguna cosa relacionada con el trabajo o alguien al que mi suegro hubiese gastado una faena, cosa que no debía de ser tan rara. También pudo ser alguien que lo secuestrase para que le llevase a aquel poblado. ¿No se vende droga allí cerca? Alguien que se metió en su coche y le dijo que le llevara. ¿No hemos visto cien veces que unos chorizos roban un coche de la funeraria con muerto y todo, sin darse cuenta de que era un coche fúnebre hasta más tarde? Siendo estrictos, quizá deberían interrogar a mi suegra, ella es la principal beneficiaria de esa muerte, va a descansar como no pueden ustedes figurarse, porque mi suegro era una mala persona que ha hecho de ella una desdichada. O a mi mujer. O puede también que lo haya hecho un compañero suyo...

—¡Basta! —El comisario, que no había levantado la vista de los papeles, tampoco parecía haberle escuchado—. ¿Y qué hay de esa secta donde se estudian y planean crímenes perfectos? Hemos hablado con sus compinches, y todos le señalan como cabecilla. Qué desvergüenza, médicos, abogados, empleados de banca...

—... policías —añadió Paco.

Buscó con la mirada el comisario al inspector que presenciaba el interrogatorio, de pie, junto a la puerta, y pareció decirle con una media sonrisa, «ya lo tenemos».

Sin embargo nadie sabía por dónde seguir.

—Hemos interrogado a Lorenzo Maravillas, de la comisaría de la calle Luna...

—Un buen amigo... —admitió Paco.

—Seguramente en El Comercial son todos unos fuera de serie.

Paco comprendió que aquel hombre daba palos de ciego.

—Se lo advierto —dijo don Ángel en tono amenazador—. Sabemos que lo mataron entre todos, y tú eres el que los dirigió.

Volvió al tuteo, reservado, como se sabe, a los convictos.

—No nos cabe la menor duda. No te dejaremos en paz. Os interrogaremos uno a uno, y acabaréis cayendo. Cometeréis un error, encontraremos una prueba, y el edificio se vendrá abajo. Siempre ocurre así. Y por muchas novelas que hayan leído ustedes, el culpable acabará en la cárcel.

—¿Ha terminado usted? —preguntó Paco muy en serio—. ¿Sabe cuál es mi teoría, comisario? No sé quién pudo matar a mi suegro ni las razones por las que lo hizo, pero a quien lo hiciera le comprendo perfectamente y le admiro más cuando me paro a pensar en el beneficio que sacaría de esa muerte, o sea ninguno, porque no se me ocurre pensar en otro móvil en este asesinato que el de suprimir de este mundo a una mala persona. Es decir, la filantropía. Eso por un lado. Y la medalla al mérito policial deberían habérsela dado al asesino y no a don Luis. Por otro, si es usted el que dirige esta investigación y no encuentra a los culpables...

—Ajajá, ¿y cómo sabes que son más de uno los culpables?

—... No me impresiona usted nada, comisario. Y déjeme terminar la frase. Decía que no se haga usted ilusiones cuando no encuentre a los culpables o al culpable. Un Crimen Perfecto lo es no porque alguien sea incapaz de dar con el autor o los autores, sino porque no hay forma material de demostrárselo ¿Entiende usted lo que quiero decirle?

Ni siquiera le llevaron al juez. Le soltaron después de ese interrogatorio, sin cargo ninguno, pero con una advertencia bien explícita que le devolvió al tuteo definitivamente:

—Te crees muy listo, Paquito. Pero acabarás en la cárcel.

Toda la vejación que se llevó de aquel lugar, la ignominiosa infamia y la ignominia infamante, fue aquel «Paquito», tan ominoso.

LA primera deserción fue la de Miss Marple, la primera también a quien llamaron a declarar en comisaría.

La llevó su chófer. Se puso para la ocasión un traje de crêpe rosa, elegantísimo, convencida de que estaba viviendo alguna de las novelas de Agatha Christie que tanto le gustaban. El preguntorio estuvo a cargo del mismo comisario en jefe, don Ángel.

—Señora, sabemos que usted no tiene que ver en el complot, pero si nos informara...

Miss Marple respiró tranquila.

—... sabemos que se ha usado su secta...

—¿Qué secta, señor comisario?

—La que ustedes tienen en el café Comercial.

—¡Una secta! Pero si yo llevo años yendo allí, y aquello es de lo más inocente...

—Es lo que usted cree, señora. Lo peligroso de las sectas es que tienen una apariencia normal y ni siquiera los que están en ellas saben dónde están metidos. Por eso nos cuesta tanto localizarlas, desmantelarlas y meter a los responsables en prisión. Sabemos que esa secta, no con usted, desde luego, usted no era más que una de sus coartadas, preparaba la comisión de crímenes que ellos llamaban perfectos...

—¿Ellos?

—Sí, Francisco Cortés...

—¿Sam? ¿Sam Spade?

—¿Quién es Sam Spade? ¿Ése es nuevo?

Don Ángel miró al funcionario que tenía al lado, desconcertado, por si éste sabía algo más.

—Sam es Paco —aclaró Miss Marple.

—En efecto, Paco Cortés, alias Espei... —corroboró el inspector adjunto ayudándose de unas chuletas.

—Bueno —siguió don Ángel—. Es el responsable. Andábamos detrás de él hace ya mucho tiempo...

—¡Dios mío! —dijo horrorizada Miss Marple—. ¿Cómo es posible?

—Son cosas que pasan, señora. Un psicópata y un maníaco fracasado.

—Pues es encantador...

—Los psicópatas lo son. Pero no olvide que estamos hablando de varios asesinatos, que nunca fueron aclarados, tras de los cuales sospechamos que pudiera estar él...

A la buena mujer se le estremecieron las alhajas, como arenas movedizas que amenazaran con engullirla.

—¡No!

—¡Sí, señora! ¡Varios! Sin contar el de don Luis.

La pobre Miss Marple lanzó un agudo chillido de gaviota.

El comisario, que rubricó su aserto con una cabezada solemne, consideró que ya había impresionado lo suficientemente a la dama para intentar el asalto final.

—De modo que toda información que usted nos pueda dar, sería preciosa. ¿Les hablaba a menudo de la víctima?

—¿Qué víctima?

Hasta el comisario empezó a darse cuenta de que aquella pobre infeliz tan educada era, además, un poco tarda, porque no se enteraba de la mitad de las cosas...

—¿A usted le gustan las novelas policiacas? —preguntó Miss Marple

—Por supuesto, señora —farfulló desconcertado don Ángel.

—Pues aquí no hay más víctima que Sam.

—De acuerdo, pero ¿les habló de su suegro los días antes de que se cometiera el asesinato?

—No, señor. Allí nadie habla de sus asuntos. Yo ni siquiera sabía que ese señor fuese el suegro de Sam, hasta que ocurrió todo, y me lo contaron.

Miss Marple abandonó aquel despacho con un ligero temblor de piernas y el miedo en el cuerpo. Apenas encontró fuerzas para contárselo a su marido.

—Figúrate. Un psicópata. Le servíamos de coartada, nos utilizaba para que le diéramos ideas. La policía está detrás de la pista de varios asesinatos que podría haber cometido. ¡Santo Dios! Él y algunos más del grupo. Yo sospecho de Marlowe y de Nero. No me caen bien los cocineros, con tanto cuchillo cerca. Y Marlowe todo el día hablando de pistolas. Qué horror. Y pensar que yo podía haber sido la siguiente víctima...

El escalofrío le erizó la pelusilla capilar del antebrazo.

Esa tarde telefoneó al padre Brown.

—Don Benigno, ¿puedo confesarme por teléfono?

—Mujer, ¿tanta prisa tienes?

—Lo digo a los efectos del secreto de confesión. Lo que le voy a contar tómelo usted como algo que no ha de salir de nosotros. Acabo de venir de la policía. Me han interrogado.

Contó al cura, con todo lujo de detalles, y orgullosa de salir de aquel trance tan airosa, los pormenores del interrogatorio, en el que ella quedaba como una mujer sagacísima...

—Y si le digo la verdad, es algo que una ya venía sospechando. No sé lo que habrá de cierto en lo de su suegro, pero a mí no me extrañaría nada. ¿Se acuerda cuando estuvo aquel tiempo sin venir al Comercial? Decían que se pasaba el día durmiendo y la noche por ahí, borracho, en locales de alterne. Don Luis, el suegro de Sam, sólo quería lo mejor para su hija, y le daba pena verla a ella otra vez en esa danza. Las cosas de los matrimonios, usted sabe, don Benigno, que son muy aparatosas y a mí nunca me ha gustado meterme en esos asuntos, pero sinceramente, al pobre Sam yo le he visto en estos últimos tiempos muy raro. Ya no es el mismo.

El Padre Brown quiso saber algún detalle más, tranquilizó como mejor pudo y supo a Miss Marple, quien, no obstante, había tomado ya la determinación de darse de baja de los ACP, y acto seguido el cura telefoneó al mejor amigo de Sam, que era Modesto.

—Modesto, quiero que le transmitas a Paco, y lo mismo te digo a ti, que contáis con toda mi ayuda espiritual en estos momentos difíciles.

—¿Difíciles por qué?

Como no podía romper el secreto de confesion telefónica, se agarró a impersonales informaciones.

—He sabido que el pobre Paco ha estado metido en asuntos turbísimos. No en estos dos últimos meses, sino en los anteriores, cuando pasó aquella crisis. Yo mismo no me lo puedo creer. Seguramente se podrá aducir como eximente un estado de enajenación pasajera...

—...¿transitoria?

—Eso. No sabes qué tártago llevo encima. Días sin dormir. Han abierto una investigación a todos los ACP, y como yo no puedo involucrar al obispado en todo esto, compréndelo, tendré que dejar de aparecer por allí, y te rogaría que si te preguntaran dijeras que mi participación y mi asistencia no era en absoluto regular, como así era, por otro lado. ¿Lo harás?

—Pero a Paco le han soltado ya. Acabo de hablar con él.

—Lo sé. Pero me consta que le han dejado en libertad porque saben que les llevará a otros implicados. Están esperando que cometa el mínimo error. Las evidencias no pueden ser mayores. De ese asesinato y de, al parecer, otros ocho.

En unas horas, a la sensible tela de araña de los ACP le habían sacudido, como un estremecimiento inesperado, las gravísimas acusaciones que pesaban sobre Paco Cortés.

A la casa de Poe y de Marlowe llegó por doble conducto la noticia: a través de Maigret y de Hanna, y en ambos casos los correos fueron personales, porque la casa que compartían los dos amigos no contaba aún con teléfono.

Llegó primero Hanna. Alguna vez se veían todavía. Echo de menos aquellas puestas de sol, le decía un Poe más serio y taciturno que nunca. Y la joven le reprochaba cariñosamente: ¿y a mí no? También a ella. Pero Poe ni siquiera tenía para sí mismo esa clase de confidencias. Lo había pasado mal, pero a nadie había dicho nada.

La tarde del día en que Miss Marple depuso su declaración, por usar la jerga policial, dos inspectores subieron a la buhardilla de Hanna.

Aquélla era la dirección que figuraba en la matrícula universitaria de Poe. Les habría bastado preguntar a Maigret y les hubiera encaminado a su domicilio actual, pero la policía, compuesta al fin y al cabo por funcionarios amantes de la burocracia, nunca tiene prisa y ama los rodeos como los delincuentes los atajos.

Hanna se asustó al ver a aquellos dos policías, uno de paisano, y otro de uniforme.

En un segundo se le amontonaron en la imaginación cien desgracias o contratiempos posibles, siempre relacionados con la vida que llevaba y los amigos que frecuentaba: su marido, la heroína, el modo no siempre ortodoxo de conseguir el dinero para obtenerla... De la misma manera que dicen que a alguien que va a morir le pasan en un segundo por delante de los ojos los instantes todos de su vida, por los de Hanna pasaron todos los de su futuro: imaginó una vida en una cárcel española, su acabamiento y su muerte. Si aquellos policías venían buscando droga, les bastaría abrir la cajita que había encima de la mesa, donde guardaba, en su papel de plata, un pedazo de hachís... Sintió algo parecido al alivio. La nuca se le desbloqueó. Quizá pensó que era mejor que otros terminaran de una vez lo que ella no había podido acabar dos veces.

El policía de paisano preguntó si vivía allí Rafael Hervás Martínez.

Al semblante de Hanna afloró una extraña mueca, y pese a que la policía se negó a decirle para qué le buscaban, la profesora consideró el asunto lo bastante significativo como para tomarse la molestia de llevarle tal recado a su nueva casa.

Poe se sorprendió. No la veía por allí desde el día en que le ayudó a hacer el traslado de sus cosas, su sufrida pacotilla de marinero y dos cajones de libros. El piso que compartía con Marlowe era insuficiente. La joven y hermosa profesora se había desmejorado. Como dos lirios se le dibujaban las ojeras, pero eran las manos las que delataban su extremada delgadez.

—Han estado unos policías preguntando por ti. No han dicho qué querían. ¿Está todo bien? ¿Han venido ya aquí?

Poe se tomó un tiempo antes de contestar. Tener en su casa a Hanna le había acelerado el pulso. Aquel aspecto enfermizo la hacía mucho más atractiva, acaso, como una verdadera flor del mal. Estaban sentados en una mesa. La mano de Poe descansaba en la madera. Hanna acercó la suya y la dejó sobre la de Poe, que la sintió posarse como un manto de nieve. Sabía desde hacía mucho la razón por la cual habían tenido que dejar de vivir juntos. Tampoco habían hablado de la vuelta de su marido ni de su recaída en la droga, pero Poe la miró sabiendo y Hanna se sintió perdonada sabiendo que él lo sabía y que por ello mismo no había que hablar de ello.

—Sí, todo está bien —dijo al cabo de unos minutos Poe.

que nos despertábamos hasta que nos acostábamos. Viajamos por medio mundo y todas las cosas importantes las conocimos a la vez. También lo de la droga. Pero yo me asusté, y lo dejé, fue cuando me vine a España. Pero seguía enamorada de él. No sabes cúanto. Al principio me costó mucho, fue dolorosísimo. Le dejé como en una leprosería, y me remordía la conciencia. Me parecía que no tenía derecho a huir, si él no podía seguirme. Era como dejar a un compañero herido atrás. Cuando te conocí pensé que había pasado ya todo. Los primeros años aquí viví como acorchada. No volví a salir con nadie, ni siquiera me apetecía, hasta que empecé a hacerlo con Jaime. Aquello fue una claudicación, yo me rendía, estaba harta de estar sola. Contigo fue la primera vez que volvía a sentirme viva. Y todo marchaba bien, de verdad. Pero fue verle de nuevo y no supe lo que me pasó. Yo te quería y creía que te iba a querer siempre, pero no contaba con que apareciera en Madrid. Me di cuenta desde el primer momento de que él también había dejado la droga, y no sabes cómo me alegró eso, pero al vernos sucedió algo muy extraño, como si los dos sintiéramos de nuevo nostalgia de aquel infierno. Y lo probamos una vez. Dijimos: no nos despedimos nunca de aquello; vamos a hacer una despedida como Dios manda. No sabíamos que aquello era la nostalgia de la muerte. No me digas cómo, pero los que estamos en la droga sentimos eso que los demás no sienten. Una nostalgia superior a toda cosa, porque es una nostalgia de algo que en el fondo no conoce nadie. Es la verdadera nostalgia del Paraíso. Y nos pareció maravilloso. Y dijimos: otra segunda vez, la verdadera despedida, lo anterior sólo fue un ensayo, y nos pilló desentrenados. La segunda será la definitiva. Al principio fue sólo los fines de semana. Era como un regreso escalonado al Paraíso, y se empezó a borrar todo lo de alrededor, y el Paraíso ya ves en lo que se ha convertido. Las cosas ahora han vuelto a ser horribles, Poe. Y Peter lo sabe y lo sé yo.

—Pero ¿estás enamorada de él?

Quien ahora meditaba la respuesta era Hanna . Quería ser sincera con alguien, siquiera fuese una vez. Meneó la cabeza.

—Cuando estás enganchado, el único amor es a tu dosis, ¿sabes lo que quiero decir? Es ya como un hábito: él, yo, el caballo, aquella habitación, mi casa, todo ha vuelto a teñirse de cosas que nos son familiares, como una torre de marfil. Y si todo fuese así siempre, todo estaría en su sitio.

—¿Y lo necesitas todos los días?

—Desde luego que no...—respondió Hanna con firmeza, como si saliera al paso de una calumnia que la afectaba de manera directa. Luego pareció admitir la realidad, y añadió en el tono bajo de las confidencias y las derrotas—. En el fondo qué más da... Sólo los fines de semana... Peter tiene aún su trabajo, pero yo he dejado la Academia.

Poe sabía que le contaba aquello porque el viaje hacia el Paraíso tenía ya parada en todos los apeaderos de la semana, y que iba a pedirle dinero. Pero no dijo nada y Hanna tampoco supo cómo continuar. Se limitó a mirar con ternura a su amigo. Poe notó que volvía a acariciar su mano de una forma mecánica, como acariciamos a un gato o a un perro, mientras pensamos en otra cosa.

—¿Te hace falta dinero? —preguntó Poe súbitamente.

Y Hanna dijo no, sí, no, bueno, sí, algo, sin saber muy bien qué estaba diciendo.

Poe entró en una habitación y salió con unos billetes que puso en el bolso de su amiga, colgado del respaldo de la silla.

Eso hizo que Hanna, que adoptó un tono jovial, cambiara bruscamente de conversación.

—¿Cómo podéis vivir así? —preguntó como si fuese en efecto un capítulo distinto de su novela.

Abarcó con una rápida mirada las paredes vacías, dos cajas de cartón en el suelo con los libros, un par de zapatos que alguien había abandonado allí a su suerte, el frío terrazo sin alfombra, las ventanas sin cortinas, las paredes recién pintadas sin cuadros, la mesa camilla sin faldas, las sillas sin cojines y la habitación sin más muebles que esos tres trastos...

...Y nosotros sin mucho de qué hablar.

En esta frase Poe adoptó el mismo tono desenvuelto de su amiga.

—No, Poe. A mi manera yo te sigo diciendo muchas cosas, cuando no estoy contigo. Ya sé que no sirve de nada, pero a veces me imagino que sigues viviendo allí. Te veo como solías sentarte en el sofá, sin decir nunca nada, callado, tan dulce siempre, en tu rincón, en tu sombra. ¿Querrías venir de nuevo conmigo? Me ayudarías a pagar el alquiler. Ahora paso una mala racha. He dejado las clases.

—Ya me lo has dicho.

—¿Vendrías conmigo? —insistió Hanna.

—¿Para qué? ¿Te ayudaría eso a salir de ese lío? Al principio yo era el hombre más feliz. Me parecía imposible que algo así me estuviera ocurriendo a mí. Tú has sido la mujer más increíble con la que he estado jamás. En realidad has sido la primera y la única —y Poe hizo esta confesión bajando aún más el tono de voz—. Eres lo más parecido a un sueño. Me gustaba que fueses conmigo un poco como yo. Éramos como dos gatos de esos que se encuentran en un tejado. Me gustaba que fueses tan tranquila, tan silenciosa, tan metódica con todo, tan respetuosa, sin preguntar nunca nada, sin agobiarme nunca, con tu alegría a todas horas, andando por el caballete del tejado sin vértigo, silenciando todas las cosas con la almohadilla de tus patas... Pero supe desde el primer momento que yo no era para ti lo que eras tú para mí. Así ocurre casi siempre. Pero me bastaba, porque de eso no hablamos nunca. Y cuando suele uno hacer algo, ya nada tiene remedio.

—Pero ¿querrías venir a vivir de nuevo conmigo?

—Creo que no.

Fue entonces Poe quien buscó su mano para acariciarla, y el joven hubiera querido llorar, pero nunca lloraba, nunca había llorado, acaso porque en su casa no había visto otra cosa que a su madre llorando por todo. No le dio ninguna importancia a esas lágrimas que no llegaron, las dejó rodar por dentro sin ocuparse de ellas, como si fuesen parte de su mirada sobre las cosas. Hanna se levantó de la silla, se acercó a él y con una caricia quiso borrar el rastro de aquel dolor, pero sólo consiguió extenderlo por todo el cuerpo. Poe se sintió mal. Era incómodo permanecer allí a su lado, de pie, mientras Poe seguía sentado y Hanna se arrodilló frente a él.

—Hazme el amor, por favor, Rafael.

Como la primera vez, era ella quien llevaba la iniciativa.

El dormitorio no mejoraba el aspecto de desolación y provisionalidad de toda la casa: una cama, incluida en el alquiler, lo mismo que un armario de luna de una moda de hacía veinte años, una habitación sin cortinas que daba a una calle trajinada con exceso de luz, un terrazo sin alfombra, una bombilla en el techo sin pantalla.

Quiso de nuevo Hanna traer un poco de alegría a aquel momento triste. Miraba Poe el techo tumbado en la cama con las manos debajo de la nuca. Hanna tenía apoyada su cabeza en el pecho lampiño del chico:

—¿Cómo puedes vivir aquí?

Sonó el timbre de la puerta.

—¡La policía! —dijo Hanna, que se cubrió instintivamente como si ya la tuviera delante.

Poe se puso un pantalón y así fue como le abrió la puerta a Maigret.

—¿Estás solo?

—No.

Le invitó a pasar. Se sentaron donde él y Hanna habían estado media hora antes. Hanna seguía en el dormitorio.

—Un idiota quiere marearnos a todos —dijo Maigret—. Está convencido de que Paco mató a su suegro, pero que no lo hizo solo. Cree que estamos metidos medio ACP. Van a venir aquí dentro de un rato. ¿Sigue Marlowe guardando las armas aquí?

—Creo que las guarda en su cuarto —dijo Poe—. Va a tirar desde aquí. Hoy le tocaba. Tiene que estar al caer. Ha venido también Hanna y me ha dicho que la policía había estado con ella esta mañana. ¿Por qué no han venido ya?

—Vinieron, pero no había nadie. Ahora se han ido a comer. Después de comer vendrán.

Tenían todavía tiempo.

Maigret repasó para su amigo el estado en que se encontraban las diligencias.

—El comisario jefe de homicidios está entusiasmado con unas huellas dactilares y con una colilla de cigarrillo de la misma marca que fuma Paco.

Al rato oyeron el llavín de Marlowe.

Venía éste con su bolsa de deporte. Traía en ella dos pistolas y una caja mediada con munición.

A Marlowe nada le parecía nunca grave.

—Apuesto tres párolis a que esos polis no sacan nada en claro —dijo Marlowe, que no sabía exactamente lo que era un pároli, pero se había quedado con la expresión desde que la leyó en una pésima traducción de una novela de Dürrenmatt. A continuación se metió en su cuarto, en la parte «zaguera» de aquella casa «rentada», y regresó con otra pistola más y media docena de cajas, lo metió todo en la bolsa y sin perder la sonrisa, dijo que todo era cuestión de minutos, el tiempo que tardaba en cruzar la calle, subir a casa de sus padres, dejar allí el arsenal, y volver.

Cuando lo hizo, había llegado ya la policía, pero Maigret no estaba. Había preferido marcharse. No quería que le encontraran allí. Y lo mismo hizo Hanna.

Los policías iniciaron un registro con el tedio de quien tiene puesta la cabeza más en la hora de apurar su turno de trabajo y marcharse para casa, que en resolver el asesinato de un superior por el que no sentían el menor aprecio.

Poe presentó a su amigo.

—¿También estás en la secta?

—¿Qué secta? —preguntó atónito Marlowe.

Uno de los proyectiles que éste usaba para sus ejercicios de tiro, con las prisas de aquella intempestiva ocultación, se había quedado entre las sábanas de la cama deshecha. Parecía una barca de pesca en medio de la galerna.

Poe, que seguía a uno de los sabuesos, lo descubrió allí. En una película de suspense aquel hallazgo habría sido acompañado por un golpe de música inesperado, para levantar a los espectadores de su asiento. Lo contrario que hizo Poe, que fue a sentarse sobre el proyectil, mientras observaba cómo el policía revolvía los cajones. Cuando se levantó, la bala estaba en su mano. Se la llevó al bolsillo del pantalón y esperó que terminara el trámite.

—Mañana pasáis por la comisaría. El jefe quiere haceros unas preguntas.

—¿Y por qué no ahora? —preguntó Marlowe—. Podríamos huir.

La policía es seguramente de todos los Cuerpos de empleados del Estado el que peor encaja las bromas.

—Bien, listillo, —dijo el policía que llevaba la voz cantante—. Pues os venís ahora, y me pasáis la noche en comisaría.

A Marlowe aquello le pareció de perlas, y se lo tomó como quien acaba de ser invitado a una apetecible excursión.

—¿Yo también? —preguntó Poe.

—Los dos.

—¿Tiene orden de detención?

Ésa es una de las preguntas que no debe hacérsele jamás a un policía, en primer lugar porque no les gusta que se les tome por idiotas, en segundo lugar, porque suelen llevarla consigo siempre y en tercer lugar porque dos de cada tres personas que la formulan acaban siendo declarados culpables.

—De acuerdo; me pasáis mañana por allí. Por la mañana.

—Yo trabajo en el banco, y no puedo faltar —dijo Poe.

El policía empezaba a irritarse.

—Pues pides permiso.

Los interrogatorios del día siguiente fueron tan absurdos como los que les habían hecho a todos los demás. Pero bastó que la policía metiera las narices en los ACP para que éstos quedaran diezmados en unas horas, y por primera vez en dieciséis años la reunión de la tertulia de esa semana se hizo en el pub colindante, y a ella faltaron todos los asiduos de otras horas.

—Acabaremos en las catacumbas, como los primeros cristianos, tal y como vaticinaba el padre Brown —sentenció Marlowe.

—Yo no me preocuparía —le tranquilizó Paco Cortés—, todo eso no se sostiene, pero habría que investigar por qué razón se lo llevaron a ese descampado. Si la policía está en el mal camino, nosotros la llevaremos al bueno. Me gusta poco que sea mi suegro, pero menos aún me gusta que se quede sin resolver un caso, y menos aún que me hayan querido cargar el muerto.

Estaban únicamente Poe, Marlowe y Maigret.

—De la comisaría salió en su propio coche —continuó diciendo Cortés—. Antes había telefoneado a mi suegra y le había dicho que salía para comer en casa. Pero nunca llegó. Mi suegra al ver que no llegaba, tampoco le dio importancia. Eso de decir que iba y no aparecía era algo que solía hacer

238

con frecuencia. Sin embargo por la noche, a eso de las once, cuando no daba señales de vida, y con las cosas que pasan, se asustó. Nos llamaron a casa, y nosotros llamamos a la comisaría. Nadie había visto nada, pero todos recordaban haberlo visto salir de su despacho a las tres y media. Nadie, en cambio, le vio salir en el coche, aunque tuvo que cogerlo entonces, porque en el coche le descubrieron ya cadáver a la mañana del día siguiente. Bien en la misma comisaría, bien en algún punto del trayecto, recogió a su asesino o a sus asesinos, o éstos le recogieron a él, y a continuación le mataron. O bien acudió a un lugar, donde le estaban esperando para matarle. La autopsia dio las cinco de la tarde como hora del fallecimiento, y desde la calle de la Luna hasta el Poblado de las Eras, y a esa hora punta, se tarda, como poco, entre tres cuartos de hora y una hora. Hubo una media hora en la que algo sucedió, acaso la clave de esa muerte.

—Lo más extraño —dijo Maigret— es que hemos investigado los últimos casos en los que él personalmente trabajó, y ninguno tenía que ver remotamente con ese barrio.

Como reunión de los ACP todos la hubieran encontrado interesantísima, pero ni Miss Marple ni Nero Wolfe ni Sherlock ni el padre Brown ni Milagros, por supuesto, de baja desde hacía seis meses, habían dado señales de vida, como tampoco los menos habituales, Mike y Gatsmann, un abogado amigo de Mason. El primer Crimen Perfecto real, y todos salían huyendo. Así es la vida.

—Yo creo que tu suegro fue allí por su propia voluntad, sin que nadie le obligase a ello, buscando algo —dijo Poe.

Era acaso el único a quien aquello no divertía ni siquiera como rompecabezas.

—No me cuadra —replicó Paco Cortés, quien de todos modos concedía mucho crédito a su joven amigo—. ¿A la salida del trabajo irse a las afueras de Madrid, sin comer?

—Tú mismo has dicho que tu suegra ni siquiera lo encontró raro —recordó Poe.

—Lo raro de verdad —intervino Maigret— es que nadie le viera, primero, desde las tres y media, que salió de la calle Luna, hasta las cinco, en que lo mataron, y en segundo lugar, que no descubrieran el cadáver hasta el día siguiente, en un barrio en el que dejas el coche y como no lo conozcan lo desguazan por completo en veinte minutos sin que te des cuenta. Sin embargo cuando descubrieron el coche, ya era de día, y al coche no le faltaba nada. Ni a don Luis: tenía la cartera, el dinero, el arma reglamentaria, no faltaba nada. Y aquellos dos tiros... ¿Por qué dos tiros y no uno? Esto no resultaría raro si los dos tiros hubieran estado agrupados, pero no, uno en una pierna y otro en la cabeza.

—No lo creo raro —dijo Cortés—. Mi teoría es la siguiente. Llama a su mujer, dice que va a comer a casa y en el último momento cambia de opinión. ¿Por qué? Podría ser cualquier cosa. A continuación va con esa o esas personas, por razones que desconocemos también, hasta ese lugar. Allí le chantajean o discuten por algo, le pegan un tiro en la pierna, para hacerle comprender que las cosas van en serio, y a continuación le matan.

—Hay algo que no casa —advirtió Poe—. Si es así, el que le pegó el tiro en la pierna pensaba matarle. Porque nadie va dejando por ahí vivos a comisarios de policía con un tiro en la pierna.

—Es verdad —admitió Cortés como un principiante—, a menos que llevaran el rostro cubierto.

—Podría ser. Pero llevaba su pistola. Ni siquiera se la quitaron. Si hubiesen sido del Grapo, como se dijo al principio, se la habrían llevado. ¿Por qué tampoco trató de usarla? Yo te aseguro que un policía, y más un policía como don Luis, de los de la vieja escuela, de los de pegar tiros a todo el mundo, si está armado y ve que corre peligro, se las arregla para sacar la pistola y defenderse —dijo Maigret.

—Eso sería en el caso de que mi suegro tuviese que defenderse de algo. Pero no se defendió porque el que iba con él o los que iban con él, él los conocía y se fiaba de ellos. La trayectoria de la bala indicó que se la dispararon desde el asiento delantero, y eso, una vez más, sólo quiere decir que en caso de que fuese sólo una persona la que cometió el asesinato, ésta era de la entera confianza de mi suegro, ya que se sentó delante y no en los asientos traseros, como hubiera sido lógico si le hubieran secuestrado. Aunque pudieron ser dos o más, en cuyo caso se vieron obligados a ocupar dos o más asientos. ¿Tú has visto el informe del forense?

Se lo preguntó Cortés a Maigret.

—Tú sabes cómo le asesinaron, Paco —dijo de pronto Maigret. Él sí tenía la voz seca como una tiza, y a esa pregunta que sonaba a una acusación, Paco le devolvió lo mismo que una máquina tragaperras, nada, que decía el clásico, otra pregunta.

—¿No irás a pensar tú también que tengo que ver algo en todo eso?

—No, pero no me tientes, porque si descubriera que lo habías hecho tú o lo habías planeado tú, me obligarías a ser un encubridor. Tu suegro me caía igual de mal que a ti. Sí, he visto el informe del forense.

—¿Y a que dice que la trayectoria de la segunda bala, la que le quitó la vida, va de adelante hacia atrás?

—Pues no. Ahí te equivocas, Paco. Dice lo contrario. La bala entró de atrás hacia delante en la sien derecha. Eso prueba que le dispararon desde atrás. Uno le disparó en la pierna y otro en la sien. Por eso nos inclinamos a que eran, como mínimo, dos.

—O uno, y era zurdo. Le disparó con la izquierda, desde el asiento delantero, sobre la pierna, y luego a la cabeza.

—Poe es zurdo —dijo divertido Marlowe—. Yo le he visto disparar una vez, y lo hace con la izquierda.

Maigret le miró sin la menor gana de fiestas.

—Cállate, Marlowe. Estamos hablando de cosas serias —dijo—. Hemos barajado todas las hipótesis: que estuviera metido en un asunto sucio, de droga, de contrabando, de divisas, de algo, pero no encontramos nada. Tu suegro sólo era un fascista, no era un corrupto. A él sólo le había corrompido la política, ¿me entiendes?

—No —dijo Paco Cortés—. Sabemos que las dos cosas no son la misma, pero vamos a dejarlo. Vais a tener que cerrar el caso, tal como está. Ya se sabe: en casa del herrero, cuchillo de palo. ¿Tú qué opinas, Poe? Siempre has tenido buen tino.

Maigret se mostraba de acuerdo; cuanto antes cerraran el caso, mejor para todos. Pero había hecho una pregunta a Poe, que quiso responder.

—Ya sabéis que mi teoría es que a un hombre se le puede condenar y absolver por su pasado, más que por lo que haya hecho en el presente. Y si ese hombre era como parece que era, seguramente se encontraría no una, sino cien razones por las cuales debía morir como lo hizo, y, por tanto, cien posibles asesinos que lo hicieran. No todos los asesinos matan por razones de inmediato interés. Muchos sólo quieren contribuir con un poco de equilibrio a un mundo desequilibrado.

—¿Y qué vamos a averiguar en un policía que no supiéramos ya? —preguntó Maigret.

—Diez veces más que en cualquier hombre —siguió diciendo Poe—. Un policía siempre está en contacto con gentes que cometen delitos en el presente por un pasado del que no son del todo responsables, de modo que se les condena por leyes del pasado, casi siempre atrasadas e imperfectas, para privarles del futuro. Si asesinar fuese algo sencillo y no comportara mayores penas y problemas, los asesinatos comprensibles serían muy superiores en número a aquellos otros que no lo son. ¿Cuántos banqueros llegarían a viejos? Todos aquellos a quienes robaron, estafaron, embargaron con engaño, arruinando sus vidas y las de sus familias, se encargarían de hacerlos desaparecer. Diríamos lo mismo de médicos, de abogados, de jueces. ¿Cuántos jueces prevarican sin que no les suceda nunca nada? ¿Y los políticos? Yo averiguaría en la vida de ese policía. Veríais como hay mil razones para que alguien quisiera matarlo.

Los ACP dejaron de verse. No fue, ciertamente, un final memorable para un grupo que había tratado de asentar en España los principios científicos del Crimen Perfecto, la constitución, como quien dice, de ese capítulo de las bellas artes, por denominarlo con la misma ironía de De Quincey.

Pero aún hubieron de sufrir los ACP una muerte que a muchos les afectaba de manera tan directa y que hizo que de nuevo volvieran a barajarse hipótesis de secta y asesinatos organizados: la tarde del lunes catorce de abril apareció muerta en su apartamento Hanna Larson. Fue Poe quien descubrió el cadáver y quien avisó a la policía. El caso del asesinato de don Luis Álvarez no se había cerrado todavía, pero su expediente había sido dejado encima de la mesa de un despacho en espera de mejores tiempos o de un golpe de suerte o de una prueba inesperada que no llevaba trazas de aparecer nunca.

No tardó la policía en unir si no ambas muertes, sí las personas que se relacionaban con ambos muertos, pese a que la muerte de Hanna se había producido por sobredosis y la del policía por bala. Pero cuando se desconoce todo de todo, pueden hacerse mundos de la nada con enorme facilidad, y teorías a cada cual más extravagantes y pintorescas empezaron a circular entre quienes llevaban a cabo las investigaciones. Hubieran hecho las delicias de los ACP si hubieran seguido reuniéndose, pero si la primera muerte ya había puesto en desbandada a los más pusilánimes y escrupulosos miembros del Club, la segunda, de la que se enteraron en unos casos por la policía y en otros por llamadas telefónicas angustiadas de los propios ACP, les puso a la mayor parte de éstos en tal estado de ansiedad que algunos incluso colgaban el teléfono cuando reconocían al otro lado la voz de uno de los viejos amigos, temiendo tener los teléfonos intervenidos. Todos desconfiaban de todos, y temieron estar siendo utilizados por la mente de un asesino tan calculador como despiadado, amamantado quién sabe si a sus mismos pechos. El hecho de que Hanna hubiese muerto de sobredosis y a don Luis le hubiesen matado en aquel descampado próximo a un poblado en el que se vendía droga abrió vías de investigación que tuvieron entretenida a la policía durante muchos meses.

Hubo, no obstante, aspectos sombríos en aquella segunda muerte. Las muertes imprevistas ahogan toda capacidad de maniobra y las cosas hubieron, en muchos casos, de improvisarse.

En principio a Poe no se le detuvo ni se le acusó de nada. Aunque fue la propia policía quien comunicó al consulado de Dinamarca la muerte de aquella súbdita, con el fin de que se localizase y avisase a la familia, correspondió a Poe recoger y adecentar la casa de Hanna, de la que seguía teniendo una llave y a la que frecuentaba de nuevo en los últimos tiempos. De hecho no podía decirse que eran novios, palabra excluida de su vocabulario, pero sí que eran amantes, o, traducido en el lenguaje policial: que estaban liados. Y como a uno de sus ligues trató la policía a Poe. Porque dio con el paradero de al menos otros dos, de los cuales Poe ni siquiera tenía noticia. Éstos, entre otras cosas, proporcionaban dinero a la ex profesora, lo cual, dicho sea de paso, le permitió a la policía insinuar que Hanna ejercía una prostitución encubierta con la que se costeaba la droga, ya que, después de abandonar la Academia, no se le conocía otra fuente de ingresos que no fuese ésa.

—¿Vivías aquí con ella?

Poe creyó revivir la escena de aquel viejo de la calle del Pez, sólo que ahora le tenía a él ya que no como sospechoso, al menos como un testigo privilegiado.

Salió Poe a la terraza, mientras los policías hacían un concienzudo registro de la casa y esperaban a los empleados del Instituto Anatómico Forense. Las plantas de las macetas de la terraza, salvo unos geranios que resistían heroicamente la mengua de riego y de cuidados, llevaban secas meses, quizá el último año. La tierra seca, la estopa que era todo el vestigio que quedaba de plantas en otro tiempo verdes, los cascotes de algunas macetas, amontonados en un rincón, contrastaban con la magnificencia de la vista.

La pregunta se la hacía un hombre joven, que vestía un traje de pana, con barba y pelos largos.

—¿Vivíais juntos?

—No.

—¿Cómo entraste aquí?

—Con una llave.

—¿Te la había dado ella?

—Sí.

En las novelas policiacas hay siempre alguien que anota todas esas cosas. Aquel policía sólo parecía preocupado, mientras le interrogaba, por encontrar un mechero para encender su cigarrillo. Al fin pudo encenderlo y pasar a preguntas de más calado.

—¿Era tu novia?

—Creo que no.

—Esas cosas se saben. ¿Eras su novio?

—No... —pero Poe volvió a su primera respuesta—. Creo que no.

—Bien. ¿A qué habías venido?

—Me llamó el domingo por la tarde y me preguntó si podía venir a verla.

—¿Eres drogadicto?

—No, señor.

No tenía el policía tantos años como para que se le diese ese tratamiento tan protocolario, acaso tres o cuatro años más que él.

—¿Sabías que ella lo era?

—Creía que lo había dejado. O lo estaba dejando. Así me lo dijo hace poco, cuando volví con ella. Eso creo.

—Tranquilo, chaval, no pasa nada. No te pongas nervioso.

Poe no estaba nervioso.

La tarde era magnífica. Se acordó Poe de la primera vez que había estado en aquella terraza. Como entonces, la visión era grandiosa, pero a los policías no parecía impresionarles. Los policías han visto ya de todo como para dejarse impresionar por nada, ni siquiera por el Palacio Real desde aquella atalaya exclusiva. Faltaban unas dos horas para que anocheciese. El cielo se había llenado de vencejos que pasaban muy cerca de sus cabezas. Abajo, atravesados sobre la acera, esperaban dos coches oficiales, con las señales luminosas propagando su alarma con verdadero escándalo. Habían empezado a agruparse los primeros curiosos.

—¿Y sabías qué quería decirte?

—No. A eso venía. A hablar de ello.

Poe miraba al policía con un gesto que le partía la sonrisa en gesto de cansancio y tristeza.

Habían pasado la tarde del sábado juntos Hanna y él. Las cosas no iban mal entre ellos. Se veían de vez en cuando, cada dos o tres semanas. A veces aquello acababa en una acostada, otras no. Hanna le hablaba de volverse a su país. Poe le hablaba de volverse a su provincia. Se entendían bien, se querían a su modo. Compartían su tristeza. No la llamaban tristeza. Ni siquiera tenían que hablarse. En ocasiones Hanna, como un cumplido, le decía: Hubiera estado bien habernos encontrado antes, ¿eh, Poe? Y Poe sonreía. Le decía también ella: Rafael, tú no eres de nadie; no cuentas nada, no se sabe lo que te pasa por dentro, lo que estás pensando. Y Poe decía: No pienso nada, no hablo porque no se me ocurre nada que decir, soy como un gato por los tejados. No es verdad, le decía también Hanna. A veces yo te he visto hablar con Paco o con Marlowe. Eso es distinto, le decía Poe, porque hablamos de crímenes, de novelas policiacas, y eso es como estar callado, no cuesta hacerlo. Los crímenes son como una partida de ajedrez. No creo que sea muy divertido hablar de ajedrez con el que no sabe de ajedrez, decía Poe. Y añadía: Hanna, tú tampoco dices mucho. No es verdad, protestaba ella. Hanna le contaba cosas, hablaba de volver a dar clases, y lo mismo pensaba en regresar al norte que en perderse para siempre en el sur, en cualquier playa de Marruecos. En cuanto ahorrara algo de dinero. Ese de juntar algo de dinero era su sueño recurrente. Yo en cambio voy a ser siempre esto, trabajaré en un banco toda la vida, luego me jubilaré, y después me moriré. ¿Sólo?, le preguntaba Hanna. ¿A qué te refieres?, preguntaba Poe, ¿a si sólo haré esto o a si lo haré solo? A eso último, dijo Hanna. Solo, lo haré solo; ¿cómo quieres que arrastre a ninguna mujer a vivir una vida como esa? Nuestras vidas están marcadas desde el principio, y no es fácil torcerlas. Y la mía está así, y aún es mejor que las de mis hermanos. Ellos tienen que trabajar doce horas, pero no tienen una vida mejor. Tienen mujeres, maridos, tienen hijos, pero apenas les ven. No creo que tengan vida tampoco. Cuando están juntos se pasan el día discutiendo entre ellos, con los chicos. Son también infelices, pero ni siquiera lo saben, incluso algunos días creen ser felices, porque son infelices casi siempre.

De todo eso hablaron ese sábado. Pero, a la policía, ¿qué le importaba todo eso? No contó nada. Eran ya las once de la noche cuando Hanna se lió un porro delante de Poe. Luego dijo: ¿No querrás que deje también los porros? Además muchos médicos los recomiendan.

Escucharon música y cenaron pasta, que preparó Hanna sobre la marcha.

Qué diferente todo de aquella primera vez. La casa, ¡cuánto había cambiado! No sólo la terraza. La terraza parecía haberse convertido en un basurero. En el rincón de las macetas rotas, había también una silla vieja que encontró Hanna en un contenedor, entre material de derribo. La había subido pensando que le serviría, que la compondría, pero había cambiado de opinión, y allí la había dejado abandonada, descompuesta, como se la encontró. De haber tenido chimenea habría hecho un buen fuego. Después de cenar, Poe se marchó. Hanna no hizo nada tampoco por retenerle.

—¿De verdad no sabías que se drogaba?

No es que aquellos policías jóvenes quisieran ponerle trampas. Era todo más sencillo. Ni siquiera se acordaba el policía que esa misma pregunta se la había hecho antes de que llegara su ayudante. Tampoco le preguntaba más. Hablaba por hablar con él, por si le podía ayudar en algo, para consolarle. Le dijo también, si el comisario quiere, te hará más preguntas.

—Me dijo que lo había dejado —matizó Poe.

Siguieron hablando un rato. El policía quiso saber dónde vivía, qué hacía, que relación tenía con ella. Cuando se llevaron el cuerpo de Hanna, tuvo que acompañarles a la comisaría. Pensó decirles que tenía un amigo en la policía, pero el recuerdo del asesinato de don Luis le contuvo.

La policía buscó a Peter, el marido de Hanna, pero no lo encontraron. Nadie supo dar con él.

Después de unas horas y de avisar al consulado y hablar con el empleado encargado de dar con los parientes de la joven, Poe volvió a la casa de Hanna. Pensó que quizá a los familiares de ella, si acaso decidían viajar a Madrid, les gustaría encontrarse esa casa con otro aspecto. La policía aún la había desbaratado más.

Se la encontró precintada con un sello del juzgado. Rompió el sello, entró, y ordenó las cosas. Luego salió, volvió a poner el sello sin preocuparse de que se notara que había estado allí o que había sido él quien había entrado.

Esa misma noche, después de darle la noticia a Marlowe, telefoneó a Paco Cortés. Los ACP habían pasado a la historia, pero algunos viejos miembros de aquel club aún seguían viéndose.

La cabeza de Paco Cortés, habituada a los pasos policiales, iba por delante.

—¿No les has hablado de lo de mi suegro? Les va a faltar tiempo para saberlo. Por suerte el domingo estuvimos todos en Segovia, con mi suegra, y el lunes estuve haciendo cosas en el despacho de Modesto y en la editorial.

Espeja el viejo había llegado a un acuerdo con su antiguo colaborador y escritor de novelas policiacas. No hay nada que no pueda soldarse, era la divisa del viejo astuto...

Poe se sorprendió con la noticia, y Paco prometió ponerle otro día al corriente de los pasos que se habían dado para ese arreglo. Lo importante en ese momento era ocuparse de Hanna.

A la mañana siguiente Marlowe acompañó a su amigo Poe al Instituto Anatómico Forense. Al rato llegaron Paco y Dora. En cierto modo aquella muerte también servía a dos seres que ante la tragedia parecían haber apartado todos sus problemas personales, empequeñecidos de pronto, y mientras permanecieron allí no se soltaron de la mano, hecho éste del que acaso ni ellos mismos fueron conscientes. Le parecieron a Poe sus amigos Hansel y Gretel en aquel bosque de la muerte, y se acordó cuando él encontró esa comparación para Hanna, el primer día que estuvieron solos. Metidos en estrechas cabinas esperaban su entierro los cuerpos de dos docenas de desdichados. La tragedia de la muerte allí se redoblaba por todos los rincones. En muchos casos nadie velaba aquellos cadáveres de mendigos, indigentes, suicidas, sobredosificados, envenenados, desconocidos. La mayor parte, vidas desarregladas y muertes estremecedoras. El velorio de algunos de estos cadáveres eran duelos de alivio: se veía que se había dado por concluida una vida triste. Habían amortajado a Hanna con un sudario blanco que le envolvía igualmente la cabeza. Habían dejado por fuera sus manos, dos finas tallas de madera, en las que carne y uñas parecían estar hechas ya de una misma sustancia parafinada. El cuerpo semejaba un bloque de mármol del que el escultor sólo hubiera querido sacar a la vida el rostro y las manos, dejando el resto en basto.

Al fin hallaron a Poe, solo, en un cuartito vacío, separado del féretro por un cristal.

Los dos amigos, y luego los que fueron llegando, Mason, Maigret, el padre Brown, se dirigieron al muchacho como si fuese el destinado por la suerte para sobrellevar en solitario, y a falta de parientes próximos, el dolor de aquella muerte sin ángel, un peso demasiado pesado para sus veintidós años.

Ninguno de ellos sabía qué iba a suceder, qué había que hacer, cómo tendrían que conducirse. ¿La enterrarían? ¿La incinerarían? ¿Repatriarían su cuerpo a Dinamarca? ¿Sus cenizas? ¿Vendría alguien del consulado, alguien de su familia?

A media mañana los amigos acabaron marchándose cada uno a sus ocupaciones, como les pidió el propio Poe. Se quedó allí todo el día. Sólo a última hora le dijeron que a la mañana siguiente se incineraría el cuerpo y se enviarían las cenizas a Dinamarca. Se fue a su casa. Dejó el cuerpo de su amiga con inevitable sensación de perplejidad. Se preguntó: ¿estas cosas no podrán hacerse de otro modo? Le pareció más natural un crimen que la manera de enterrar a los muertos, mucho más inhumano hacer desaparecer un cadáver que liquidar una vida.

Al día siguiente estuvo presente en la incineración él solo. Duró poco la ceremonia, apenas unos minutos. No habló con nadie, ni siquiera con el empleado de la funeraria que pronunció a la puerta del tanatorio el nombre de la difunta en voz alta, por si había alguien cerca al que interesara saberlo. Supuso Poe que los empleados sabrían qué hacer con las cenizas. No imaginaba aún hasta qué punto aquella muerte le afectaba o no. Demasiado próxima todavía. Supo, sin embargo, que quería volverse a su provincia, quizá pensó que de no hacerlo le esperaba a él una muerte tan absurda como aquélla, tarde o temprano. En su pueblo se encontraría mejor. Quizá había llegado el momento de las huidas. Tenía veintidós años, pero era ya un viejo, o como tal se sentía.

Tampoco había resultado mejor la experiencia con Marlowe, en el piso que compartían. Todo seguía como el primer día, con cajas de cartón sin abrir por los rincones, el mismo destartale, idéntica precariedad. Se habían dado de plazo hasta el verano, cuando el contrato del piso, por un año, tocaba a su fin. No renovarían. Marlowe retornaba a la casa paterna. No era hombre de vivir solo, le confesó a Poe, echaba de menos los guisos maternos, la ropa limpia, los domingos tirado frente al televisor sin tener que ocuparse de compras, lavadoras ni comidas.

De todos los amigos sólo a Paco Cortés parecía sonreírle el porvenir. Espeja el viejo había entrado en razón. La marcha de su autor preferido había significado un duro revés para los ingresos de la editorial, y sin el menor empacho, en cuanto le llegó la notificación de la demanda, se puso en contacto con él con una carta de la que, sin la menor duda, se habría enorgullecido Espeja el muerto.

«Mi querido Paco: Te debo esta carta desde hace catorce

meses, así como mis disculpas. Soy un hombre orgulloso, pero también reconozco mis defectos y mis errores...»

Paco, que le leía la carta a Dora en voz alta, después de habérsela leído a Modesto, no pudo evitar el comentario:

—Los que reconocen que su defecto es el orgullo, son además soberbios, y consideran el orgullo una virtud, y por eso lo confiesan. No falla.

—Volverás a escribir —le dijo a los pocos días un animado Modesto, que se hacía la ilusión de leer nuevas aventuras de sus héroes preferidos.

—No —le desengañó Paco—. Eso se ha terminado. Se lo he dicho esta tarde a Espeja. He vuelto a la editorial no como autor, sino como gestor. Todo en esta vida tiene sus ciclos.

—¿Has estado con él?

—Sí.

—Y si no vas a volver a escribir novelas —preguntó Modesto— ¿para qué has ido a verle?

—Se le ha ocurrido una idea que considera una genialidad: plagiar nuestras propias novelas.

Todos le miraron con expresión de sorpresa.

—Hay que ambientar las novelas en España. Es lo que se estila ahora. El público está cansado de que los crímenes ocurran a tres mil kilómetros de aquí. No valoran el que sean o no perfectos, sino que se huela o no la sangre, y cuanto más próxima esté la sangre, mejor, y cuanto más familiar, mejor todavía. Por eso en España gustan tanto las guerras civiles. Y yo voy a probar con *Las Amazonas de Chicago*.

Se trataba de una novela de monederos falsos que se acuartelaban en un club de alterne de Chicago, con ese nombre, *Las Amazonas*.

—Lo ambientaré aquí, en Madrid, en *Los Centauros*...

—Es un local de travestis —dijo Marlowe, orgulloso de

conocer los escenarios antes incluso de que fuesen novela—. Yo he estado allí.

—Quién lo diría, Marlowe.

Se levantó Paco y al rato traía un sobre con los contratos que Espeja le había preparado. Se los entregó a Modesto y le pidió que los mirase.

—Esta vez ya no ocurrirá como antes. Lo haremos todo legal.

—Paco, no te entiendo. ¿Cómo puedes volver con alguien al que ibas a llevar a juicio? ¿Cómo puedes fiarte de él?

—No me fío. Pero yo no he nacido para dar clases. Lo mío son las novelas policiacas, es lo que conozco y a eso me voy a dedicar, si puedo. Espeja quiere que me vaya a trabajar con él a Preciados, con un contrato y un sueldo. Tendré que ir, en principio, por las tardes. La mitad de las tardes él ni siquiera está, y Espeja hijo no quiere oír hablar de ese trabajo. A él lo tienen de economista en otro sitio y le ha dicho a su padre que no piense que se va a hacer cargo del negocio. Por eso Espeja el viejo ha echado mano de mí. Ahora somos una gran familia, Espeja el viejo, Clementina y yo. Dora está de acuerdo.

Dora lo confirmó con un movimiento de cabeza, mientras se despejó el pelo de la cara para que quien quisiera pudiese leer en su sonrisa la ambigua sinceridad de tal aserto.

De modo que ése fue el gran cambio en sus vidas. Se produjo otro, de orden íntimo, sin embargo, algo de lo que únicamente se había percibido Paco Cortés.

—Paco, no sé lo que me pasa —le dijo Dora—. A veces me despierto por la noche mientras estamos durmiendo. Otras sueño que me despierto. Pero siempre es lo mismo, me acuerdo de él. Cuando nos llevaba a mi hermana y a mí de niñas a los toros en Ciudad Real, con ocho o nueve años. Tenía entradas gratis y nos llevaba, presumiendo de niñas. Entonces

257

le veíamos feliz, vestido como si fuese él el torero. No venía mamá. Nos llevaba a nosotras. Me acuerdo cuando se compró su primer 1.500, y que nos fuimos a tomar un refresco a la Cuesta de las Perdices, para probar el coche. Me acuerdo de muchos momentos felices, fugaces, pero completos. Y siento por él un enorme cariño. No puedo evitarlo. Y es raro porque no te puedes figurar el daño que me ha hecho. Otras veces me acuerdo cuando nos casamos. Estaba borracho, pero cuando se despidió de mí, se echó a llorar, y a mí entonces me daba asco verle así, me acordaba todavía de lo que me había hecho.

—¿Qué te había hecho? —preguntó Paco, pensando que su mujer se refería a algo en lo que él no había reparado lo suficiente.

Dora se quedó paralizada por aquel desliz, y salió como pudo del paso:

—Todo; lo que nos hizo a todos durante tantos años..., pero en sueños, cuando viene a despedirse, se me parte el corazón de verlo así y de cómo lo mataron.

—Sólo son sueños —trataba de consolarla Paco.

—Cuando éramos niñas creo que no era todavía una mala persona...

—Las malas personas como tu padre lo son desde que nacen, Dora.

Paco empezó a no saber si aquellas fantasías de su mujer había que atajarlas o hacer caso omiso de ellas.

—Pero Dora, a este paso tu padre va a resultar que era un santo.

—Le hicieron malo las circunstancias.

—Y las circunstancias vuestras, ¿fueron mejores que para él? Y vosotras no habéis salido malas personas.

—Sí, pero...

En unas semanas la imagen de su padre sufrió una notable transformación cada vez que lo mencionaba, y tuvo que referirse a él muy a menudo, porque con su muerte hubieron de arreglar innumerables papeles, Dora no decía «papá» o «mi padre», sino «el pobre papá» o «mi pobre padre», y si no hablaba de él más a menudo era porque las mismas circunstancias de su muerte, acaso vergonzosas, así lo desaconsejaban.

Paco Cortés, respetuoso con la muerte de su suegro, evitaba en lo posible tener que mencionarla delante de Dora, por no tener que soportar aquello.

Otra cosa bien distinta fue su suegra. Tampoco ella fue ajena al cambio experimentado por su hija, y no pudo estar menos de acuerdo. Desde que se quedó viuda pasaba muchas tardes con ellos o se quedaba con la niña. Paco, que sentía por la mujer una mezcla de cariño y de lástima, cuando iba a recoger a su hija pequeña, se quedaba hablando con ella.

Era la típica mujer de policía. Para ella no había habido en toda la vida otro horizonte que ese: ascensos, quinquenios, inquinas de las comisarías, servicios, venganzas entre los compañeros, vejaciones de los superiores, servicios especiales, viajes desagradables, cursos y cursillos ingratos, rutinas... Pero todo eso en el fondo le era indiferente. El asesinato de don Luis había sido para ella una liberación de tan amplias dimensiones, que si lo reconocía, se apresuraba a enterrar ese sentimiento como un pensamiento pecaminoso y desnaturalizado.

—Hijo —le confesaba a Paco Cortés—, se me hace todo muy raro. Todavía no me creo que se haya muerto. No sabes qué alivio ha sido, Dios me perdone.

Hubiera sido difícil saber si con ello decía que no se resignaba a que hubiese ocurrido aquel trágico desenlace o que el grado de liberación era tal, que no acababa de creerse que algo tan bueno le hubiera sucedido a ella, después de haberlo deseado seguramente de una forma tan oscura que jamás lo hubiese reconocido.

Y la mujer se echaba a llorar como cuando vivía su marido y le daba aquella mala vida, llanto de felicidad y de culpa al mismo tiempo por sentir ambas, pues no le parecía bien alegrarse por la muerte de nadie, siendo tan religiosa, ni renunciar a su felicidad, habiendo sido tan desdichada.Y gracias a eso, sostenía, había soportado lo que ella y su confesor únicamente sabían que había soportado.

No obstante ocurrió algo cierta tarde. Paco Cortés tenía que pasar por la casa de su suegra a recoger a Violeta, a donde la abuela la había llevado después del colegio.

Llegó Paco más pronto de la hora convenida. El trabajo en la editorial, el suyo, era aún bastante impreciso. Las cosas, después de más de cincuenta años, marchaban allí solas, imprentas, distribuidores, devoluciones, albaranes, facturas. Se lo había dicho una vez Clementina a Mason: aquí lo guardamos todo.Y por esa inercia, más que un trabajo, aquello era una cómoda guardia.A veces, antes del horario previsto y pactado con Espeja el viejo, las ocho de la tarde, Paco Cortés salía a la calle y se volvía andando a casa, dando un largo paseo.

En esa ocasión se presentó a las siete en casa de su suegra.Vivía en Sáinz de Baranda, un piso en una casa de los años treinta, fúnebre y con largos, altos y sombríos pasillos por todas partes.

Dora, que había salido con antelación del médico, a donde había ido, se había llevado a la niña antes de lo previsto.

—Me dijo que te llamó al trabajo —le informó su suegra—, pero ya te habías marchado.

Encontró a su suegra sentada en el sofá del salón, con un gran despliegue de cajas, cajones, archivadores, sobres de un amarillo ajado e infinidad de papeles de todo tipo, personales y timbrados, familiares y comerciales, cartas y viejas facturas...

—Haciendo limpieza —dijo justificando el desorden en el que aparecía la habitación—. En algo tengo que ocuparme.

Era aquélla la borrachera ordenancista de las primeras horas de viudedad.

260

Junto a los papeles estaba el arma, su viejo Cádix, en su funda de cuero negro, un objeto informe y deprimente, con brillos grasientos.

Paco Cortés sintió repugnancia al ver el revólver. La suegra debió de notarlo, porque se apresuró a quitarlo de la vista como si se tratara de una vieja dentadura postiza:

—He dicho ya treinta veces que pasen a recogerlo.

Le invitó a que se sentara, le ofreció un whisky y ella se sirvió una copita de un licor pastoso de color canela.

En una papelera iba arrojando papeles rotos en cuatro trozos y fotografías que no se libraban del escrutinio.

—Llevaba lo menos cuarenta años sin verlas —le confesó la suegra—. Sabía que estaban en ese cajón, pero no me gustaba mirarlas. Demasiados recuerdos y demasiado tristes.

Paco sintió curiosidad. La mujer trató de ocultárselas con una risa demasiado artificiosa para ser sincera.

—¿Qué vas a ver? ¿Lo vieja que me he hecho?

Eran todas las fotografías de su niñez, de sus padres, de Luis, de los padres de su marido, él de joven, ella de soltera, algo así como la historia pretérita, bodas de otras gentes que a Paco le resultaban desconocidas, hombres y mujeres sentados en banquetes en cuyas copas aún destellaban los raros lampos de la felicidad, gentes bailando en esos mismos banquetes, fotos de las niñas, una foto de los cuatro delante de aquel 1.500 al que se había referido hacía poco Dora, todo de tiempos anteriores al nacimiento de las niñas, Dora y Amparito, y de después también...

—Ésta era mi suegra... —empezó a decir.

Se veía a una mujer de unos setenta años, una foto de tres cuartos, con los contornos difuminados, como las que solían ponerse en los cementerios. Era una mujer gruesa, casi un fenómeno de feria. La cara parecía que fuese a salirse de los límites de la fotografía. Tenía un bigote que la descaraba. Cau-

261

saba risa y espanto. Llevaba un traje negro que disimulaba mal aquella papada que se le desbordaba sobre un collar de perlas. Estaba de medio lado y se le veía una oreja grande y descolgada, también con una perla...

—Me hizo la vida imposible. Era un monstruo. Lo que no me hizo llorar. Al poco de casados se vino a casa, cuando faltó mi suegro. Vivió con nosotros cuatro años, hasta que se murió. Se pasaba el día diciendo que yo era una inútil, que no sabía hacer nada, que su hijo había hecho el peor negocio de su vida, porque se había casado con una señorita... En aquella época Luis ya no venía muchas noches a casa. Se las pasaba por ahí. En el servicio, decía. Mi suegra sabía todas estas cosas, porque de soltero debía de ser lo mismo. Pero sorbía el aire por donde él pasaba. La tenía coladita. Como era hijo preferido, y luego único, es que se lo comía con los ojos. Parecía como un novio. Al principio yo todavía tenía fuerzas, y discutíamos. Mi suegra nos oía desde su habitación, y al día siguiente lo primero que me decía, en cuanto él volvía a marcharse, era que encontraba muy natural que se fuese a buscar fuera lo que no encontraba en casa. Era malvada, malvada de verdad. Lo decía para humillarme. Nunca le dije nada a Luis de aquellas peleas con su madre. Eso le habría puesto furioso. Que yo criticara a su madre le sacaba fuera de sí. Ocurrió un día. Me levantó la mano y me la puso delante, toda abierta, como si se contuviese para no aplastarme la cara contra la pared. Era un hombre muy violento. Cuando bebía se ponía mal. Un día me dijo que si tenía agallas me volviera a casa con mi madre. A mi madre habíamos tenido que internarla en un sanatorio. Se había vuelto loca la pobre, después de la guerra, por todo lo que había pasado. Fue una crueldad horrible decirme aquello, yo tenía diecinueve años, era una niña, y tenía que haberle dejado entonces, haberle dicho, ahí te quedas, pero... el no saber.

La mujer lanzó un par de gemidos agudos y secos, luego humedeció los labios en aquel licor apelmazado, y siguió hablando.

Nunca Paco, hasta ese momento, había hablado con su suegra más de cinco minutos en serio. Años en la familia, y sólo habían intercambiado frases banales. Le extrañaba todo aquello, nuevo para él. Mason habría dicho que no era lógico, después de tantos años.

—Y me quedé con mi marido. Y desde ese día supe que mi vida iba a ser un suplicio. Y cada vez que caía más bajo, él se crecía más y más. No se puede figurar nadie las cosas que he visto en esta casa, lo que he tenido que soportar no se lo puede figurar nadie, ni Dora ni Chon... Era horrible. Yo estaba asustada. No sabía nada de la vida. Vosotros no os podéis figurar lo que fue la guerra, sois demasiado jóvenes. Y yo me decía que él no era como los demás, y me creía lo que me contaba, porque ya no sabíamos lo que podíamos creer o no. Luego le destinaron fuera de Madrid unos meses. Yo me dije, aquí la vida va a ser más fácil, mi suegra se quedará, no querrá venir con nosotros. Pero tuvimos que llevárnosla, y se pasaba todo el día rabiada por tener que estar en una ciudad de provincias como aquélla, que era un pueblo de mala muerte, y volvió a pagarla conmigo, porque no podía meterse con su hijo, y aunque él decía que aquello le gustaba menos que a nadie, yo sabía que había sido él quien había pedido el traslado, porque le ascendían y además porque el trabajo le gustaba. En Madrid tampoco me ves el pelo, y a ti qué más te da estar aquí o allí, para lo que tienes que hacer todo el día. Fue un infierno. No quiero ni acordarme. Tenía mucho trabajo, les traían todos los días gente que detenían. Apenas paraba en casa. Siempre fuera, y yo allí, encerrada con mi suegra en una pensión y en una ciudad en la que no conocíamos a nadie. Yo le lavaba las camisas, no quería que las lavase la muchacha.

Cuando no las traía manchadas de carmín las traía manchadas de sangre. Por suerte, y Dios me perdone, mi suegra se murió a los tres meses, y luego vino Chon, y nos destinaron otra vez a Madrid. Un día dijo que lo tenían sentenciado los del maquis, que lo habían sabido por unos a los que habían cogido, y ya teniendo familia, pidió el traslado a Madrid. Pasé mucho miedo. Me imaginaba que cualquier día lo traerían muerto... Tu suegro no era una buena persona, Paco. No lo fue con nadie. Si me apuras, ni con su madre. No podía soportarla, no soportaba a nadie, en el fondo odiaba a todo el mundo, por eso empezó a beber, aunque creo que empezó a beber antes, en la guerra. La guerra les hizo a todos alcohólicos...

La mujer seguía con la foto de su suegra en la mano, sin saber qué hacer con ella. Pareció despertarse de un sueño, se lo sacudió con un ligero movimiento de cabeza, y devolvió la fotografía a su caja. Paco ni siquiera se atrevió a curiosear entre las muchas que allí había. Algunas eran diminutas, como de carnet, su suegro vestido de falangista, de paisano, con el bigote más, menos recortado, con traje, sin él.

Al volver a casa, Dora se disculpó con Paco, por no haberle podido avisar con tiempo y haberle despachado el recado de recoger a la pequeña, y Paco se disculpó a su vez por llegar con más de dos horas de retraso.

—¿Cómo has encontrado a mi madre?

—Bien, entretenida ordenando papeles.

Paco le contó a su mujer la conversación con su madre. Dora le dijo:

—Sí que es raro; la mitad de esas cosas yo no las sabía. Quizá no las sepa ni mi hermana.

Cuando al domingo siguiente Dora le comentó a su madre, fingiendo enfado, que la mitad de las cosas que le había contado a Paco de cuando ella y su padre eran jóvenes ni siquiera se las había contado a ella, la mujer se defendió como pudo:

264

—Hija, te las he contado mil veces, sólo que ya no te acuerdas.

Y cambió de conversación. El momento propicio de las confidencias íntimas había pasado, y quizá no se volviese a repetir jamás, como ese cometa cuya vuelta nos hallará ya muertos.

Y sin embargo fue aquel día en el que Paco y su suegra hablaron tanto tiempo el que le dio al ex novelista la clave para resolver el asesinato de su suegro.

Ni siquiera participó sus sospechas a Dora. Al día siguiente telefoneó a Maigret. Tenía urgencia de verle, aunque no le adelantó nada por teléfono, por temor a que Dora escuchase algo. Luego hizo lo mismo con Mason. Quedaron citados los tres en el viejo Comercial.

Llegó Maigret a la cita antes que los demás. Entró en el café, del que llevaban tanto tiempo ausentes, como quien vuelve al país natal. Reconocía las cosas, los veladores, los espejos, los parroquianos, el mostrador, los camareros...Todo seguía igual que entonces, el vago entonces. Pero no se reconocía a sí mismo en aquellos espejos leprosos.

Era muy poco lo que tenía, cuando se reunían los ACP. Pero su vida no carecía de contenido entonces. La amistad en sí misma justifica muchas vidas, se dijo. Podrían haber seguido viéndose después de la muerte de don Luis. Fueron unos momentos de pánico. Nada más. Las cosas no se habían resuelto, pero tampoco se resolvía un treinta por ciento de los asesinatos. Y recordó lo que tantas veces se había dicho en aquel café: los crímenes perfectos no son perfectos porque no se descubra al criminal, sino porque no se le pueden probar al asesino, por lo mismo que parecer culpable no le hace inocente a uno.

Vio Maigret entrar a Mason y levantó el brazo para que le descubriera. Mason se sorprendió de encontrarle allí. Paco

Spade no les había dicho a ninguno de los dos que el otro también estaba citado.

—Por fin. Los ACP cabalgamos de nuevo —proclamó Mason en cuanto se sentó con su amigo, y aquella sorpresa puso inopinadamente de buen humor al abogado, despertándole la fantasía:

—Tomás, hoy tráeme un whisky, uno de malta, de verdad, nada de nacionales...

—¿O no cabalgamos de nuevo? —preguntó Mason en cuanto el camarero se alejó.

—Creo que no —le desengañó el policía—. Me parece que no van por ahí los tiros.

Paco Spade se retrasaba. Los amigos hablaron de su presente.

—Mi vida es un asco, Modesto. Si pudiera dejaría el trabajo. Pero ¿qué puede hacer un policía? Donde quiera que vaya, siempre será un policía. Es como si eres militar. El militar y el policía siempre serán policías y militares. Lo mismo que los curas, aunque se casen. Hay profesiones muy malas.

—Por esa regla de tres, a mí me pasaría lo mismo. Nadie está a gusto con lo suyo.

—Cuando teníamos nuestras reuniones de los ACP, por lo menos contábamos con algo que valía más —dijo Maigret—. Yo esperaba los días de la tertulia con verdadera ilusión, como pueden esperar los forofos del fútbol el partido de su equipo. Sólo que nosotros nos ocupábamos de cosas importantes. Saber por qué razón alguien mata a otro es importante. Saber cómo es posible, si es posible, que alguien viva con la culpa de haber matado a alguien, también lo es. La Naturaleza del Mal y la Naturaleza de la Mentira. Y en el otro extremo, el Bien y la Verdad. Aquí parecía que nos divertíamos, y todo eso de las novelas y los crímenes iba muy en serio. Yo al menos me lo tomaba en serio.

266

—Y yo —admitió Modesto Mason—. Para mí además era saberme necesario. Conozco a Paco desde hace más de veinte años, lo vi empezar, su vida es también parte de la mía. Me gustaba verle escribir. Tenías que haberle visto tú sacarse una novela de la cabeza en una semana. Era increíble. Las escribía silbando. Para mí eso es lo más bonito que me ha pasado nunca. Él me consultaba cosas, me preguntaba, me pedía que le hiciese informes. Todo lo que tenía que ver con leyes, se lo resolvía yo. A veces era yo también el que le disipaba las dudas. Como no viajaba, le contaba cómo eran los sitios por donde nosotros íbamos. Le traía las guías de todas partes, los planos de todas las ciudades. Me pedía que le contara casos que me llegaban al despacho. Tuve un cliente que llevó a juicio a un comisionista suyo, porque decía que éste se había quedado con dos carteras de bisutería fina. Se lo conté a Paco, y cuando menos me lo podía imaginar, te traía un novelón como la copa de un pino, *No lo hagas, muñeca,* que va de todo eso de las esmeraldas. Le contabas las cosas y parecía que no atendía, pero todo lo iba metiendo en la cabeza, y luego lo soltaba ya elaborado.

—¿Y por qué hemos dejado de vernos, entonces? —preguntó con tristeza Lorenzo—. Si todos añoramos los ACP, ¿por qué no volvemos a quedar?

—Lo he intentado muchas veces con él. Pero Paco dice, reuniros vosotros, sin mí. Yo le digo: pero ¿qué te cuesta ir? Antes no te costaba nada. Vas, te sientas, y hablamos los demás. Pero él no quiere ya. Dice: todo en esta vida tiene su momento. Yo creo que a él esto le hace daño, ya no quiere saber nada de novelística, para él eso terminó, se ha secado. Ve a otros jóvenes que empiezan y a los que todo les sonríe, y cree que se le ha pasado su tiempo. No habla de ello, pero sé que es así. Hace un mes, cuando empezó a trabajar de nuevo en la editorial, volví a la carga. Le dije, ahora que estás de nuevo en lo policiaco, volveremos a reunirnos, ¿no, Paco? No, me dijo; y con más razones que antes. Tengo una familia y voy a ganar algo, lo que no he ganado en veinte años. No tenemos nada. Yo ya no voy a escribir más. Y entonces, ¿qué harás en la editorial?, le pregunté yo. Refritos, me contestó, y buscar a otros que escriban. Pues eso, le decía yo, los ACP te van a permitir seguir en activo. Y él me dijo, no, porque antes para mí, mientras el crimen era una diversión, funcionaba. En cuanto se ha convertido en trabajo, me da lo mismo. No me creo nada; pensaba, algún día podré hacer mi propia novela, la mía, no la de los asesinos y la de los policías; ¿qué tiene que ver todo eso con la vida? Nuestras vidas son pacíficas, pero necesitan de un infierno para sobrevivir, y lo describen sobre el papel, y necesitan acabar en una novela con la vida de otros, para que la nuestra valga algo. Pero lo cierto es que las vidas si algo valen es en lo que son, y algún día, pensaba, haría una novela de mi purgatorio, sin tener que recurrir al infierno de otros. Pero ese momento no ha llegado, y sé que ya no llegará. Mi infierno es no poder escribir una novela sólo mía; mi purgatorio es saberlo, y mi pobre cielo haber escrito treinta y tres novelas que han hecho felices a otros menos a mí. Yo le decía, Paco, puedes hacer coincidir las dos cosas, la novela policiaca y la tuya; los caballeros andantes, ¿qué tenían que ver con Cervantes?, le dije. Y Paco me respondió, yo no soy Cervantes, y para hacer eso que tú pides, habría que ser un genio, y no lo soy. Ni lo ha sido nadie. Las novelas policiacas son mentales, y la novela es algo que sale de la vida, no de una ecuación. Ha habido grandísimos escritores policiacos, pero falta que nazca el mesías del género, el Cristo, el Cervantes, el Shakespeare de lo policiaco, y ése no soy yo. El que entone el más melodioso canto fúnebre de la novela al mismo tiempo que su canto del cisne. Además, me dijo también, en cuanto le ves las vueltas a una cosa, pierdes interés por ella.

—Y sin él los ACP no serían lo mismo, ¿no? —dijo Maigret.

No se sabía si Lorenzo lo afirmaba o si, al preguntarlo, dejaba un pequeño resquicio a la esperanza.

—En los grupos siempre hay alguien que es la médula. Sin médula, todo eso se viene abajo como un montón de huesos. Dale una médula, y los huesos se ponen en pie, y eso camina. Además el grupo ya no podría ser lo mismo. ¿Tú volverías a reunirte con Miss Marple, con Sherlock, con el padre Brown, después de lo pésimamente que se portaron con él y de dejarlo solo? Actuaron como unos cobardes. Ellos podrían ser amigos del Crimen Perfecto, pero antes hay que ser amigos de los amigos, y si un amigo te sale criminal, con más razón.

—El que tiene razón eres tú —admitió cariacontecido Lorenzo—. Y, ¿qué estamos esperando aquí?

Con más de media hora de retraso, apareció Paco Cortés.

—¿Sabíais que Poe ya no vive en Madrid?

Los amigos negaron con la cabeza.

—Vengo de estar con Marlowe. Me he pasado por la relojería de su padre. Me lo he llevado a tomar un café. No se ha despedido de ninguno de nosotros. ¿Por qué lo habrá hecho? Nosotros nos portamos bien con él. ¿Por qué nos habrá hecho eso? ¡Qué decepción! Marlowe me dijo que la muerte de Hanna le afectó mucho. No hablaba con nadie, no llamaba a nadie, se volvió muy taciturno. No salía ni siquiera de casa. Actuaba de una manera muy rara. No se ha vuelto a su pueblo, como quería, pero salió una vacante en Castellón, y se ha ido para allá. Podría haberse despedido. ¿En qué quedó todo lo de Hanna?

Paco le hizo esta pregunta a Maigret.

—En nada. Una sobredosis. No lo sé muy bien. Si quieres me entero. Las cenizas las mandaron a Dinamarca.

—Poe se ha ido. ¡Vaya con el chico! Raro tipo —exclamó Mason.

—Pero muy inteligente —añadió Maigret.

—De eso quería hablaros —dijo Paco.

Mason y Maigret se miraron, y éste volvió a repetir:

—Muy inteligente. Fue el único que vio que el viejo de la calle del Pez se había suicidado.

—A eso voy —dijo Paco Cortés—. Y cuando hablamos en la tertulia de ese asunto, Poe dijo que la mitad de un caso se resuelve averiguando en el pasado de la víctima y el pasado del sospechoso. Yo no sé quién puede ser el sospechoso de la muerte de mi suegro. Pero sí sé que la víctima, en ese caso, puede ser a la vez el sospechoso.

—¿Cómo? ¿Insinúas que a tu suegro le asesinó alguien y que ese alguien era tu suegro? Paco —dijo Lorenzo Maigret— la verdad es que ya no eres el que eras.

—Quiero decir que a mi suegro le mató su pasado. Mi suegro fue otra víctima más de la guerra civil, o sea, víctima de sí mismo.

—Por favor, deja ese rollo de la guerra civil —suplicó el policía—. Estoy harto de la guerra civil. No aguanto ni un gramo más de guerra civil. Una película más de la guerra civil, y nos vamos a suicidar todos. Basta de batallitas, ni una historia más del maquis, ni de las Brigadas Internacionales, ni de los que la perdieron ni de los que la ganaron. La perdieron ellos o la ganaron ellos. No nosotros. Estoy hasta el propio gorro de los cuarenta años de franquismo y de Franco. No aguanto oír hablar de los vencidos otros cuarenta años después de habernos tragado cuarenta oyendo la matraca de los que ganaron. Y todavía aguanto menos a los ingeniosos que dicen eso de que la guerra civil no fue civil sino incivil y que esa guerra no la ganó nadie, sino que la perdió España. ¿Es que en España no hay nada más que guerra civil y Eta? En el caso de aquel viejo de la calle del Pez, de acuerdo. Pero tenía que estar loco para matarse. Cuando alguien se suicida, es porque ya estaba muerto mucho antes. A ese viejo le mataron en la guerra y durante muchos años ni siquiera lo supo. También de acuerdo. En ese sentido Poe acertó. Pero no todo el mundo es como ese viejo. ¿Qué tenía que ver ese viejo con don Luis? Don Luis era un bicho, y eso lo sabes tú, Paco, lo sabíamos todos los compañeros y lo sabía el mundo entero, y estaba encantado de haber hecho la guerra, de haberla ganado y de volverla a hacer. Pero como cien mil más. No creo que pensase en la guerra civil cuando lo mataron. Cuando lo mataron estaba incluso más tranquilo, porque al final le dejaron fuera de las tramas del golpe del 23 F, estando metido en el ajo hasta el bigote, como sabíamos todos. Así que tú me dirás qué tiene que ver una cosa con otra.

—Tiene que ver —dijo Paco—. No digo que tenga que ver con el pasado remoto. Puede tener que ver con un pasado reciente.

—Investigaron —dijo Maigret— los casos más importantes en los que había intervenido en los últimos cinco años.

—¿Por qué sólo los de los cinco últimos años?

—Porque ése es el tiempo en el que todos olvidamos las cosas.

—Si no se está loco.

—En ese caso, da lo mismo cualquier cosa. Si vamos a hablar de locos lo mejor es llamar a los loqueros, no a la policía —dijo Maigret—. Había casos comprometidos, de droga, una banda que se dedicaba a robar joyerías, que él desarticuló, otra que se especializó en la falsificación de documentos y otra que estafaba a la gente, vendiéndoles apartamentos en Torremolinos. Pero no conseguimos nada. Ninguno de esos casos llevaba hasta la Fuenclara.

—No, lo que decía Poe era más preciso. La mitad de la solución está en el pasado.

—Valiente deducción —dijo Mason—. Eso lo sabemos todos.

—Sí, pero la gente se cansa de buscar —dijo Paco—. A la gente el pasado no le gusta, ni el de las catedrales. Se cansan pronto. A la gente el pasado le da miedo. Prefiere comerse unas gambas actuales. Busca en lo que está más cerca, pero alejarse unos pasos más, le da pereza, porque a medida que te alejas más, más te pierdes. Mientras vas ampliando el círculo, más difícil es todo, más medios te hacen falta y, sobre todo, más tiempo. Y si a la policía le falta algo son esas dos cosas: medios y tiempo. Pero ésa es una labor de un solo hombre. Un investigador privado.

—¿No saldrás ahora otra vez con lo de la agencia de detectives? —preguntó Mason.

—No, éste es un trabajo personal. Digamos que lo voy a resolver por interés familiar.

No les fue difícil reconstruir, entre los tres amigos, la biografía de don Luis.

Había nacido en el Ferrol, como el Caudillo, en 1918. Esa circunstancia hizo que muchos creyeran que Franco en persona había tutelado la carrera de su paisano, demasiado vertiginosa y ascendente, al menos en los primeros tiempos, velando por ella en dos o tres momentos en los que sin un padrino poderoso esa misma carrera se habría estancado, como la de tantos. También el paisanaje con Franco, y su protección, explicaría el amor que sentía don Luis por él.

Sin embargo a Paco no le constaba que entre su suegro y Franco hubiera habido otra relación que la del paisanaje. Si como decían las habladurías, don Luis había tenido alguna relación con Franco, lo hubiera sabido, porque esas cosas se saben en las familias. No obstante, volvió a preguntárselo a su suegra.

—Luis le conocía, porque era de Ferrol, y conocía a sus padres, y a sus hermanos —le explicó su suegra—. Ahora, nada más. Una vez, al acabar la guerra, coincidió en un servicio con él. Y le dijeron, Excelencia, este chico es de su pueblo. No estábamos todavía casados, todavía no le conocía yo. Y Franco le preguntó, cómo se llama usted. Franco era muy estirado, hablaba a todo el mundo de usted. Y Luis le contestó, y él dijo, conocí a su padre y a su abuelo de usted. Y se dio la vuelta, y ya no hubo más palabras.

No obstante muchos compañeros, sabiendo que era de Ferrol, lo suponían más o menos relacionado con el militar, cosa de la que don Luis, no desmintiéndola, se beneficiaba a menudo.

Aquellos recuerdos trajeron otros.

—Los rojos habían matado también a un hermano suyo que era falangista —siguió diciendo Asunción—, y de verdad, vosotros no podéis haceros una idea de lo que era Madrid en la guerra, las cosas que vimos...

Que era como decir que si no hubiese sido por Franco, hubieran acabado con todos ellos, no hubiesen dejado a nadie vivo, a nadie que no fuese de los suyos.

A Paco eso ya le daba igual. Le dijo también a su suegra:

—Estoy ambientando una novela sobre esa época. ¿Puedes enseñarme los papeles de Luis?

—Pero, hijo, ¿tú no ponías todas tus novelas en el extranjero?

—Sí, Asunción. Pero los tiempos han cambiado.

Fue sólo una treta para volver a aquella carpeta de fotografías que había visto la tarde que llegó a recoger a su hija Violeta.

A escondidas, y sin contarle nada a Dora, aprovechando que recogía a la pequeña de casa de su suegra, Paco menudeó las visitas y se demoró en mirar esos papeles, en muchos casos con la excusa de ayudar a su suegra a ponerlos en orden.

Por primera vez en su vida empezó a ver a su suegro de otra manera. Su presencia física era tan poderosa mientras vivía, él mismo era tan desagradable, de aspecto tan ruin y desmedrado, aquel rostro color vino, congestionado por el alcohol, las puntas de los dedos manchadas de nicotina, el bigote paródico, recortadito como los chistes que se hacían de los fascistas, sus gafas oscuras, caricatura de sí mismo, el modo que tenía de relacionarse, buscando siempre la palabra que más pudiera herir a la persona con la que hablaba, eligiendo con cuidado la más venenosa, la más hiriente, el modo en que se dirigía a los extraños, tan ceremonioso, con tanta hipocresía, con amabilidad que jamás empleaba para los más próximos, su buen humor, que podía confundir a cualquiera y hacerle pasar por alguien incluso divertido, todo aquello que condicionaba cualquier juicio sobre él, fue desapareciendo poco a poco. Su método era más científico.

Paco, mientras miraba aquellas fotografías, parecía tener a alguien al que podía acercarse sin peligro. Como a una alimaña muerta.

De joven don Luis había sido, incluso, un hombre atractivo. Como las fotografías no daban la estatura, parecía hasta apuesto en aquellos documentos de identidad, de conducir, de policía, del economato... Había también otras cosas, interesantes, por ejemplo, un recorte viejo de un periódico, con el traslado de los restos de José Antonio a Madrid, aquella cabalgata fúnebre con hachones y crepúsculos llenos de luceros por todas partes y lontananzas épicas; en él una flecha, puesta a mano, tinta ya rancia, señalaba a un joven, entre una masa de ellos, del que podía suponerse que se trataba de Luis Álvarez, no por el parecido, acaso por el uniforme, los correajes, la camisa azul.

Asunción Abril dejó aquella caja a Paco, pero no parecía dispuesta a retomar las confidencias de la primera tarde.

—Hijo, ha pasado ya tanto tiempo, que ya no me acuerdo —era la frase elegida para cambiar de tema.

Se tuvo que conformar con las cosas que le contó la primera y única vez. Toda una vida en común resumida en la hoja de una libreta. En cierto modo las vidas de todo el mundo, pensó, se reducen a eso. A algunas incluso les cuesta trabajo encontrar algo para poner entre las dos fechas de la lápida que cubre sus restos en el cementerio.

—Esto es lo que he logrado averiguar de mi suegro —dijo a sus amigos quince días después de aquella reunión del Comercial—. Nació en Ferrol, en 1918. Su padre era marino, se retiró de comandante y murió en 1936, dos meses después de que empezara la guerra. Estaba enfermo. Su madre vivió en Ferrol, hasta que después de la guerra su hijo se quiso quedar en Madrid. Se la trajo con él. Era el menor de dos hermanos. A su hermano mayor, falangista, lo mataron en Madrid. La mujer, según mi suegra, era una arpía, una verdadera coronela, acostumbrada a mandar, avinagrada y despótica. Le hizo la vida imposible. Creyó que el asesinato de su hijo mayor le daba derecho a toda clase de excesos en su tiranía sobre el pequeño. Éste estudiaba cuarto de Derecho en Santiago cuando estalló la guerra. Fue voluntario desde noviembre de 1936 en la Tercera Bandera de Falange, y terminó la guerra en Madrid, donde entró con las primeras fuerzas del Cuerpo Jurídico del Ejército. Todo ese período es muy nebuloso. Y tampoco mi suegra me ha querido contar nada, bien porque ya no se acuerda, bien porque fue antes de que se hicieran novios, bien porque no ha querido.

—Ahí entro yo en acción —dijo Maigret—. Llegó a Madrid el 16 de mayo, y se le adscribió a una llamada Jefatura de Investigación Criminal inmediatamente. Ya como policía. Debió de terminar la carrera de Derecho, porque en todas partes se hace constar que era Licenciado en Derecho.

—Parece que Derecho va recogiendo toda la basura de todas partes —se lamentó Mason, con aflicción corporativa.

—Tampoco iba a necesitar la carrera, pero sin duda que le ayudó, porque fue inspector muy joven. Lo fue con treinta y dos. Después de la guerra, a la gente le daban los títulos en una rifa. Trabajó los primeros meses en los campos de concentración de Valencia, reconociendo a gente, y luego en un centro de los llamados Especiales de la calle Almagro.

—Mala cosa —sentenció Mason—. Eran los que nutrían los Consejos de Guerra, y la gente salía de ellos con una o más penas de muerte de las que pedía el fiscal.

—Sigo —atajó Maigret—. Pidió el traslado en 1940 a Pontevedra, por estar cerca de su madre. Se lo concedieron, pero a los nueve meses volvió a Madrid con ella. En esa fecha conoció a tu suegra, y a los tres meses se casó con ella. Le hicieron Jefe de Grupo cuando ya estaba casado.

—La guerra metió a todo el mundo muchas prisas, porque en eso de la boda a mis viejos les pasó lo mismo —dijo Marlowe, que se había sumado a la reunión por invitación de Maigret, cosa, dicho sea de paso, que a Paco Spade no le gustó demasiado—. Sólo que lo de mis viejos tuvo más gracia: se casaron y a la semana mi viejo se largó a Rusia, con la División Azul. Estaban locos.

—No creo que ni Dora sepa que su madre y su padre se casaron sólo cuando llevaban tres meses de novios —dijo Paco—. Me lo habría comentado alguna vez.

—Se casarían de penalty, como era lo normal. Mis viejos también se casaron de penalty —arguyó Marlowe—. Entonces todo el mundo se ve que se casaba a la carrera.

—Quizá se conocieran de antes —matizó Maigret—, pero se casaron después de que volvió a Madrid. Si fueron novios, durante ese tiempo no se vieron o se vieron poco. Y ahí vino su segundo traslado, ya ascendido, con un buen sueldo. Era muy joven. Tenía veinticuatro años. Se llevaron consigo a la madre de él.

—El traslado, ¿adónde? —preguntó Paco Spade—. A Albacete, ¿no es eso?

—Atiza, ¿cómo coño lo sabes? —respondió Maigret.

—¿Quién es de Albacete? —preguntó Paco, para responderle.

Mason y Maigret se miraron sin comprender la pregunta.

Se pararon unos instantes a pensar. No conocían a nadie que fuese de Albacete.

—Poe es de Albacete —dijo Marlowe.

—Yo creía que era de un pueblo —corrigió Maigret.

—Sí, de La Almunia, pero su familia venía de Albacete —informó Marlowe.

—¿Y qué tiene que ver eso con tu suegro? —preguntó Mason.

—Es sólo una intuición —dijo Paco—. ¿Cómo apareció Poe por esta tertulia?

Ninguno de los tres amigos recordaba los detalles. Paco lo hizo.

—Dijo que estudiaba en la academia que está aquí arriba. Nos dijo también que preparaba el acceso a la universidad. ¿No es cierto?

Mason y Maigret empezaban a recordar. Marlowe asintió.

—He estado en el Rectorado de la Universidad. Conseguí ver el expediente académico de Poe. El año pasado, cuando mataron a mi suegro, Poe estaba matriculado en la Universidad, en el turno de tarde, pero en tercer curso de Derecho. Lo que quiere decir que el ingreso lo había hecho dos años antes. ¿Por qué mentía en algo tan inocente?

—¿Adónde quieres ir a parar?

—La represión en Albacete, cuando terminó la guerra, fue horrible. Murieron cientos de personas. Lo sabe todo el mundo.

—¿Otra vez la guerra civil? —protestó Maigret—. Espera, Paco. A tu suegro le trasladan de nuevo a Madrid en 1949.

Consultó Maigret la chuleta en la que había copiado el expediente laboral de don Luis.

—Además —añadió Maigret— el padre de Poe debió de morir ya en los años sesenta.

—En el año sesenta, exactamente —confirmó Paco Spa-

278

de—. Poe nació en el año sesenta. Tiene ahora veintidós o los cumple este año.

—¿No estarás insinuando que Poe es sospechoso de algo? No es lógico —dijo un Mason a quien la lógica volvía a preocupar.

—La lógica en estos asuntos de la guerra civil no tiene la menor intervención. Las cosas que pasaron tampoco tuvieron lógica. Habría que saber únicamente si entre el padre de Poe y mi suegro hay un vínculo.

—Imaginemos que lo hubo, que la vida les juntó a los dos. De ahí a que el hijo de uno matara al otro es tan inverosímil como una novela de Agatha Christie.

—No te metas con Agatha Christie, Loren —advirtió Mason muy dolido.

—Es una corazonada.

—¿Corazonada?

—La mayor parte de las novelas de Chandler están hechas con corazonadas. Allí todo el mundo tiene una, y los casos se resuelven porque tienen corazonadas. No se sabe por qué los americanos pueden tener corazonadas, y los españoles, no. Quiero decir —continuó Paco— que Poe era un tipo especial. Introvertido, serio, atento. Y muy inteligente. Jamás se confió a nadie...

—A Marlowe —dijo Maigret—. Y a mí mismo. Hemos estado viéndonos hasta que se marchó a Castellón. No era tan introvertido. Conmigo hablaba.

Marlowe miró a Maigret, pero no dijo nada.

—¿Y qué te ha contado de su vida? —preguntó Paco—. Para las veces que habéis estado juntos, ¿qué es lo que sabes tú de él? Ahora es el momento de decirlo, si lo sabes. Si la suya es una pista mala, la abandonamos. Pero no vas a poder decir nada. Porque Poe no hablaba nunca de sí mismo. Podía pasar por alguien incluso desenvuelto, sociable. Se sumaba a las conversaciones, intervenía, pero en el fondo nadie conoce nada de él.

—Ésa es la verdad —admitió Maigret—. El primer día me dijo que no había conocido a su padre porque había muerto ya cuando él nació. Y nunca más me habló de eso, ni de sus hermanos. Me dijo que los hermanos le sacaban bastantes años. Pero ahí se pararon sus confidencias.

—Y tú, ¿qué más sabes de mi suegro? —preguntó Paco a Maigret.

—Que se vino a Madrid, y que ya no se movió de aquí. Y la fama que tenía ya conoces cuál era.

—Eso —dijo Paco— es como no saber nada. Alguien tiene que saber más cosas de él.

—La vida de un policía —reconoció Maigret— es, por una parte, los casos en los que ha intervenido y, por otro, la relación con los compañeros. Pero olvidan antes que nadie, porque no podrían vivir con todo lo que la vida les echa encima. Ni siquiera a los que tienen más cerca les cuentan ni una décima parte de lo que sucede en su trabajo. Un policía vive siempre dos vidas, y de una de ellas, precisamente la de policía, lo olvida todo cuando sale de la comisaría. Pero sucede también algo curioso. Si un policía tiene que recordar, puede recordar casos incluso que hayan pasado cincuenta años antes.

—Tiene que haber un modo de llegar al centro de toda la historia de mi suegro. Toda historia tiene un centro, y no hay una sola a la que no se pueda llegar. Acordaros del anagrama de los ACP, un laberinto...

—Sí, pero ése —recordó Mason— es un laberinto que no llega nunca al centro, lo roza, y te echa otra vez fuera.

Paco comprendió que no había elegido bien el ejemplo, y rectificó sobre la marcha.

—Pues aquí haremos que llegue al final. Uno de nosotros

ha de averiguar algo más sobre mi suegro, y otro, algo más sobre Poe.

Las investigaciones de los tres amigos, por llamarlas de alguna manera, se tropezaron con parecidas dificultades que las de la policía.

Transcurrió un año con la limpieza que pasa en esta misma línea. La vida para todos ellos siguió como hasta entonces.

Por supuesto los ACP no volvieron a reunirse. Algunos lo habrían hecho gustosos, como Nero Wolfe, uno quizá de los que más añoraba a sus viejos amigos. Empezó incluso nuevos libros de asientos, para poner al día los asesinatos curiosos del día, porque aquellos otros libros que le requisaron no se los devolvieron por más que los solicitó, y aparecerían un día, como tantas cosas, en un contenedor, de donde alguien los rescataría para llevarlos a la Cuesta de Moyano o al Rastro, como de hecho sucedió.

Ya nadie se acordaba de don Luis Álvarez, tampoco de Poe, menos aún de Hanna. La vida continuaba con su insignificancia. Incluso de Marlowe perdieron la pista Paco, Mason, Maigret. El joven relojero se había echado una novia, se iba a casar, al fin llevaba personalmente el negocio de su padre. No era necesario ni siquiera que robara su propio negocio, como en cierta ocasión malició Dora. Únicamente Maigret, Paco y Mason se veían de vez en cuando, almorzaban y comentaban cómo les iba en la vida.

Maigret, cada vez más descreído de su profesión, se limitaba a sacar adelante su trabajo sin mayores alardes; Mason, con la mirada puesta en la jubilación, llevaba sus casos de rutina, y Paco Spade, tras la muerte de Espeja el viejo, al que se llevó por delante una cirrosis traidora, puesto que era abstemio, y de acuerdo con Espeja hijo, que seguía siendo el dueño del negocio familiar, Paco se hizo cargo de la editorial, y remodeló y activó el negocio con la contratación de nuevos auto-

281

res y nuevas traducciones, como demandaban los lectores del género. En el aspecto sentimental y familiar de los tres amigos, las cosas habían variado ligeramente: Maigret iba igualmente a casarse en breve, Dora estaba embarazada de su segundo hijo y a Mason la hija mayor se le había metido monja.

—Monja en estos tiempos —se quejaba amargamente el padre.

—Siempre será mejor que policía —le consolaba su amigo Maigret.

—O que dar cuentas a un Espeja —corroboró Paco.

Cierto día sucedió algo que vino a cambiar las cosas.

La suegra de éste, que parecía haberse remozado en muchos sentidos tras la muerte de su marido, en otros, los mentales, dio muestras de una senilidad cada vez más preocupante, desarrollando manías enteramente nuevas, y así dio en temer que los socialistas iban a quitarle la pensión, a ella y a todas las viudas de militares y policías que hubiesen servido en tiempos de Franco.

Esa manía encontraba eco, naturalmente, en otras amigas suyas, viudas igualmente de militares y policías, que de forma más o menos estridente, manifestaron sus temores y organizaron una Sociedad para la vela de sus intereses o, como solía decirse entonces, para defensa de su problemática.

—Me ha llamado la mujer de un compañero de tu suegro. Su marido está preocupado. Hablan de depuraciones en la policía y de recortar las pensiones. Incluso podrían quitarme la mía.

A doña Asunción, asustada, todo le asfixiaba. Se veía poco menos que mendigando por las calles.

—Tranquila, ¿qué ha sucedido?

Estaban almorzando un domingo, en casa de Paco y Dora.

—Han publicado un libro en Albacete en el que el marido de esta amiga mía y tu suegro no salen bien parados.

Hablaba de su amiga Carmen Armillo y su marido, también comisario, don Carmelo Fanjul.

Dora sabía a quién se refería su madre al hablar de Carmen Armillo y Carmelo Fanjul. Los recordaba como amigos de sus padres, cuando eran niñas su hermana y ella. Paco, salvo el nombre, ni siquiera los identificaba.

Doña Asunción ni quería hablar de ello ni, cuando lo hacía, lo hacía abiertamente, molesta de tener que volver a una vida pasada que creía definitivamente enterrada, convencida por ello de que la vida no es lo que se vivió, sino lo que se recuerda. Y ella lo había olvidado todo. Era pues inocente, como se sabría después que también lo había olvidado todo su marido Luis, no menos inocente por esa regla de tres.

—¿Qué libro es ese? —preguntó Dora.

—Uno que habla de las cosas que tu suegro hizo en Albacete, después de la guerra —le respondió a Paco, porque le resultaba más fácil dirigirse a él para tratar esos asuntos, que a su hija.

Asunción llevaba una existencia pacífica, con sus nietos, viendo a sus hijas, respirando al fin libremente después de cuarenta años de casada. Aquel imprevisto metía en su vida un elemento de incertidumbre y congoja. No hacía ni dos años que su marido había muerto, y le parecía que toda su vida con él era cosa de un pasado remoto, ya sepultado para siempre. Incluso cuando se refería a uno y otro, marido y pasado, parte todo del mismo nebuloso sufrimiento, lo hacía de tal modo, que parecía que no había tenido nada que ver con ellos. Nunca decía, por ejemplo, «*mi* marido». Jamás hablaba de los años pasados. Siempre era «*tu* padre», «*tu* suegro», «*tu* abuelo», o, cuando ya no había más remedio, «*Luis*», como hubiera podido decir «Ramiro» de un mecánico. En cuanto al pasado no era más que ese indeterminado «hace ya muchos años», que lo mismo podía abarcar sus tiempos de niñez, de juventud o de casada.

—Dicen que tu suegro hizo cosas horribles...

Asunción meneó la cabeza, aunque no se podía determinar si lo hacía por desaprobarlas o por los estragos de ciertos temblores seniles. Se echó a llorar. Dora trató de consolarla. Paco guardó silencio y lo impuso a la pequeña Violeta, que alborotaba cerca. No hubiera podido explicar fácilmente aquellas lágrimas de la buena mujer. No eran, desde luego, porque se hubiese manchado o ultrajado la memoria de su marido. Ella era la primera en haberla menoscabado, olvidándose de él. Pero para ella, «una mujer de otro tiempo», expresión en la que solía escudarse para explicar no ya lo que no tenía explicación, sino lo que ella ya no alcanzaba a comprender, para ella, digo, don Luis no dejaba de ser el padre de sus hijas, como ella no dejaba tampoco de ser, aunque le pesara, la mujer que había compartido cuarenta años de su vida y la cama donde durmió todos esos años.

A Paco Cortés, sin embargo, la noticia le excitó lo indecible. Sentía, como el perro de raza, despertarse instintos de detective, y la voluptuosidad de acercarse a la verdad fue mayor que el dolor que esa verdad podía causar en seres queridos. Pensó en Dora.

Esta vez, ya solos, cuando doña Asunción se fue, no tuvo más remedio que contarle todo lo que, a sus espaldas, habían tratado de saber sobre su padre, él, Maigret, Mason, incluso el propio Marlowe.

Dora eschuchó en silencio. El cataclismo de la muerte de su padre significó un verdadero desbarajuste en los afectos de la hija. Fue como si un golpe de ola hubiera movido de sitio todos los muebles y enseres de un camarote. Luego sobrevino la calma, y Dora, que cuando vivía su padre no desaprovechaba la ocasión para mortificarle o irritarle de forma consciente, pasó, ya muerto, y tras aquellos breves y pasajeros fervores que siguieron a su muerte, a no hablar nunca de él. Se habría dicho que había precisado de veinte meses para que se muriese realmente en sus afectos, desarraigándolo para siempre de ellos.

—Me da mucha lástima todo lo de mi padre. No tengo ya fuerzas ni para olvidarlo.

Estaban sentados los dos. Dora se acariciaba distraídamente la tripa apandada por un embarazo muy adelantado ya.

—¿Y crees que a mamá eso de Albacete le podría perjudicar?

—No. Lo dicen hasta los periódicos: aquí ha cambiado todo menos la policía, y por eso las cosas en España han podido cambiar tanto. Los mismos que estaban, están. Lo demás es cosa de tu madre, todo le afecta mucho. Pero yo querría preguntarte algo. Si conocieses al asesino de tu padre, y supieras quién es, ¿lo denunciarías?

Dora se asustó de aquella pregunta. Miró a los ojos de Paco, como si de ellos pudiera extraer una verdad terrible. Paco se dio cuenta de ello, pero permaneció en silencio esperando que su mujer dijera algo.

Dora respondió con otra pregunta:

—¿Tú sabes quién es?

—No. Pero podría saberlo. Sólo quiero que me respondas a lo que te he preguntado. Si conocieses al asesino de tu padre, ¿lo denunciarías?

—Creo que sí... ¿No lo harías tú?

—No sé —dijo Paco—. Muchos crímenes que pasan por crímenes, no lo son; y a otros, que no lo son, se les considera así. Yo no sé lo que haría. Tu madre sólo ha empezado a vivir desde que mataron a tu padre. Imagina lo que hubiese sido su vida en común después de que tu padre se hubiera jubilado. Si mientras estaba en activo fue un infierno, después, ¿qué hubiera sido, con él a todas horas en casa? La hubiera matado o hubieran tenido que separarse. Hazte a la idea de que tu padre viviera todavía...

Dora, a quien esa suposición le pareció abusiva, se estremeció.

—Nunca hemos visto a mi madre tan feliz como ahora. Si mi padre resucitara, ella se moriría. Pero no se puede quitar de en medio a la gente, Paco. Una cosa son las novelas, y otra la vida real. Lo sabes muy bien. Y en la vida real hemos de vivir todos a medias, con las cosas descacharradas. Ésa es la vida. A cambio tenemos nuestras pequeñas alegrías, nacen hijos, los vemos crecer, nos reímos con ellos. Esa felicidad es real. En las novelas las cosas malas pesan mucho, pero no tienen en cambio una sola cosa buena real. Las novelas negras se llaman negras porque sale en ellas la basura del hombre, y el que las lee, piensa: mi vida es mejor que la de esos, a mí nadie me va a disparar, yo no moriré. Nosotros, en cambio, tratamos de ver lo limpio de la vida, sí. Tenemos nuestra alegría. Pero no podríamos vivir si tuviésemos que soportar en la conciencia la muerte de alguien. Y no sólo la muerte, sino la maldad. Y la maldad no es más que el rostro de una mentira, y la mentira sólo engendra culpa. Te lo he leído cien veces en las novelas que escribes. Queremos hacer un mundo mejor, no peor. Eso, desde un punto de vista literario, quizá no sea oportuno ni conveniente, pero tenemos que vivir en la vida, no en una novela. Para vivir precisamos no lo ficticio, sino lo necesario. Y eso es lo que me has estado diciendo todo este tiempo, para explicarme por qué ya no vas a escribirlas tú.

—La gente convive también con la mentira, y quiere también hacer el mundo mejor —le replicó su marido—. La gente que ha cometido un crimen, que se ha portado mal con alguien, no va a la policía y le dice: deténganme, porque soy el asesino. Tampoco va nadie y le dice a un amigo, Fulano, me he portado como un cerdo. Acabo de estar en tal sitio y te he gastado una mala jugada. En cuanto a lo otro, a don Quijote, para vivir, le bastaba con lo ficticio. Lo necesario acabó con su locura, pero también con su vida.

—No me líes, Paco. Tú no eres don Quijote. Sí, ya sé que nadie va y le dice a su mujer, estoy liado con una golfa. Lo que yo digo es que estoy en contra de la muerte, y me da igual que la pena de muerte la ponga el Estado o que sea un particular el que la administre o el que la suministre.

—Pero está el arrepentimiento...

Dora volvió a estremecerse. Le recordó aquella conversación que mantuvieron ella y Paco a propósito de Milagros, y que les llevó a la separación.

—Por favor, no me asustes —y Dora se llevó las manos a la tripa, como si así defendiera al bebé de una agresión inminente. Y precisamente porque no era una persona a la que gustase andarse por las ramas, hizo la pregunta de la única forma que hubiera podido hacerla.

—¿Mataste tú a mi padre?

A Paco se le arquearon las cejas. Siempre le sorprendía Dora. No entendía la cabeza de las mujeres. En parte su fracaso como novelista provenía de que no las conocía lo suficiente. En sus novelas las mujeres que salían estaban sacadas de otras novelas, no de la vida. Y en las novelas que a él le gustaban, las mujeres eran todas bastante previsibles. Las malas, eran muy malas, y las buenas muy buenas. Ninguna hacía preguntas imprevisibles, como Dora.

—¿Fuiste tú, Paco?

Se le ocurrió a Paco una respuesta de novelista duro, decir, por ejemplo, «Dora, ésa es la pregunta de un policía». Pero no lo hizo, porque cuando se ama a alguien se pone siempre uno en el lugar del más débil.

Dora estaba muy seria. Tenían el televisor encendido, aquel televisor que fue testigo de la última vez que vio con vida a su padre. Lo que pasaba en ese momento cobró una importancia inusitada, que parecía estorbar una respuesta. Por eso Dora, con el mando en la mano, bajó el volumen.

—Dímelo, Paco. Tengo derecho a saberlo.

Y Paco iba a decirle la verdad. Siempre se la había dicho, hasta donde la verdad no le hiciese daño a ninguno de los dos. Pero esperó un momento. La tenía frente a sí. Se dio cuenta de que la había asustado. Estaba tan amilanada como aquella vez que ella le preguntó sobre Milagros. El embarazo la había embellecido mucho. No quería ser cruel con ella, y sonrío. Decidió prolongar aquello un poco más, por conocerla mejor.

—¿Me crees capaz de matar a alguien?

—Tampoco te creía capaz de que me engañaras con aquella puta.

Paco Cortés se asustó de veras. Pensó que estaba llevando el juego algo lejos. No le gustó ni se esperaba aquella contestación. ¿A qué venía recordarlo ahora? Se enfureció consigo mismo, por haber querido jugar con Dora al ratón y al gato, como solían hacer los personajes de sus novelas, pero no podía seguir adelante sin atajar aquel comentario. ¿Qué tenía que ver todo aquello con su suegro?

—¿Por qué has dicho eso, Dora?

—Porque no me gusta, Paco, que me mientas ni que juegues conmigo. Para mí es mi padre, y no una cosa de diversión. Y cada vez que hablas de él, me duele, como si me clavaras un cuchillo, como ni siquiera te puedes tú figurar.

Paco, que quiso desdramatizar la situación dijo con ternura:

—Sí puedo.

—No, Paco, no puedes. Soy su hija y sé mucho mejor que tú lo que se siente cuando se tiene un padre como el mío, porque pone delante de mí cosas que aborrezco con toda el alma, cosas que a veces las noto corriendo por la sangre de las venas.

Dora no iba a llorar. El embarazo la tenía más sensible que otras veces, pero no lloraría. El modo de sobreponerse a la pena que la causaba todo fue hacer de nuevo la pregunta, que formuló como una orden.

—Dime de una vez si lo mataste tú.

Esta vez Paco no tardó en contestar.

—No, Dora. No he sido yo. Pero podría saber quién lo hizo.

—Y en ese caso, ¿qué vas a hacer?

—Por eso te lo preguntaba.

Dora se tomó su tiempo para contestar. Se le pasaron por la cabeza algunos recuerdos de su padre. Otra vez ella con su hermana, vestidas de blanco, con aquellas sandalias blancas, y los calcetines blancos, en San Isidro, en los toros, su padre y ellas dos en la barrera, como unas princesas, centro de todas las palabras amables de la gente. Y su padre fumando y riéndose en la boda de su primo Juan Luis, de inusitado buen humor. Y un día, riendo los cuatro, una Nochebuena. Pero al mismo tiempo el fantasma de aquella otra noche que entró en su cuarto asomó por el rincón más sombrío de su cabeza. Era ése un recuerdo que nunca aparecía del todo. Era más que un recuerdo, una mancha sin contorno, que se extendía en lo más hondo de la conciencia para secarse luego dejando tras de sí una abrasiva aridez. No hubiera podido permanecer más de dos o tres segundos en tal recuerdo, porque no había dejado de ser el episodio más sucio y vergonzoso de su vida. Le espetó, y ahora lo recordó al fin, un día te mataré, un día te mataré por esto que me has hecho. Al principio se dijo que aquello no había sucedido. La manera de que no le hiciera daño era contarse que nunca había ocurrido nada así. Y para cuando empezó a tener que admitirlo, había pasado tanto tiempo, que ya era parte del pasado, y desde allí no tenía por qué hacerla daño. ¿Y cómo iba a habérselo contado a su madre? ¿Para sumar más sufrimiento al sufrir de ella? ¿Y a su hermana? Ésta adoraba a su padre, era un amor loco entre ellos, se sabía, lo sabían ellos, se adoraban padre e hija. ¿De qué serviría que aquello se supiese? ¿Quizá su padre lo hizo también con ella, acaso a su hermana no le importó? La sola idea le hizo sentir náuseas. Tal vez sólo fuesen náuseas de embarazada. Alguna vez pensó quitarse de encima un peso tan grande, y decírselo a Paco. Pero siempre se había alegrado de no haber compartido ese secreto con nadie. ¿En qué hubieran mejorado las relaciones de su marido con su padre? Al contrario. No, Dora sabía oscuramente que hay cosas que sólo pueden ocurrirle a una mujer, y que ningún hombre entendería, en realidad, cosas que le ocurren a una persona sola, y que nadie del género humano podría compartir con ella.

—¿Es alguien que conozca yo? —preguntó Dora.

—Sí.

Volvió Dora a guardar silencio.

—Dime quién es.

—No —dijo Paco—. Antes tienes que responder a la pregunta que te he hecho. ¿Qué harías tú si supieses quién es? ¿Lo denunciarías?

Dora se lo pensó mejor, porque las cosas que se piensan cuando pueden ser reales no son las mismas que cuando no pasan de ser posibles.

—No lo sé.

—En realidad yo tampoco sé a ciencia cierta quién fue el asesino de tu padre, pero tengo mis sospechas. Están todavía en ese estado borroso en el que se presentan las sospechas.

Al oír el nombre de Poe, Dora se llevó la mano a la boca, para ahogar la sorpresa. Había conocido a Poe al poco tiempo de reconciliarse ella y Paco y aquél había ido por su casa muchas veces. Ellos dos, Paco y ella, frecuentaban la buhardilla de la Plaza de Oriente, cuando Poe vivía con Hanna. El tiempo en que lo había tratado, había sido un buen amigo. Era un muchacho delicado. Nunca le pareció igual a todos los demás ACP. Éstos tenían un punto de chifladura. Él no. Tímido, callado, salvo cuando jugaba con su hija Violeta. Se entendía bien con ella. Alguna vez les hizo de canguro. Le gustaban los niños. La niña le adoraba. Se la había metido en el bote. Habría sido incapaz de hacerle daño a nadie. Había llamado alguna vez desde Castellón. Lo había hecho hacía poco para disculparse por no haberse despedido. Luego llamó dos o tres veces más. Preguntaba cómo les iban las cosas, cómo estaba la niña. Era un chico reservado, pero cariñoso. Él, siempre bien, decía, pero no contaba más.

Paco enumeró a Dora las cosas que sabía.

—¿Y por qué iba a querer Poe hacer una cosa así? ¿Qué le importaba a él mi padre?

Paco estaba convencido de que la vida de don Luis y la del padre de Poe se habían cruzado en algún momento.

—Pero ¿el padre de Poe acabas de decir que murió mucho después?

—Sí, pero también te acabo de decir lo que le dijo una vez a Lorenzo, cuando le llevó a ver al viejo que se había suicidado: en los asesinatos, la mitad está en el pasado. En los suicidios, también. En esa época él debía de estar planeando su crimen. Todo cuadra. Tu padre había salido de la comisaría para comer. Se encontró con Poe. Pudo hacerlo. Hemos hablado con Marlowe. Recuerda que ese día estaba de baja, con gripe. No fue al trabajo. Tu padre lo conocía de sobra, de verle por allí, esperando a Maigret. He hablado con Lorenzo, y me contó que el 23 F le metió en su despachó y habló un rato con él a solas. Poe iba a esperar muchas tardes a Maigret. Sólo esperaba la ocasión para matarle. Tu padre creía que Lorenzo y Poe eran primos. Por eso debió de ver a tu suegro y le contó algo, no sé cómo, pero le convenció para que le acompañara a alguna parte. Y luego le mató.

—Pero ¿por qué? ¿Él qué sacaba con eso?

—Un Crimen Perfecto, ¿te parece poco?

—Por favor, esto no es una de vuestras novelas. Estamos hablando de algo serio.

—Y yo hablo en serio. Ahora tenemos una pista, la de ese libro, y la vamos a seguir. Esto no es más que una venganza aplazada durante cuarenta años. Es un asesinato político. ¡Quién le iba a decir a tu padre que lo iba a matar una bala de la guerra, cuarenta años después!

Las cosas que contaba Paco podían no ser convincentes, pero él sí era persuasivo.

Convinieron, desde luego, en que de todo ello no debía llegar una sola palabra a su madre.

Convocó Paco a sus dos amigos. Les expuso lo avanzado de sus sospechas. La máxima sagrada de un detective era la de ver donde los demás sólo miran. Las pruebas, desde *La carta robada*, suelen estar siempre a la vista de todos, por eso la gente no las ve, porque no es suficiente con mirarlas. La gente mira sin ver, por lo mismo que el detective ve otras veces sin mirar siquiera.

No le resultó a Paco difícil conseguir el *Guerra civil y primera posguerra en Albacete*, de Alberto Lodares y Juan Carlos Rodríguez, ni, a través de la editorial Alpuerto, donde se publicó, dar con los autores.

Desde luego el inspector Luis Álvarez, conocido también entre las gentes a las que interrogó en aquellos años como «Escobajo», porque a alguien se le ocurrió que se parecía a la raspa de un racimo de uvas, y el apodo hizo fortuna, había dejado triste memoria de su paso por la ciudad, él, un jefe suyo, un tal don Germán Guinea López, y otro policía de la edad de Luis Álvarez, alférez provisional en la guerra como él, Carmelo Fanjul, que organizaron, dirigieron y llevaron a cabo una de las represiones más brutales que siguieron a la guerra civil, en una comisaría por la que pasaron en dos años más de novecientos detenidos políticos.

A Maigret le desagradó el sesgo de las cosas.

—Siempre la guerra civil. Es como una mierda en el zapato. ¿En este país no se puede dar un paso sin toparse con la guerra civil?

Paco Cortés se citó un miércoles con los periodistas manchegos. Tomó un tren a primera hora de la mañana y a la una estaba en Albacete. Pero si fácil fue dar con ellos, mucho más difícil les resultó a los dos periodistas dar con un nombre, el del padre de Poe, que había desaparecido hacía veinte años. Habiendo preguntado Paco a diferentes personas que pudieron haberlo tratado o conocido, sus informantes se encogían de hombros con la frase fatídica: no les sonaba como persona comprometida políticamente en los años cincuenta. Y lo de la guerra ya les quedaba a todos muy lejos.

Como último recurso, los periodistas le habían preparado un cita a Paco Cortés con un hombre que conocía bien el pasado reciente. Era la memoria viva de la ciudad para esos asuntos. Lo recordaba todo. Tenían depositadas en él las últimas esperanzas de que pudiera decirles algo más de ese hombre. Condujeron a Paco Cortés a un piso de una barriada obrera recién edificada, en medio de unos desmontes, en los lindes mismos de los metafísicos campos de La Mancha. Todo en el edificio olía todavía a yeso fresco. Les recibió el interesado, un coloso de unos setenta años, todavía animoso y locuaz, alto, delgado, con unos brazos fuertes y largos y una mano descomunal en la que desapareció la de Cortés, cuando se la estrechó en el saludo.

El coloso les pasó a una salita en la que apenas cabía él, y un tresillo, una mesita baja y un televisor, todo como acabado de traer de la tienda de muebles. Contó que había sido compañero de Domiciano Hervás, padre de Rafael, en la cárcel.

—Hicimos la guerra juntos...

Y contó lo que sabía. Eran de pueblos vecinos. Él, de Melgares; Domiciano, de Gestoso. Los dos habían estado adscritos a servicios motorizados; él como tanquista; Domiciano, que se casó por entonces con Angelita, con una ambulancia. Nada más acabar la guerra, les metieron en el mismo campo de Valencia, les trajeron a Albacete y les llevaron a la cárcel. Permanecieron allí casi un año juntos. A Domiciano le soltaron y al coloso le condenaron a veinte años. Cumplió siete. Al salir se puso a trabajar con un camión, como Domiciano. Según el coloso, Domiciano no volvió a meterse en nada, se dedicó a trabajar, a su camión, a sus portes. Se veían de vez en cuando. Tenían una buena amistad y se llevaban, como dijo, «muy a bien». Hasta que Domiciano tuvo la desgracia. Domiciano fue a Madrid a la Feria de Muestras. Fue el propio coloso quien había hablado a Domiciano de ciertos camiones de segunda mano que traía más cuenta comprar en Madrid que en Albacete. Le acompañó su amigo a la feria, y después de comprar el camión, se despidieron y quedaron en verse por la noche, para ir a dar una vuelta por la ciudad.

El coloso hablaba con parsimonia, sin efectismos. Los periodistas y Paco Cortés no se atrevían a interrumpir.

—En la feria de muestras nos encontramos con uno que también estuvo con nosotros en la cárcel. La casualidad. Uno que se llama Primitivo. Estuvimos hablando un buen rato, y quería que nos fuésemos con él a comer. Yo no podía, porque tenía cosas que hacer, antes de volverme al pueblo. Domiciano me dijo, en lo que tú haces tus cosas, como yo con él, y nos citamos él y yo para cenar juntos. Me extrañó que no viniera luego. Pensé, se le habrá ido el santo al cielo.

Luego supimos que Primitivo se lo llevó también a cenar a su casa, porque quería presentarle a su mujer. Y Domiciano que no, que había quedado conmigo. Y el otro, que qué más daba, que hacía veinte años que no se veían. Total, cuando estaban en casa cenando, llamaron a la puerta. Salió a abrir la mujer de Primitivo. Era la policía. Venían a registrar la casa. Había chicos pequeños durmiendo. Y se llevaron a los dos hombres detenidos. Si hubiera ido yo, también se me llevan a mí. Domiciano dijo, yo no sé nada. Dijo, yo estoy aquí de casualidad, como era la verdad. No hubo modo de convencer a la policía, que tenía su idea. Se los llevaron a la misma DGS, donde estaba por aquel entonces el «Escobajo». En cuanto Domiciano lo vio, lo conoció. El «Escobajo», al que tampoco se le despintaba una cara, lo mismo. Tiraron de antecedentes penales, y salió lo de la cárcel y todo lo demás.

Les acusaron de pertenecer al Comité Provincial, y a Domiciano de estar en Madrid para una reunión de la que la policía tenía noticia. Domiciano les dijo mil veces que aquello era una equivocación. Lo tuvieron tres o cuatro semanas en comisaría. A todo esto, la mujer de Domiciano me llamó a mí para preguntarme. Yo le conté lo que había pasado, y que Domiciano me había dicho que le iba a llamar para decirle que se quedaba otra noche, y traerse el camión al día siguiente. Fue un escándalo.

Angelita se marchó a Madrid. Al final le dijeron, señora, su marido está enfermo, llévelo a un hospital. Al parecer en los calabozos cogió una neumonía. Se volvieron a Albacete, después de pasar en el hospital otra semana más. Domiciano no quiso hablar de ello, no le contó nada a su mujer. Decía sólo, ha sido mala suerte, y que la culpa de todo la tenía el «Escobajo».

Al mes Domiciano murió. Angelita quiso denunciar aquel atropello, pero los amigos le aconsejamos que no lo hiciese. Su hijo mayor, que estaba estudiando, se puso a trabajar, y la hermana hizo lo mismo. La mujer, embarazada de Rafaelito, temió que el niño se malograra. El hecho de que hubiese sido siempre un chico flaco, enfermizo y retraído lo atribuyó a todo lo que había pasado. Y entre todos le ayudamos como pudimos. Yo tuve que venderles el camión que acababa de comprar y que el hombre ni siquiera disfrutó, una pena.

Paco Cortés se volvió a Madrid con la certidumbre de que Poe conocía la identidad del asesino de su padre, que don Luis era el mismo que el «Escobajo» y que éste había sido el causante en cierto modo de que Domiciano Hervás hubiese muerto, porque al fin y a la postre no hubo cargo ninguno contra él.

Volvieron a reunirse. Maigret le objetó:

—Concedamos que don Luis fuese el asesino del padre de Poe, pero eso no significa que Poe sea además el asesino del asesino. Tendríamos que hablar con él. Seguramente está deseando que llegues tú para hacer una confesión en toda regla casi dos años después, y quitarse ese peso de la conciencia. Seguro que va a decirte como en *Crimen y castigo*: No sabes, Paco, el peso que me quitas de encima: yo fui el que asesiné a tu suegro porque él fue quien asesinó a mi padre deteniéndolo primero, y torturándole después. Es grotesco. Olvídate de todo eso, Paco. Ni nosotros en la policía resolvimos el caso ni lo resolverás tú. Déjalo. No serviría de nada tampoco resolverlo. Es imposible reconstruir los hechos, con el tiempo transcurrido. Vete a decir a alguien que no es culpable que pruebe su inocencia recordando qué hizo o qué no hizo entre tal hora y tal otra de tal día un año antes.

Mason le dio la razón al policía.

—No, si eres culpable. Si lo eres, te acuerdas de todo —dijo Paco—. Nada para refrescar la memoria como la culpa.

—Además, Paco, ¿para qué quieres descubrir al asesino de alguien como tu suegro? No se lo merece —añadió el abogado—. Por las cosas que habéis contado de él, merecía quedarse sin asesino, como se tienen merecido otros quedarse sin tumba para que se los coman los perros.

296

—Se nota que eres abogado, Modesto. A ti la verdad te da lo mismo; pero si hay verdad a mano, la mentira es dañina.

—Te equivocas —le respondió Mason—. En estos asuntos cuanto menos se sepa, mejor para todos. Mejor para tu madre, para Dora y para ti.

—Te olvidas de que soy novelista de detectives. O lo era. No puedo evitar querer saber lo que ocurrió de verdad.

—Paco, esto es la vida; déjate de novelas —siguió diciéndole Mason—. ¿Qué conseguirías delatando a Poe en el caso de que él hubiese sido el asesino? ¿Tú crees que Poe es una amenaza para la sociedad, que él va a seguir encontrando motivos para asesinar a todo el que no le caiga bien? ¿Que se va a regenerar y rehabilitar en la cárcel? ¿Crees eso? ¿Que será una especie de asesino en serie que va a suprimir a todos los que ganaron la guerra, responsables subsidiarios de la muerte de su padre? Tu suegro tenía bien merecido morir como murió. Y poco más hay que hablar.

—Alto ahí. Os olvidáis de que yo soy policía —intervino Maigret—. Tendría que dar parte incluso de estas hipótesis, y decir que investigaran a Poe, ¿no os parece?

—¿Lo vas a hacer? —preguntó Paco.

—No, ¿para qué? Estoy de acuerdo con Mason. Cada día salen de la cárcel gentes tanto o más culpables que él, en el caso de que él lo hubiera hecho. Y otros que siéndolo mucho más, ni siquiera entran, y aquí no pasa nada. Desde luego que no voy a decir ni mu, para mí sería una complicación. Lo que no acabo de entender es qué interés tienes tú, Paco, en que se sepa la verdad. Si llegara a conocimiento de tu suegra el nombre del asesino de don Luis, obraría en consecuencia, y por mucho que detestara a su marido, todo lo que ella es, católica, una persona de orden, con una conciencia chapada a la antigua, etcétera, etcétera, le llevaría también a detestar a su asesino, y sería la primera en pedir justicia. Dora, por lo que cuentas, quizá tampoco te lo perdonara.

—Quien no me lo perdonaría sería mi cuñada, si se llegase a enterar de que yo sabía quién era el asesino de su padre, y no lo denunciaba —admitió Paco.

—¿Y desde cuándo te importa tu cuñada?

Paco guardó silencio.

—Vamos a dejarlo estar —añadió un Mason conciliador—. Aparte de que en absoluto me creo que Poe tenga nada que ver en todo eso, la experiencia me dice que algo va a salir mal como sigamos por ese camino.

Paco Cortés prometió olvidarse del caso, pero en cuanto dejó a Maigret y a Mason, fue a buscar a Marlowe.

El único que seguía realmente en relación con Poe era Marlowe. Paco y Dora habían hablado dos o tres veces con Poe, pero ni siquiera tenían su dirección. Paco habló con el joven relojero.

A éste la vida le sonreía. Su padre, ya jubilado, se había marchado a Alicante buscando temperos más dulces para sus huesos viejos, y le puso a él al frente del negocio relojero. Sus ansias de independencia y de pendencia habían llegado a su fin. Preparaba su boda para el año siguiente. ¿De Poe? Desde luego que seguían en contacto.

—Viene de vez en cuando a Madrid. Cuando lo hace se queda a dormir en mi casa.

Era la primera vez que tenía noticia de que Poe viniese a Madrid. ¿Por qué, entonces, nunca había querido visitarlos? Le constaba que por su hija Violeta sentía verdadero cariño. Le dolió enterarse así de la intrascendente doblez, pero no le dijo nada a Marlowe. Fue directamente al grano. Quiso saber si su padre conservaba su colección de pistolas.

—Sí.

—¿Nunca ha echado de menos alguna vez alguna de ellas,

tanto de las de colección como de las que usabais en los ejercicios de tiro?

—Nunca.

Le preguntó igualmente Paco Cortés si conocía bien a Poe. Marlowe, que en principio no recelaba nada de este interrogatorio, se mostró un buen colaborador con su amigo, y ni siquiera quiso saber a qué venían todas esas preguntas. Y quizá fuese esa naturalidad tan bien fingida lo primero que desconcertó a Paco. Se encontraban en una cafetería de la Puerta del Sol, Vanessa, que acababan de abrir. Pese a que se habían refugiado en una especie de gallinero al que se accedía por una escalera, el estrépito de los autobuses, que congestionaban y obturaban la calle de Alcalá, se colaba dentro y estorbaba las confidencias.

Quizá el propio Marlowe, buen lector de novelas policiacas, comprendió que no podía no mostrarse perplejo, y acabó preguntando a su vez; pero ya era tarde.

—¿Por qué quieres saber todas esas cosas de Poe, Sam?

—Ya soy Paco, Isidro. Y eso no es un juego. Quiero únicamente que me digas si te habló alguna vez de su padre.

Más que las respuestas, son importantes, para según qué preguntas, cómo se impresionan las palabras en el rostro del interlocutor, los gestos que hace, por mínimos que sean, un parpadeo, esa fracción de segundo en la que los ojos miran a otra parte y se corrigen de nuevo, la mano que busca un cigarrillo, o a veces la más ostentosa interrupción, como llamar a un camarero, mirar a uno y otro lado para cruzar una calle o levantarse para ir al cuarto de baño, todo con tal de ganar tiempo y pensar una respuesta adecuada.

—No querría ser indiscreto con Poe, Sam, Paco. Entiéndelo. Dime para qué quieres saber todas esas cosas.

—¿Te pidió alguna vez Poe que no contaras a nadie lo que te contó a ti de su padre?

—No, nunca, pero creo que eran cosas muy personales suyas, e íntimas. Yo no creo que tenga derecho a contarlas ahora.

Fue entonces el propio Paco Cortés quien lo hizo, quien le relató la historia de Domiciano Hervás, su militancia en la UGT antes de la guerra, los diversos destinos durante la guerra, en diferentes frentes y en los distintos cometidos, su apresamiento y posterior internamiento en el campo de Albatera, su liberación posterior, sin cargos, el desafortunado viaje a Madrid y su detención.

—¿Te habló Poe de mi suegro? —insistió Cortés.

Marlowe no podía negarse a contestar. Le bastaba estar allí con él, para sospechar que su amigo lo sabía ya todo. Los dos sabían que lo sabían. Para Paco sólo era cuestión de esperar un poco de tiempo, el que quizá Marlowe ya no tenía, por eso cambió la mirada y buscó con los ojos al camarero. De haber podido le hubiese pedido, más que una nueva consumición, claridad para sus ideas. Paco le observaba en silencio. Ahora sabía que todo era labor de la paciencia.

—Sí, sabía que había sido el policía que detuvo a su padre —admitió al fin Marlowe—, o al menos el que lo interrogó cuando lo detuvieron, el que dirigió los interrogatorios y el que le devolvió a casa.

—La primera vez o la segunda.

La expresión de Marlowe fue de sorpresa. A él sólo le constaba una vez, poco antes de que muriese. Paco le puso al corriente de la primera detención y la fama de don Luis en Albacete en 1939.

—¿Te contó que él le torturó? —preguntó después Paco.

—De eso no dijo nada. No sé si lo sabría o si no quiso hablar de ello. Supongo que se imaginaría que sí lo hizo. ¿Piensas que fue Poe quien lo mató? Yo no lo creo.

Ahora era Marlowe el que contratacaba.

—Es incapaz de matar a nadie —continuó diciendo—. Yo

300

estaba delante cuando cogió una pistola por primera vez. Fue precisamente el 23 F, en la galería de tiro. Y viéndole coger a alguien una pistola, se sabe si puede ser o no un asesino, como cuando le ves coger a alguien una paleta sabes si es o no un albañil. Eso se nota a la legua. Y Poe sería incapaz de matar a una mosca, como suele decirse.

—Tú dijiste que Poe era zurdo. ¿Te acuerdas?

—Me acuerdo. Era una broma. ¿Cómo iba a pensar que hubiera podido él solo haber matado a un hombre tan experimentado como tu suegro?

—¿Y por qué sabes que quien mató a mi suegro lo hizo solo? Dejemos eso ahora. ¿Nunca echaste en falta ninguna de tus pistolas?

—Nunca. Desengáñate, Poe no ha sido. La mayor parte de los crímenes perfectos no pueden resolverse nunca por una serie ilimitada de coincidencias. En unos casos las coincidencias desbaratan lo que era perfecto, y en otras, la casualidad convierte en perfecto un crimen que no era más que una chapuza. Además, ¿cómo logró llevar a tu suegro hasta allí? ¿Qué le dijo para que el otro tragara el anzuelo? Tres disparos... Pobre Poe. Se hubiese muerto de miedo al primero. Esa pista no te llevará a ninguna parte.

Paco Cortés fue a la comisaría esa misma mañana a ver a Maigret, en cuanto se despidió de Marlowe.

Quería el informe de la policía. Siempre, en todo momento, se había hablado de dos disparos, uno en la pierna y otro en la cabeza. Marlowe mencionó tres. No era precisamente un detalle que careciese de importancia. Y lo cierto, como le confirmó el propio Maigret, es que había habido un tercero, descubierto un día después, en los talleres de las dependencias policiales, en el curso de una revisión más minuciosa del coche. Había en efecto un orificio de bala que atravesaba el suelo de la parte derecha, correspondiente al asiento del acompañante.

El mal estado de la alfombrilla disimulaba el agujero. Como para entonces la nota policial hablaba de dos disparos, este tercero ni siquiera logró el protagonismo que merecía, pese a que podría ser el que pusiera en la pista a Paco para el esclarecimiento de la muerte de su suegro. De hecho, al volver a casa comprobaría lo cierto de ese tercer disparo, inspeccionando el coche de su suegro, que Dora y él usaban, en realidad que él usaba, porque para Dora, sabiendo que allí habían asesinado a su padre, era superior a sus fuerzas meterse en él.

Maigret fue de la misma opinión que Paco.

—Marlowe sabe la verdad —le dijo el novelista al policía—. Poe se lo ha dicho y Marlowe trata de encubrirle, es lo lógico. Son amigos.

Paco no podía presentarse en Castellón con un par de conjeturas y esperar que Poe se declarara culpable del asesinato del comisario don Luis Álvarez, sólo porque un ex escritor de novelas policiacas tenía una buena teoría de origen piscológico, como un nuevo Dostoyevski. Precisaba de algo más. La única baza era precisamente aquella tercera bala. Si hubiera seguido escribiendo novelas, y hubiese llevado a las cuartillas aquel caso, hubiera titulado el libro *La tercera bala*. Sin la menor duda.

Pasó por la relojería de la calle Postas y sacó a Marlowe a un bar cercano, para seguir su conversación mientras se tomaban un café.

—¿Cómo sabías que hubo tres disparos? Los periódicos y la televisión sólo hablaron de dos. Ni siquiera yo sabía que habían disparado tres veces. Ha sido Lorenzo el que me lo ha confirmado ayer.

—¿Yo dije que habían sido tres disparos? No me acuerdo.

Marlowe empezaba a no querer colaborar de tan buena gana como lo había hecho la primera vez, y era evidente que trataba de conservar la calma, incluso su casticismo.

—Dos, tres, Paco, ¿dónde están ya? Y sobre todo, ¿a quién le importan?

—Lo que dijiste exactamente es que Poe hubiera sido incapaz de disparar tres veces, porque a la primera se habría muerto de miedo.

—¿Y eso es tan importante?

Marlowe sabía perfectamente que en un interrogatorio de esa naturaleza era vital invertir los papeles y tratar de averiguar antes lo que el otro ya sabía. Pero volvía a suceder lo mismo: Marlowe sabía que Paco sabía.

—Isidro, por favor, tú y yo somos perros viejos.

—Como en tus novelas.

—Exactamente.

—Paco, tú sabes que siempre protegeré y encubriré si fuese necesario a un amigo. Y no digo más. Tú no eres policía y aunque se lo cuentes a Maigret es tan poco probable que él te hiciera caso, que nadie se tomaría en serio un asunto que incluso han olvidado los propios compañeros. Tú no eres tampoco el primero en saber que tu suegro no valía ni siquiera las dos horas que se gastaron con él en la autopsia o las tres balas que le dispararon.

—¿Te dijo Poe que lo hizo? —le preguntó Cortés al cabo de un rato.

Marlowe se lo quedó mirando de una manera opaca. Hablaban en voz baja, con largas interrupciones que disimulaban la tensión entre los dos amigos. Marlowe pareció en ese momento mucho más viejo de lo que en realidad era. Fue como si en un segundo la barba se le hubiese cerrado y le hubiese sombreado la cara.

—No voy a decirte nada más, Paco. Ni se lo diré a la policía, si viene a interrogarme. Ellos saben incluso menos que tú, sabiéndolo todo.

—¿Qué quieres decir? —preguntó Paco.

—Nada.

Dijo a Dora que tenía que ir a Barcelona por cuestiones de trabajo, a entrevistarse con un autor que Ediciones Dulcinea trataba de contratar, y Dora nada receló.

Gracias a Maigret y a la colaboración de la policía castellonense, se enteraron, sin levantar sospechas, del lugar de trabajo de su amigo Poe y del piso que tenía alquilado. Se plantó a las tres menos cinco frente a los bajos donde el joven oficinaba, y esperó que saliera. Aunque no era del todo improbable que Marlowe hubiese puesto sobre aviso a su amigo de la conversación habida con él, consideró que el factor sorpresa podía venirle muy bien.

Vio salir a Poe con el resto de los empleados. Éste se despidió de ellos para seguir solo. Hacía poco más de un año que Paco no le veía. Aún se diría que el muchacho estaba más delgado. Le siguió durante unos minutos y ya en el Paseo, en un paso de peatones, se hizo el encontradizo.

Poe mostró al mismo tiempo su sorpresa y su alegría, aunque sin que abandonara esa timidez que le era característica, y que al principio le hacía tartamudear y repetir cada frase un par de veces.

—Me alegro de verte, Paco. Me alegro mucho de verte. ¿Qué haces aquí? ¿Cómo es que has venido? ¿Y Dora? ¿Está bien? ¿Esta bien Dora? ¿Y la niña? ¿Qué tal Violeta?

Acabaron almorzando juntos en una tabernita en la que Poe, dijo, solía hacerlo muchos días.

—He venido a ver a un escritor de novelas policiacas que vive en Castellón, Ed Donovan—dijo Paco Spade.

—¿Del mismo Castellón?

—Éste es un inglés de verdad, pero sus novelas las firma, desde hace unos años, con un seudónimo español, José Calvario. El mundo está al revés.

En Paco Cortés aquellas improvisaciones resultaban tan naturales y artísticas que habría sido una lástima considerarlas una mentira.

Poe dio por buena las explicaciones de su amigo, pero no dejó de protestar por no haberle avisado de su visita.

—No sabía —se excusó Cortés— que iba a ser tan breve. Nos hemos puesto de acuerdo en todo. Le he dejado los contratos en su casa y él me los devolverá la semana que viene, por correo. He llegado esta mañana y me vuelvo en el último tren. Hay que ver qué casualidad encontrarte.

—¿Dónde vive?

—¿Ed Donovan? A dos manzanas de aquí, más o menos, en la calle Margarita Gautier.

Habían llegado a los postres y seguían hablando de los viejos tiempos de los ACP. Nunca resulta fácil acusar de asesinato a un hombre, así que Paco aprovechó la dulzura del tocinillo de cielo para verter en la conversación unas gotas de acíbar:

—Estoy aquí por la muerte de mi suegro.

Poe apoyó los codos en la mesa, juntó las manos, trenzó sus dedos y apoyó en ellos su nariz. Se limitó a observarlo. Sin despegar los labios.

Se hizo un silencio. La vida seguía a su alrededor, había ruido de platos, otras conversaciones, gentes que dejaban la cuenta y se levantaban, pero allí se estaba resolviendo acaso la vida de un hombre. Paco comprendió que Marlowe tenía razón. Poe no podía ser un asesino de nada, de nadie, y sintió de pronto vergüenza de haberle ido a acusar de un asesinato que no sólo no había cometido, sino que hubiese sido incluso imposible probárselo.

—¿Sabías que Marlowe fue quien mató a mi suegro?

—¿Me haces esta pregunta porque lo sabes o porque quieres saberlo?

—Sinceramente no lo sé. Hasta hace diez minutos creía que lo habías hecho tú. Eras el único que tenía un móvil. Hablé con Marlowe hace una semana, y entonces pensé que lo habíais hecho a medias. Ahora he comprendido que sólo pudo hacerlo él. Para hacer un Crimen Perfecto, por altruismo, para quitármelo de enmedio a mí.

—Podrías estar equivocado.

—Sí, pero estoy tan cerca de la verdad, que tarde o temprano me quemaré las manos. Encontraré una prueba.

—O no. O puede que sí, pero aunque se trate de una prueba, ¿de qué te va a servir si no te sirve para atrapar al asesino? Los crímenes perfectos saben contener la respiración cuando pasan a su lado los policías y los detectives. Son perfectos porque no se delatan gritando: ¡He sido yo! Hubiera sido preferible que le hubiese matado por error un chorizo, o un drogadicto, de una cuchillada, a la salida de un cine, por la noche, alguien que ni siquiera supiese que era policía y un cabrón, alguien que le hubiese dejado desangrándose en el portal de su casa toda la noche, con la luz apagada. Sin saber que moría por todos los crímenes que él cometió a lo largo de su vida. Éste no es ni siquiera un Crimen Perfecto, no es más que un asesinato justo, un poco de justicia poética. Ha pagado él por todos aquellos que jamás pagarán por lo que hicieron.

—¿Que hicieron quiénes? —preguntó Paco.

—¿Quiénes? —y pareció que aquella triste sonrisa le costaba incluso esbozarla. Paco Cortés supo que su amigo Poe ni siquiera se tomaría la molestia en responderle.

—Pero tú no puedes tomarte la justicia por tu mano, Rafael.

El cambio de Poe a Rafael traía la cuestión al plano de lo real.

—La justicia se la ha tomado la propia vida, Paco. Por eso se dice que es justicia poética, porque nace de la vida y porque es la única justicia que cabe esperar, cuando ya no es posible la otra, a la que todo hombre tiene derecho, la que no tuvo mi padre. El hambre de justicia despierta sed de venganza, y muchos que creen querer vengarse, sólo esperan un poco de justicia. Eso sería suficiente. Nos parece bien que los judíos persigan a los nazis hasta en el último rincón del mundo, que los cacen, que se los lleven a Israel, y que allí los juzguen, los metan en la cárcel y los ahorquen. Es mucho más de lo que tuvieron las víctimas. Y nos parece bien para que no se olviden los crímenes que cometieron. Los crímenes que cometieron las gentes como tu suegro han quedado impunes, porque son la moneda con la que hemos pagado para que se produjera esto que tenemos ahora en España. Una vez preguntaron a uno de esos cazanazis si no podía perdonar. Y dijo, sí, yo puedo, pero no en nombre de los muertos. Aquí es al revés. De modo que una vez más los muertos de hace cuarenta años siguen pagando, muertos, para que nosotros podamos seguir vivos. Se les quitó la vida, y se ensucia su memoria. A algunos puede que esto les parezca bien, pero a otros les resulta excesivo, no porque sea mucho, sino por lo mucho que han soportado durante tanto tiempo. A la democracia no ha llegado todo el mundo de la misma manera. Los hay que han llegado frescos, limpios, en magníficas barcas de salvamento. En cambio otros han llegado derrotados, extenuados, como los náufragos, y algunos han llegado, devueltos por el mar, ya ahogados. Lo que no se les puede decir aho-

ideas. Y un año en aquellas cárceles no es para contarlo. Pero se libró bien, lo soltaron y se reunió con mi madre, que acababa de perder a su segundo hijo. Ella dijo que era de la miseria y de lo que les hicieron pasar. Empezó a trabajar. Se compró con muchos sacrificios un camión viejo. No le iban mal las cosas. Nacieron mis dos hermanos, y cuando todo parecía que iba mejor, cuando ya nadie se acordaba de la guerra ni de nada, cuando se habían olvidado de los falangistas y parecía que les iban a dejar vivir, pasó lo que le pasó en Madrid. Desde que le detuvieron hasta que se murió pasaron dos meses. Mi padre no entendía por qué le había sucedido aquello cuando mejor estaban. Tenía dos hijos que se le habían criado bien y otro estaba en camino. Y no hacía más que hablar de aquel policía que volvía a cruzarse en su vida por segunda vez. Mientras mi padre estuvo enfermo mi madre luchó. Pero al morirse mi padre, se vino abajo. Tuvo que vender el camión y sacarnos adelante como pudo. Fue a ver a todos los abogados del mundo, porque decía que iba a demandar a la policía por haberle hecho a su marido lo que le habían hecho, pero ni un solo abogado quiso coger ese caso, ni tampoco los médicos quisieron firmarle un certificado en el que dijeran que la neumonía era consecuencia del estado lamentable en el que lo devolvieron, porque hasta lo de las dos costillas rotas dijeron que se las había podido romper de cualquier manera, bajando una escalera. Eso era España en 1960. Ahora, dos de los abogados que no quisieron defender a mi madre entonces son diputados en el Parlamento, desembarcaron en el Parlamento en un buque de lujo, los votos, y dicen que son demócratas de toda la vida, y piden pensiones y reconocimiento para los del «otro lado» porque aquélla fue una guerra «incivil». ¿Quién la hizo incivil? ¿No es chistoso? Y el que era Jefe de Servicio en el hospital cuando mi padre murió y que no quiso firmar un parte de defunción contando todo lo que te-

310

nía y por qué, es hoy el director del Hospital Provincial.

—¿Y vais a matarlos a todos? ¿Vais a matar a los abogados, al médico, a todos los que en 1960 no quisieron reconocer el atropello que habían cometido con tu padre?

—Yo no he asesinado a nadie ni voy a matar a nadie. Tu suegro hacía el mal a sabiendas. Los otros actuaban sólo por miedo.

—Mi suegro también actuaba por miedo. Ya se sabe que cuando te subes a un tigre, no puedes bajarte de él. Y eso les ocurrió a todos los del Régimen. Vivieron en permanente amenaza. Yo he visto a mi suegro descomponerse porque pensaba que en cualquier momento volverían los comunistas y harían con él lo que ellos hicieron después de la guerra con los comunistas y con todos los demás. Y por eso seguían reprimiendo. También tenían miedo.

—Sí, Paco, el miedo de los verdugos. Tú lo has dicho. Entonces, al miedo de las víctimas, ¿cómo hay que llamarle? Hay que elegir entre víctimas y verdugos, no entre miedos. Y no todos los que estaban a favor de Franco eran unos asesinos, hasta ahí estoy dispuesto a concederte. Pero aún debes conocer más. A mi padre lo mataron en 1960. Fue una víctima más de la guerra. Pero lo peor vino luego. A mi madre le rompieron la vida. Adoraba a mi padre, no podía vivir sin él. La gente lo decía, llevaban casados veintidós años y seguían como si fuesen novios. Yo he crecido viéndola saltársele las lágrimas cada vez que salía a la conversación mi padre, y todavía ahora no se las puede aguantar, y hay fotos de mi padre por toda la casa, yo me he criado no en una casa sino en un panteón. Mi madre tenía entonces treinta y cinco años. Treinta y cinco años. Se casó con mi padre cuando era una niña y no ha conocido a otro hombre. Pero entonces se le acabó la vida. Y mi madre no supo nunca por qué le había sucedido a ella, pero sí supo quién lo hizo. Y para ella ése es el culpable. No le hables de Historia de España ni de la guerra. En cambio sabe que en 1940 llegó alguien a Albacete, y que sembró la ciudad de muertos y que veinte años después volvió a encontrarse a mi padre y creyó que aquél venía a matarle por lo que había hecho entonces, y se lo dijo a mi padre, en cuanto comprobó de dónde era y los antecedentes penales. Le dijo, os conozco a todos y creéis que os vais a tomar la justicia por vuestra mano. Sois vengativos, alimañas, malos. Y mi padre le dijo que ni siquiera se acordaba de él. Y eso era verdad cuando lo dijo. Quiero decir que se dio cuenta de que era él, pero llevaba diecinueve años sin acordarse de él, había logrado sacarlo de su vida. Porque para sobrevivir tuvieron que olvidar todo lo que había pasado y todo lo que sabían. Ellos no. El criminal sólo puede vivir en el día del crimen y en el escenario del crimen. Pero a mi padre se le había olvidado ya. Porque inocencia es olvido. Y tu suegro hizo que se acordara otra vez, y de qué manera. Me habría gustado que alguien hubiese juzgado aquellos crímenes, porque somos las víctimas. No ha sido así, y no lo será. Habríamos sido felices si alguien hubiese asesinado a Franco, pero tuvimos que conformarnos asistiendo a aquella agonía espantosa. Y a eso le llamamos también justicia poética, que es como decir, sucedáneo de justicia. Y la muerte de tu suegro ha sido otro sucedáneo.

Hacía un buen rato que los últimos clientes se habían levantado de aquella tabernita, y se habían ido. Sólo Poe y Sam Spade seguían sentados delante de sus cafés. El camarero esperaba para despejar la mesa, poner unos manteles limpios, como había hecho ya en otras mesas para los servicios de la cena, y marcharse a su casa.

Poe se ofreció a acompañarle a la estación. Se sentaron en uno de los bancos de la sala de espera.

—Mi vida es tranquila aquí —le confesó Poe—. Y seguirá siéndolo, si está de mi mano, y de la tuya. No sé cómo pudo

en otra cosa. Me despertaba cada noche con la misma pesadilla. Para mí no era más que un nombre repetido a todas horas en casa, en voz baja, por los rincones: don Luis Álvarez, el «Escobajo». No tenía rostro. Mi madre estaba aterrada de que a alguno de nosotros le sucediera algo parecido a lo que le pasó a mi padre, así que dejamos incluso de hablar de él. Pero él jamás se fue de allí. En los sueños tu suegro no era más que el espíritu del mal encarnado en un nombre. Me encontraba con él, yo con un arma en la mano y él delante, le decía, soy el hijo de Domiciano Hervás. Y él decía, no sé quien es ese Domiciano, déjame en paz. No se acordaba de nada. Ya has visto tú ahora que nadie se acuerda de nada de lo que ocurrió no hace ni siquiera diez años. Pero ahí tienes a mi madre, y como ella a muchas otras personas con el problema contrario: no pueden olvidar. Lo que no darían por olvidar. Les han robado la inocencia, y les hacen sentirse culpables. Es monstruoso. Mi madre ha pensado mil veces lo que hubiera ocurrido si mi padre no hubiese ido ese día a Madrid. No se habría encontrado con su amigo, y no habría pasado nada. Durante años soñaba cada noche con que me lo encontraba, pero jamás pensé que me tropezaría con él en la realidad. Para mí no era parte más que de una ficción siniestra. Y en sueños le decía quién era y lo que había hecho con mi padre, hasta tenerlo de rodillas pidiéndome perdón, pidiéndole perdon a mi madre, a mis hermanos, suplicando clemencia. Y al ir a disparar, me despertaba. Cuando salió todo aquello del 23 F y vi su nombre en el periódico y supe que era él, me hubiera alegrado si lo hubiesen detenido y juzgado y me hubiera dado igual que lo hubiesen condenado por lo reciente, teniendo pendiente tanto de lo pasado, como a la gente le dio igual que Al Capone fuese a la cárcel por no pagar impuestos y no por sus crímenes. Tenías que haberlo visto esa noche. Pero hasta en eso tuvo suerte. Hubiera sido sencillo haberlo matado. Tenía a mano hasta una pistola, y cien, como sabes, si hubiese querido. Pero no quise. Nunca lo he querido, y ahora que ha sucedido, no me alegro de que haya muerto, pero tampoco me apena que lo esté. Me da igual que me creas o no. Sólo te digo una cosa: tu suegro no merecía ni siquiera saber por qué moría.

Aquellas palabras le recordaban tanto las de Marlowe, que la hipótesis de que lo habían hecho juntos cobró de nuevo fuerza.

—¿No es verdad que ya estabas matriculado cuando nos contaste aquel cuento de la universidad? ¿No planeaste acercarte a los ACP, en el Comercial, para hacerte amigo de Maigret y poder entrar en la comisaría y ver de cerca a mi suegro?

—Es un honor que me haces, Paco, creyéndome tan inteligente. Pero te repito lo que Dora te ha dicho cien veces. Hazle caso a ella, ya que de mí no te fías: esto no es una novela policiaca. No es más que la vida, y la vida raramente tiene brillo. En cuanto a la universidad, fue una tontería deciros aquello. Fue lo primero que se me ocurrió. Estaba allí por Hanna. La vi un día, la seguí, entré en la academia y me apunté a sus clases. Pero eso no lo podía contar. Ni siquiera se lo conté a ella entonces. Me da igual que me creas o no. Te lo vuelvo a decir: tu suegro no merecía saber ni siquiera por qué lo mataron.

—Y lo supo, ¿verdad? Y tú lo sabes también —afirmó Paco.

—Sí, y tú, Paco: por todos sus crímenes. Algunos de nuestros militares y policías no fueron mejores en muchos casos que los nazis, pero viven tranquilos con su empleo o sus pensiones, porque se han sellado unos pactos ¿En nombre de quién? ¿En nombre de la transición pacífica? ¿Me lo han preguntado a mí, a mi madre, se lo han preguntado a mi padre? De acuerdo. Nadie pide que se los mate, ni siquiera que se los condene. Las víctimas se conformarían con que los juzgaran. Pero nadie les va a juzgar, y es entonces cuando la vida trata de compensar las asimetrías con muertes como la de tu suegro, que nunca se resolverán, pero en la que algunos verán algo armónico.

—Pero hasta los comunistas han dicho que había que poner un punto final.

—¿Le han preguntado a los comunistas muertos, a los comunistas que se tiraron en la cárcel treinta años, a los que se suicidaron en las escolleras del puerto de Alicante, cuando estaban entrando los italianos? Nadie quiere que maten a los asesinos, a los torturadores, a los cómplices. Ni siquiera llevarles a una cárcel como llevaron a Hess, aunque se lo merecerían. Pero la única manera de que no olvidemos sus crímenes es que podamos juzgarlos a la luz de los hechos. Te recuerdo que a tu suegro le dieron a título póstumo la medalla al mérito policial. ¿Mérito de qué? Y a mi padre, ¿qué le han dado? Mi madre ni siquiera tuvo derecho a una pensión. Pero ¿sabes lo que pasó cuando le di la noticia a mi madre de que habían matado a ese cabrón? Se me quedó mirando y no dijo nada. Nunca le conté que le había conocido, que le había visto en la comisaría de la calle de la Luna. No lo sabe ni lo sabrá, pase lo que pase, Paco; prométemelo.

Paco se limitó a asentir, para no interrumpirle.

—Pero ella no dijo nada —continuó Poe—. Se sentó y no abrió la boca. Tampoco a mis hermanos. Me conoces. Sabes que no me gusta hablar. Pero a mi madre tuve que decírselo, cuando le mataron, y mi madre se sentó, cogió una foto de mi padre que tiene siempre puesta en la mesita del comedor, y con la foto entre las manos empezó a llorar. No sé lo que se le pasaría por la cabeza en ese momento. No sé por qué, ni me digas cómo, pero supe que aquellas lágrimas también le comprendían a tu suegro, y eso era injusto. Me puse furioso. Le grité que dejara de llorar, porque ésa era una buena noticia. Y me dijo que la única buena noticia sería que mi padre no hubiese muerto, y lo sentía, porque a lo mejor aquel hombre dejaba una mujer como ella, y unos hijos. Mi madre me acababa de dar una lección, y comprendí por qué habían perdido la guerra. Porque nunca se hubieran puesto a la altura de los criminales. O sea, que tu suegro se fue al otro mundo incluso con el perdón de sus víctimas, y eso le hacía todavía más mezquino. Deja que las cosas se queden como estaban.

—Quizá, pero todos los crímenes tienen que tener un asesino, y éste también. Es lo único que he aprendido de todos estos años.

—No, Paco. El asesinato de un asesino puede alegrarnos, pero no beneficia a nadie, como tampoco el mundo es mejor por una rata menos.

Esperaban el tren de Madrid. Paco Cortés se quedaba sin resolver el único caso real que había tenido entre manos. En las novelas, lo sabía, todo sucede mucho más fácilmente. En la suya propia, aquélla que ni siquiera estaba reconociendo como novela, todo quedaba a medio terminar. Se marchaba de allí con el convencimiento de que Poe había matado a su suegro de una u otra manera, sólo o con la ayuda de Marlowe, sólo o induciendo al asesinato a su amigo el relojero. Pero supo también que nunca podría probarlo.

—Es curioso que todo esto me ocurra a mí, Rafael...

Paco Spade, el gran Sam Spade, volvía a llamar a Poe por su nombre de pila.

—¿Qué?

—Es curioso —repitió el ex novelista—, porque en las novelas policiacas todo adquiere una apariencia de realidad, pero lo que sucede en ellas tiene el mismo valor moral que lo que sucede en un tablero de ajedrez, donde los peones, según en qué posición, pueden valer lo que una reina, y los reyes pueden llegar a comportarse como auténticos peones. Sólo los caballos parecen estar en su sitio. Y esto es lo que has estado haciendo conmigo todo el día, dando saltos de caballo de un lado para otro.

Poe sonrió a su amigo. Los altavoces anunciaron que el tren que esperaban entraría de un momento a otro en el andén.

—Se cometen crímenes por alguna de estas tres razones, Poe: por amor, por dinero o por poder. Raramente mata nadie por honor, y mucho menos por justicia poética, como tú la has llamado, y cuando esto ocurre, estamos ante un romántico, no ante un asesino. No sé. Lo que he sacado en claro de este día es que jamás actuaría contra ti.

—Paco, te lo agradezco —dijo Poe con una gran tristeza—: pero yo no soy un romántico, tampoco soy un asesino y acaso nunca sabremos cómo ocurrió. Si hubiese sido un asesinato y lo hubiese cometido yo, lo habría hecho por amor. Amor a la vida, como el médico que extirpa un cáncer. Pero no lo cometí. La vida es muy generosa con nosotros, y como en las pesadillas, nos despierta siempre en el preciso momento en que el horror parecía ya inevitable.

No tenían más que decirse. El tren llegó al andén moribundo, entre resuellos chirriantes.

—Me ha gustado mucho eso de tu amigo Ed Donovan, alias José Calvario —dijo Poe—. ¿Por qué no vuelves a escribir novelas, Paco? Es muy difícil mentirle a quien ha sufrido mucho.

—Poe, siempre dije que de todos los ACP tú eras el más listo y el más sagaz. ¿Por qué no te crees ahora lo de Ed Donovan?

—Porque no hay ninguna calle de Margarita Gautier en todo Castellón.

Paco sonrió como un niño al que han sorprendido metiendo el dedo en el tarro de la mermelada.

Se estrecharon la mano. Poe se quedó de pie en el andén,

ya vacío. Arrancó el tren y Paco Cortés repitió un impreciso gesto de amistad y despedida. Poe le correspondió con otro en el que los adioses se hicieron aún más difusos.

Paco bajó la ventanilla; no oía lo que decía su amigo.

—¿Qué dices, Poe? —gritó Paco con el tren en marcha.

—Que por muy inteligente que seas, las deducciones perfectas a veces están equivocadas.

—¿Qué?

Paco no había oído las últimas palabras, y cabeceaba mientras hacía pantalla con la mano detrás de la oreja.

—Nada —respondió Poe con una triste sonrisa en el rincón de la boca, y añadió como si necesitara oírselo al menos a sí mismo—, que esto no es una novela.

Al día siguiente Paco Cortés volvía a entrevistarse con Marlowe en la cafetería de la Puerta del Sol. La gestión del negocio le dejaba pocos momentos libres.

—Sabrás que ayer he estado con Poe.

—No, no lo sabía —mintió Marlowe.

—¿No te ha llamado Poe?

—No.

—No me lo creo. Conseguisteis que mi suegro os acompañara hasta la Fuenclara, y allí uno de los dos lo liquidó.

—¿Lo sabes o lo preguntas?

—Has hablado con Poe.

—De momento eso no es un delito. Y además, ¿qué harías tú si alguien acusa a un buen amigo tuyo de un asesinato? En efecto. Pudo ser Poe. Yo te dije que me extrañaba que fuese él, porque no se llevaba bien con las armas. Ahora dices que pude ser yo. Pude, en efecto, ser yo, aunque no tenía móvil. Pudimos ser los dos, él puso el móvil y yo puse el arma. Pero pudo ser otro cualquiera. Y eso es lo que hace de este crimen un crimen perfecto: tenemos cadáver, tenemos móviles, tenemos sospechoso o sospechosos, pero no tenemos al asesino. Por si fuese poco, esa muerte ha beneficiado a todo el mundo: a su familia en primer lugar, a sus compañeros de trabajo, a las que fueron sus víctimas y a la sociedad, que cuenta ya con un bicho menos. ¿Qué más se puede pedir? Y si estás esperando que uno de nosotros dos dijera: he sido yo, o ha sido el otro, o hemos sido los dos, vas listo. Y a estas alturas, ¿dónde encontraríais testigos que desbarataran una coartada? No una coartada de Poe o mía, de cualquiera. Encontrad a un sospechoso que diga: a esa hora yo me encontraba almorzando en tal lugar. Han pasado dieciocho meses. La policía tampoco tiene el arma ni está esperando en algún rincón de un armario un traje con manchas de sangre de tu suegro o unos zapatos con barro de la Fuenclara. Te lo dijo Poe y te lo repito yo. Por suerte para los crímenes perfectos, esto no es una novela. Y que conste que no tengo nada contra ti, por querer saber la verdad. Era tu suegro. Si hubiese sido el mío, seguramente me habría tocado hacer lo mismo. Pero olvídate de encontrar al asesino, porque no lo hay.

—Pero estuvieron a punto de endosármelo a mí. Te recuerdo que durante unos días hubo quien pensó que me lo había cargado yo, incluso que había sido un complot de los ACP. Hubierais permitido que me lo echaran encima.

—No presumas, Paco —dijo el relojero.

Paco Cortés y Marlowe se despidieron como buenos amigos. Nunca habría pensado Paco que Marlowe hubiese sido capaz no ya de cometer un asesinato, sino de blindarse tan oportunamente de razonamientos, él, que parecía un tipo caprichoso y extravagante.

—Los dos son inteligentes —les dijo dos días después a Maigret y a Mason, frente a unos whiskies, en el Trafalgar Pub de Fuencarral—. Quién iba a decirlo. Los alevines de los ACP dándonos lecciones a los veteranos. El único fallo lo cometió Marlowe con lo de las tres balas, pero fue lo bastante hábil y tuvo la suficiente sangre fría para negarlo. Poe le habló de su padre y de lo que mi suegro le había hecho, quizá le convenciera de llevar a cabo un crimen perfecto, y Marlowe, con ese espíritu deportivo que tiene siempre, se prestó a ello. Sólo hay algo que no cuadra. No pudieron hacerlo solos. El lugar en el que apareció el cadáver es un descampado. La boca de metro más próxima está a una hora andando, y la parada más cercana de autobús, a media. Llevarían el arma homicida encima. No creo que se expusiesen a andar por aquellos lugares y permitir que alguien les viese y les pudiese identificar. Ni Poe ni Marlowe tenían entonces coche ni creo que supiesen conducir. De modo que hay que pensar que alguien les estaría esperando. Y ¿dónde buscar mejor que entre los ACP?

Maigret y Mason lo miraron asombrados. Aquél era el Sam Spade de siempre, implacable, analítico, sin dejar resquicios, de ojos oscuros y fríos que se abrían paso entre los hechos con el sigilo infalible del lince.

—Si queréis podemos repasar quién pudo ayudarles —insinuó Paco.

—Te olvidas que su novia, la danesa, todavía no había muerto, y ella sí tenía coche.

—Es verdad —admitió el ex novelista—. Y podía haber accedido por dos razones: dinero o amor. Poe me dijo que de haberlo hecho él, lo habría hecho por amor. O, puesto que para entonces estaba ya metida de nuevo en la droga, necesitaba dinero. Pero cualquiera que sepa de crímenes perfectos sabe que no se debe confiar en nadie por dinero para cometer un crimen. Ése es el eslabón por donde antes se rompe esa cadena. Por amor pudo hacerlo, pero no es probable. Por entonces estaba ya regularmente con su marido y además no tenía la menor experiencia criminal, ni antecedentes. Los criminales no se improvisan. Sigamos. Descartemos al padre Brown...

—No es lógico —dijo decepcionado Mason.

—Un cura puede recoger y encubrir, de momento, a un criminal, pero no creo que esté dispuesto él mismo a cometer un crimen.

—La pobre Miss Marple... Por cierto, me llamó hace un mes. Me preguntaba si ya no íbamos nunca más a volver a nuestras reuniones. Le dije que le avisaría en el caso de que volviéramos a vernos. Si llegase a saber que estamos barajando su nombre como encubridora de un asesinato real, huiría despavorida y no volvería a vernos en lo que le queda de vida. Pobre Miss Marple... Sherlock habría sido capaz de eso y de mucho más. Es un hombre calculador, pero interesado, tanto, que le habría delatado el móvil. En este caso, no tenía ninguno para matar a alguien que no conocía. Hemos de descartar también a los ACP que ni Poe ni Marlowe conocían, porque los trataban poco...

—Milagros también tiene coche —recordó Maigret.

—Y Milagros hubiera sido capaz no sólo de ayudarles a cometer ese crimen, sino a cometerlo ella personalmente. Por novelera. Pero ni Poe ni Marlowe tenían ninguna relación con ella, aparte de la que mantenían cuando se veían aquí, que era ninguna, porque sabéis de sobra que Milagros y la Esfinge son hermanas. Dejemos aparte a Nero y a los demás. Sólo quedamos nosotros tres. Tú, Mason, no te lo tomes a mal, eres un inútil para el negocio asesino.

—Tampoco es eso —protestó su amigo.

Paco giró los hombros para dirigirse a Maigret, dando a entender que aquello iba a ser sólo una cuestión que dirimirían entre ellos dos.

—Te sigo —dijo el policía muy solícito—. Estoy muerto de curiosidad.

—Pude ser yo —admitió Paco—. De hecho es lo que al principio creyeron en la policía. Pero hubiese sido absurdo que pudiendo haberlo cometido yo solo, quisiese cometerlo con otros, a los que en principio no podía imaginar en qué les iba a beneficiar. Para entonces yo no conocía la relación que existía entre Poe y mi suegro, así que difícilmente podría haberle propuesto que entrara en la combinación. Respecto a Marlowe habría sido la última persona a la que hubiese confiado un secreto de esa naturaleza. Yo conduzco, es verdad, pero daba la casualidad de que el único coche del que hubiera podido disponer lo conducía en ese momento mi suegro, al que es difícil que convenciera para irnos de picos pardos esa tarde. Sólo quedas tú, Lorenzo. Y tú sí tienes coche.

—En Madrid hay un millón de coches, Paco —le dijo Maigret de magnífico humor—, y no hay un millón de sospechosos de haber matado a tu suegro, sin embargo.

—Pero tú, en cambio, sí hubieras podido tener una buena razón para matarlo. Era tu jefe e iba a hacer que te destinaran a otra parte.

—¿Cómo sabes tú eso?

La expresión alegre de Maigret se mudó en sorpresa y extrañeza. Mason miró significativamente a su amigo Paco. Como broma no le parecía acertada, pero no se atrevió tampoco a intervenir.

—Estas últimas tardes tratamos de poner en orden los papeles de mi suegra. Va a dejar esa casa. Se le echa encima. Se muda a una residencia. En una carpeta me apareció a mí un borrador de expediente disciplinario en el que figura tu nombre. Llevaba fecha de un mes antes de su muerte. No sé cuáles eran vuestras diferencias. Pero antes quiero decirte que aunque tú ayudaras a Poe y a Marlowe, no cambiarán las cosas. No me importa demasiado. Aunque tus razones no fueran tan nobles como las de Poe, incluso como las de Marlowe, no lo haría, ni siquiera me tomaría la molestia de reabrir este caso. Puedo encontrar razonable que alguien quiera hacer justicia allá donde la justicia no comparece. Entiendo que alguien como Marlowe, por amistad, se preste también a ayudar. Ahora, que alguien quiera vendimiarle la vida al jefe porque éste no se porta bien con él, me parece indigno, peor aún, mezquino. Por otro lado según parece, la tarde del crimen vieron por la Fuenclara un Peugeot blanco, y tú tenías entonces un Peugeot blanco.

Maigret le había dejado hablar. Sostenía el vaso de whisky en la mano, pero desde que empezó Paco su alegato, el policía se había olvidado incluso de la bebida, y sus labios estaban secos. A Paco no se le escapó este detalle, porque de los detalles es de donde salen siempre las deducciones irrebatibles.

—Bebe, Loren, se te va a calentar el whisky.

Paco Cortés pensó en ese momento: si Loren no bebe y deja el vaso en la mesa, me va a costar sacarle nada. Ahora, si bebe, acabará contándome lo que pasó.

Maigret apuró distraído de un largo trago lo que quedaba de whisky, incluso se metió en la boca uno de los trozos de hielo, y dejó a continuación el vaso sobre la mesa. Como cualquier sospechoso, quería tomarse unos segundos para meditar la respuesta. En términos policiacos, aquel trozo de hielo en su boca era una tregua para tomarse su tiempo antes de hablar.

—Peugeot blancos como el mío debía de haber entonces en Madrid lo menos mil...

—Ya hemos bajado de un millón de sospechosos a mil... —dijo sarcástico Cortés.

—Sin embargo te equivocas con lo de ese expediente. Es la primera noticia que tengo de él, y puedes o no creerme. Unas semanas antes yo había tenido una discusión muy violenta con don Luis. Todos los que habían trabajado con él habían tenido alguna vez una o más. Una de las vías de investigación fue por ese lado. También nos investigaron. Tu suegro

venido, por fin vi aparecer a Poe. Pero le acompañaba Marlowe. El día anterior no había mencionado a Marlowe. Se metieron en el coche y Poe me dijo, Lorenzo, acabo de matar a Luis Álvarez. Yo miré a Marlowe. Si me lo hubiese dicho Marlowe habría creído que era una broma, porque siempre está con bromas de ésas, ya lo conocéis, pero lo dijo Poe, que nunca se reía por nada, siempre tan serio. Quise saber lo que había pasado. Poe se disculpó conmigo, estaba tranquilo. A Marlowe, en cambio se le veía descompuesto, silencioso. Poe me dijo, don Luis Álvarez mató a mi padre. Yo nunca había hablado de su padre con él ni sabía nada de su familia, salvo cuando hablamos la primera vez. Entonces no me contó muchas cosas. Yo le pregunté, ¿lo trajisteis aquí para matarlo? No, contestó Poe. Tendré que dar parte, dije yo. Bueno, dijo Poe, es natural. No estaba nervioso, pero quiero que sepas, añadió, que yo sólo quería hablar con él. Y yo le repliqué que para hablar con él no tenía que habérselo llevado a Vallecas. Al lado de la comisaría hay doscientas cafeterías donde hacerlo. Y Poe me dijo que para lo que tenía que decirle, sí; quería tener la seguridad de que no se marchaba, porque tenía que oírle y quería hacerle sentir aunque fuese un momento todo el miedo que él hizo sentir a tanta gente, que hizo sentir a su padre. Y por eso iba armado. Hacerle un juicio, el juicio que no tuvo su padre. Y me contó no sé qué de un sueño que tenía siempre, y que en ese sueño le miraba a los ojos al asesino de su padre. Estábamos en el coche, arranqué y nos marchamos de allí. Por suerte no nos vio nadie... De todos modos a mí seguían sin cuadrarme muchas cosas de las que Poe contaba. Nos fuimos a mi casa. Poe le había pedido a Marlowe que le acompañara, porque tenía miedo de que tu suegro fuese incluso capaz de matarle a él. Fue a ver a don Luis y le dijo, ¿se acuerda de mí? Soy el primo de Maigret, y le contó una milonga sobre ti, Paco. Como en aquel tiempo don Luis estaba obsesionado contigo, que fue, acuérdate, cuando subió a la academia y te organizó aquel escándalo, le fue a ver y le dijo, don Luis, su yerno está metido en cosa de drogas. Le dijo también para picarle, su hija creo que también anda metida en eso, don Luis; la ha metido su yerno. Estaba todo calculado, eso es lo que creo. Cuando tu suegro había tragado el anzuelo, más por ansias de que fuese verdad que porque estuviese bien urdido, le dijo, y yo sé dónde le puede usted pillar. Como a mí, le contó un cuento parecido, que tú, Paco, le debías mucho dinero a él, que te lo había prestado cuando estabas separado de Dora, que no se lo habías devuelto, porque decía que lo tenía un camello de Vallecas, y que le habías dicho que ese camello iba a tener dinero al día siguiente. Poe le dijo: sólo quiero recuperar mi dinero; lo demás me da igual. Tu suegro lo primero que quería era meter a toda la brigada en el piso donde Poe aseguró que operaba o vivía el camello y a donde se suponía que ibas a ir tú, y pillaros a los dos. Pero Poe le dijo, no, no haga usted eso, porque es muy probable que allí esté también Dora, pinchándose, y no querrá que detengan también a su hija. Lo que resulta increíble es que se tragara una historia como ésa siendo policía. Quizá se la tragó porque lo era; hemos visto tanto que no nos sorprende ya nada. Don Luis se puso como loco, ciego de ira. Hubiera podido telefonear a su hija y hablar con ella. Pero no, prefirió creer a un desconocido, porque creerle venía a confirmar todo lo que siempre había dicho de su yerno. En caso de que hubiera telefoneado a Dora, y hablado con ella, quizá tu suegro estuviese vivo. El destino quiso que no lo hiciera, fue a reunirse con el suyo propio. Como tú dices, Paco, cuando el destino anda por medio no hay mucho que hacer. Tu suegro llamó a tu suegra y le dijo que iba a ir a casa a comer. El plan era llevarle a ese descampado. Llegaron a la Fuenclara y allí les esperaba Marlowe, que

do Marlowe. El policía trató de quitársela. Poe me dijo que en ese momento supo que le mataría a él como había matado a su padre. Forcejearon. Un tiro fue al suelo, otro a la pierna y otro le dio en la cabeza. Y que todo sucedió muy deprisa.

—¿Y tú, siendo policía, te creíste todo ese cuento? —preguntó Paco Cortés.

—Sí.

—¿Nadie oyó los tiros, nadie vio el coche?

—No.

—¿Y por qué no diste parte? Te jugabas mucho si te descubrían.

—Llegué a un pacto con Poe. Si veía que las investigaciones llegaban cerca de mí, él se entregaría y contaría una versión maquillada de los hechos, sin mencionarnos ni a Marlowe ni a mí. Por experiencia sé que un diez por ciento de los asesinatos se quedan sin resolver o sin detener al culpable. No se perdía nada esperando unos días. Y siempre podría negarlo todo. Luego las sospechas apuntaron hacia ti, y nos tranquilizamos.

—¿Y tu te creíste que Poe se entregaría? ¿En qué parte has visto tú que alguien se entregue a la policía y confiese su crimen?

—En todas partes, a diario. Y Poe lo habría hecho, de eso estoy seguro.

—Me hubierais dejado solo —dijo Paco sin demasiado pesar, tampoco muy convencido.

—Las acusaciones eran insostenibles. Estaba claro que no te hubiese pasado nada.

—No, podrían habérseme complicado las cosas. La vida está llena de falsos culpables y de falsos inocentes. Y yo siempre he dicho que el crimen perfecto trae aparejado un falso culpable y la condena de un inocente.

—No dramatices. El caso es que cuando pasaron los tres

primeros meses —siguió diciendo Maigret—, todo eso fue diluyéndose, y en comisaría volvió a cobrar fuerza la teoría del atentado, de los Grapo. Es una suerte que en España haya un grupo como ése, porque cuando algo no cuadra, se le atribuye.

—Pero tú supongo que tendrás una teoría, por si llega el caso de que tengas que echar mano de ella.

—No. Unas veces pienso que fue un accidente. Poe no es alguien que responda a la tipología del asesino. Pero al mismo tiempo, fue capaz de organizar ese secuestro, para hablar con don Luis. Yo insistí mucho; podrías haber hablado con él en otra parte, le decía. No, repetía. Quería hacerlo en un sitio del que no pudiese marcharse. Tenía que oírme todo lo que no quiso escuchar de mi padre. Y además creerme. Y también me dijo Poe que si tu suegro hubiese pedido perdón, no hubiera pasado nada, pero sólo se le ocurrió sacar su pistola y luego arrebatarle a Poe la suya. Lo que nunca sabré es por qué le pidió a Marlowe que lo acompañara ni por qué me lo pidió a mí. Poe es lo bastante inteligente como para haber pensado en otra manera de acabar con tu suegro, si eso es lo que le interesaba, o hacerse oír, si era lo que perseguía. Ni necesitaba a Marlowe ni me necesitaba a mí.

—No lo creo —dijo pensativo Paco—. He hablado con ellos dos, con Poe y con Marlowe, y ahora contigo. Ellos son buenos amigos y sobre todo son muy jóvenes; no creen en la justicia, pero sí en la justicia poética. Lo que hicieron, lo hicieron juntos, por justicia poética. Si lo hicieron. Quiero decir, si se pudiese probar que lo hicieron. Mientras no se les pueda probar, ellos no cometieron ese crimen. Basta con que tú sigas negando que fuiste a recogerlos. Poe me dijo, textualmente: Tu suegro al final murió por su propia estupidez; no me siento responsable de su muerte, pero tampoco me apena que haya muerto.

—A mí —dijo Maigret— llegó a decirme más. Me dijo: En el fondo me habría gustado que aquella pistola no se disparase; que hubiese podido vivir con el miedo que hemos vivido todos, y que hubiese llevado su infierno en este purgatorio.

Mason había estado todo el tiempo taciturno. Por fin abrió la boca, y dijo:

—Puesto que son culpables, lo mejor sería decir la verdad. Desde ahora yo también soy cómplice y la verdad nos hace libres. Eso al menos es lo que estudiamos en Derecho.

—No, Mason —dijo Maigret—. A mí, si se supiese la verdad, seguramente me haría menos libre, y a Poe le haría menos justo. Y acuérdate de aquello que decía Sherlock Holmes: muchas veces deteniendo al criminal se causa un perjuicio mucho mayor que el que él causó cometiendo su crimen. Y en este caso es algo palpable.

—Las cosas están bien como están ahora. ¿No me dijiste una vez, Modesto, que tú estarías dispuesto a encubrir un crimen según en qué circunstancias, y que por ello eras abogado? No vas a tener mejor ocasión de hacerlo que en ésta.

Mason rumió estas palabras de su amigo Paco y asintió con la cabeza.

—Míralo como una manera simbólica y poética de cerrar la guerra —añadió Paco Cortés—. Ya lo decía Poe. Todo está en el pasado. Si se juzgase a Poe y a Marlowe, si se probase que fueron ellos quienes mataron a mi suegro, cosa que está por ver que se pudiera probar, no se habría arreglado nada. Ahora Poe, o Poe y Marlowe, han traído, sin haberlo pretendido, más justicia a este mundo y más tranquilidad. Ha sido la propia vida quien se ha cobrado su tributo. Poe y Marlowe no han hecho más que de recaudadores.

—Pero ése es el cuento de nunca acabar. En el mismo caso de Poe habrá lo menos en España doscientas mil personas

—dijo enfadado Mason, que nunca perdía los estribos—. Y si cada uno de ellos se dedica a quitar de en medio a su particular verdugo, en España habría en quince días otros doscientos mil muertos. Otras doscientas mil injusticias.

—No exageres, Mason —dijo Paco—. Si se pudiese hacer esa justicia tan silenciosamente como se ha hecho por esta vez, sería una maravilla. Si todos los malvados desapareciesen discretamente en unas horas, el mundo mejoraría.

—¡Por Dios, Paco! Lo que acabas de decir es una barbaridad. No somos asesinos. Al mundo lo hacen bueno también los malos —arguyó Mason.

—Eran ganas de hablar, Modesto. Como en las novelas.

Se quedaron los tres reflexionando en silencio.

Al cabo de un rato dijo Maigret:

—Poe y Marlowe han actuado en la sombra. Y en el fondo si nadie en la policía quiere volver sobre el caso, es porque todos creen que esa muerte era la que le estaba destinada a tu suegro desde siempre.

—Exactamente, Lorenzo —dijo Paco, dirigiéndose a Mason—. Pongamos las cosas a la inversa. Imagina que en la punta de su dedo mi suegra tiene un botón, y que, pulsándolo, le devolvía la vida a su marido. Es una bellísima persona, muy religiosa y no me cabe la menor duda de que fue además una buena esposa, hasta donde pudo serlo, y una madre estupenda. ¿Creerías que lo apretaría?

Mason, cabizbajo, buscó una respuesta, sin hallarla.

—Eso no va a ocurrir nunca. Y lo que no puede ocurrir es de tontos pensarlo, así que no está bien ni siquiera que lo plantees. Eso es demagogia policiaca, no un problema moral. ¿Le contarás todo esto a Dora? —interrogó a su amigo Cortés.

—Sí, más adelante. Cuando le sirva la verdad para algo más que para la desesperación.

Se hacía de noche. Aquella reunión había durado más tiempo de lo normal.

—Es curioso —concluyó Paco Cortés—. En las novelas el Crimen Perfecto no es posible. Atentaría contra la norma de las propias novelas policiacas, porque sobrarían en primer lugar los detectives y los policías. Los crímenes perfectos sólo pasan en la vida, y es en la vida donde cumplen su función. En las novelas de Crimen Perfecto, todo suele empezar por un cadáver que aparece como por casualidad, y hay que averiguar de quién se trata y quién es el asesino. A nosotros nos ha pasado al revés. Nos hemos tropezado con uno al final de los ACP, y además era de alguien que todos conocíamos. Llevábamos un montón de años buscando como los alquimistas un crimen verdaderamente perfecto. Y no lo encontrábamos. Y ahora que tenemos uno, no nos sirve de nada, porque ni siquiera podemos participar a los demás nuestro descubrimiento. Ya digo, como los alquimistas: hemos hallado la piedra filosofal, pero no podemos confiar a nadie nuestro secreto.

—¿Quiere decir eso que no va a pasar nada, que nada ha ocurrido? —preguntó Mason.

—Nada ha ocurrido, y ha ocurrido todo. La vida —dijo Paco— no se acaba nunca, y cuando parece que va a hacerlo, se abre para otros. Los mecanismos tienden a la mecánica. Los organismos a la vida, y la vida da vueltas. Se parece a un mecanismo, pero no lo es.

—O sea —concluyó el abogado Modesto Mason—: que hemos perdido todos estos años.

—Si lo expresas así, tal vez —asintió ex Sam Spade—. Pero míralo también de esta otra manera: lo que la vida te quita por un lado, te lo da por otro, lo que no resuelve en un rincón, lo resuelve en otro; el crimen que no era perfecto, la vida lo hace perfecto, y el que lo era, deja de serlo por una casualidad. Había dejado de escribir novelas, y se me presenta por fin un

Crimen Perfecto; lo resuelvo, y el caso desaparece como desaparece un puño cuando se abre la mano. Pero siempre quedará la mano.

—Siempre nos quedará París —ironizó Maigret.

Y tras aquella leve parodia la vida se puso de nuevo en marcha, con su renqueante y alegre música de tiovivo.

Madrid, primavera de 2002